本书由复旦大学出版基金资助出版

现实与虚幻

维克多·佩列文后现代主义小说的艺术图景

李新梅◎著

复旦大学出版社

目　录

序 ……………………………………………………………… 1

绪论　一个当代文学神话——佩列文现象 ………………… 1
　　第一节　轰动的创作及神秘的作家 …………………… 1
　　第二节　研究现状及我们的研究视角 ………………… 7
　　第三节　佩列文创作特点总论 ………………………… 14

第一章　佩列文现象的缘起 ………………………………… 25
　　第一节　社会文化背景 ………………………………… 26
　　第二节　俄罗斯后现代主义文学 ……………………… 38

第二章　佩列文创作中的现实图景 ………………………… 67
　　第一节　十月革命后的现实图景 ……………………… 68
　　第二节　苏维埃体制下的现实图景 …………………… 72
　　第三节　当代俄罗斯国家发展道路的选择图景 ……… 79
　　第四节　当代俄罗斯民族精神和思想图景 …………… 89
　　第五节　当代俄罗斯芸芸众生的价值观图景 ………… 97

第三章　佩列文创作中的虚幻图景 ………………………… 106
　　第一节　神话营造的虚幻图景 ………………………… 107
　　第二节　佛教再造"时代英雄"的虚幻图景 ………… 117
　　第三节　现代科技信息手段打造的虚拟图景 ………… 128
　　第四节　人格化的昆虫构成的虚幻图景 ……………… 137

第四章 艺术图景的诗学建构 …………………………… 142
　第一节 现实建构 ………………………………………… 143
　第二节 虚幻建构 ………………………………………… 176
　第三节 建构的合成 ……………………………………… 187

结语 ………………………………………………………… 199

参考文献 …………………………………………………… 202

后记 ………………………………………………………… 220

序

　　生活始终在颠覆既成的文学样式,文学也永远在颠覆人为的故事构架,这一情景尤为鲜明地体现在处于转型期的20—21世纪之交的后苏联文学中。这一时期俄罗斯文学各种潮流的生成与变异有两个文化源头:一是意识形态所构成的苏联文学理性精神的失落,二是俄罗斯作家在后苏联文化语境中的多元追求。后苏联小说的诸种形态正是在这样的背景下生成与发展的。后现代主义小说就是其中的一种,佩列文就是其中独特的一位。它们与他的异军突起般的崛起、走红构成了世纪之交俄罗斯文学中一道生机勃勃的风景。

　　佩列文的小说在为数甚众的后现代主义作品中可以看作是以经典传统与大众文化合谋创作盛景的典范之作,他的创作之路贯穿了俄国后现代主义文学盛衰的始终(从20世纪80年代末到21世纪),这是一个可以用"文学现象"与"文学神话"指称的俄罗斯后现代主义小说家之一,作家也是较早进入中国俄罗斯文学读者和研究者视野的一个后现代主义作家,这是一个可供解剖与认知后现代主义小说诸多文化特征和精神取向的五脏俱全的"麻雀"。尽管国内外研究界对他小说的阐释、言说和命名充满了种种矛盾与歧义,但是对其意义和价值的存在和影响已经不容忽视。因此,专著《现实与虚幻——佩列文后现代主义小说中的艺术图景》的选题价值是不容置疑的。

　　研究佩列文小说的论著这不是第一部,但全面、系统、深入的综合性研究这是第一部。李新梅博士以作家的四部最具代表性的长篇小说——《奥蒙·拉》、《昆虫的生活》、《恰巴耶夫与普斯托塔》和《"百事"一代》为基础,从后现代主义文学形成的外部文化语境到作品的内在意蕴,从文化语义到审美特征,具体、切实并令人信服地揭示了小说所呈现的现实图景及虚幻图景,并进一步从现实与虚幻相互融合、相互映衬的关系中分析了佩列文的创作理念、小说的艺术风格和诗学建构。论著的这一构筑看似不无传统,但有益于把比较玄乎的后现代主义小说的分析写得比较"实诚",能给读者提供一个易于切入的抓手。这是这部论著的一个重要优点,所以在她的论说中没有隔靴搔痒、牵强附会的言说,没有种种纠结于后现代主义理论术语带来的艰涩,所立之论都是她费苦力研究,真切体悟的产物。

居于论著核心地位的关键词"艺术图景",无论是现实图景还是幻觉图景,其实就是作家对 20 世纪俄罗斯,或者更准确地说,是对苏维埃俄罗斯历史文化和后苏联当下文化的独特审视。与现实主义小说不同,作家在煞有介事地叙述事件时,把读者带进了一个真假难辨的"现实"与"虚幻"的圈套中。作家通过真事真说、假事假说的方法,既让自己进入一个再创体验和再创感受的幻觉中,也让读者获得一个对于现实与世界关系的新的认知。我以为,这一切入非常符合佩列文小说的实际,从这一意义上理解后现代主义小说的反叛冲动与颠覆欲望,便不难发现其中的深刻性与合理性。

作者认为,佩列文的小说创作既承继了俄罗斯文学的人文和审美传统,也熔铸了 20 世纪欧美最新人文科学的思想资源和西方现代主义文学的经验。这一看法是有见地的,这正是俄罗斯后现代主义小说的本土性与世界性的特征所在,也是其与西方后现代主义文学的差异所在。正如有评论家所言,"佩列文在思考如何用文明的方式表达自我,同时又不脱离读者观念中的传统文学"。

进入新世纪的俄罗斯文学研究,无论在俄罗斯,还是在我国,文化批评,特别是宗教批评日益盛行,审美批评逐渐淡出,两者没有形成良性的互动,前者甚至有驱逐后者的趋势,文学研究甚而走进了似乎不谈宗教便不够文化,不涉哲学就缺乏深度的认知误区。这其中的原因之一就是认真读作品,特别是读长篇小说原文的研究者越来越少了,而且不太读作品原著的人还可以理直气壮地撰写类似"俄罗斯后现代主义文学"这样的论文和论著。能真正理解并把握作品思想和艺术精髓是需要功夫和水平的,而这恰恰是审美批评的起点,也是严肃的文化批评的起点。严肃意义的文化学研究必须通过解剖文学作品的真实案例来进行分析和归纳,而不是在理论术语和概念上打转转。在李新梅的论著中,最为值得肯定的就是她对文本的重视。她对佩列文后现代主义小说的研究,没有照搬西方后现代的批评话语,用舶来的理论肢解俄罗斯本土的作品,而是靠自己对作品的理解、领悟来揭示并印证这一文学的思想和艺术精义。

我总有这样一种感觉,认为人的感悟力是天生的。因为我看到一些并无深长生活阅历和广博知识积累的青年学者,就能对文学做出比较深刻的把握。李新梅就是这样的一类人。更难能可贵的是,她的认真和执著、刻苦与深思,并没有因为她的敏悟而减少,无论在博士学位攻读期间,还是在获得博士学位后在复旦大学独立的教学和科研实践中她都全身心地投入,毫无懈怠。相比一些提前响亮的青年学者的名字,李新梅的名字在学界还显得有些陌生,她的学术研究也要低调、沉稳得多。俄语里有一句谚语:"Тише едешь — дальше будешь",我相信她的"静悄悄"的学术之行会走得很远,她的名字也迟早会在俄罗斯文学研究的学术界响亮起来。

张建华于北京外国语大学

2011-04-16

绪论 一个当代文学神话
——佩列文现象

第一节 轰动的创作及神秘的作家

20世纪90年代以来的俄罗斯文坛,能让读者说出名字的作家有很多,而能在读者意识深处打下烙印的作家却并不多。维克多·奥列格维奇·佩列文(Виктор Олегович Пелевин),无疑就是这为数不多的作家之一。从80年代末初涉文坛到今天,佩列文成就了一个当代文学神话。

1989年,27岁的佩列文以短篇小说暨处女作《伊格纳特魔法师和人们》(Колдун Игнат и люди)出现于俄罗斯文坛,但其知名度仅限于科幻小说爱好者圈子,虽然从严格意义上讲这部小说并不是科幻小说。1991年,佩列文的第一部短篇小说集《蓝灯》(Синий фонарь)出版并很快被抢购一空,但仍旧没有引起严肃文学批评界的注意。然而,同年发表于《旗》(Знамя)杂志第5期的长篇小说《奥蒙·拉》(Омон Ра)却使佩列文在文学界名声大噪,并成为佩列文创作生涯中的一个转折点。这部小说不仅获得了1993年的"青铜蜗牛"奖(Премия "Бронзовая улитка")和"中间地带"奖(Премия "Интерпресскон"),而且使《蓝灯》借之声名荣获当年"小布克"奖(Премия "Малый Букер")。连佩列文自己都认为,应该是《奥蒙·拉》获得了这项文学奖。在《奥蒙·拉》之后,佩列文的创作势头更旺。1993年,他先后发表了长篇小说《昆虫的生活》(Жизнь насекомых)和中篇小说《黄箭》(Желтая стрела)。1996年和1999

年,又相继推出两部轰动文坛的长篇小说《恰巴耶夫与普斯托塔》①
(*Чапаев и Пустота*)和《"百事"一代》(*Generation "П"*)。《恰巴耶
夫与普斯托塔》刚一出版,立刻被众多评论家推举为俄罗斯年度最佳
小说。虽然小说最终并未获此殊荣,但仍于次年摘走了"朝圣者"奖
(Премия "Странник")的桂冠。《"百事"一代》也于 2000 年获得
"德国萨尔茨堡文学奖"(Немецкая литературная премия имени
Рихарда Шенфельда)。除上述作品获奖外,短篇小说《改造者》
(*Реконструктор*)和《隐士与六趾》(*Затворник и Шестипалый*)分别
获 1990 年"大指环"奖(Премия "Великое кольцо")和"金球"奖
(Премия "Золотой шар")。中篇小说《国家计划王子》(*Принц*
госплана)和短篇小说《上层世界的铃鼓》(*Бубен верхнего мира*)分别
获 1991 年和 1993 年的"大指环"奖。1993 年,《国家计划王子》再次
荣获"中间地带"奖。短短十年间,佩列文从一名文坛新手一跃成为
"俄罗斯文学中一颗耀眼的太阳"②。

　　21 世纪初,佩列文在文坛上沉默了几年。除了个别短篇和随笔
外,他基本上没有发表过其他具有影响力的作品,于是批评界出现了
怀疑佩列文江郎才尽的论调。直到 2003 年,"埃克斯莫"(Эксмо)出
版社推出《转型时期辩证法》(*Диалектика переходного периода из*
ниоткуда в никуда),使文坛再次对佩列文刮目相看。这是由长篇小
说《数字》(*Числа*)和其他一些内容相关的短篇和中篇小说构成的作
品集,首次出版发行 15 万册。这样的发行量"只有中学生练习本、厕
所手纸、俄罗斯大选前的广告宣传单才会有"③。该书当年荣获"阿波
罗·葛利高里耶夫奖"(Премия Аполлона Григорьева),次年又荣获

----

　　① 目前中国俄语界对小说 *Чапаев и Пустота* 的翻译名称尚不统一。这部小说的中
文译者郑体武教授将其译成《夏伯阳与虚空》,此种翻译突出了小说的佛教"虚空"思想和
主题。我们将其翻译成《恰巴耶夫与普斯托塔》,此种翻译根据俄语单词发音而来,强调小
说的主要人物,因为"普斯托塔"是小说男主人公的姓名。与我们的翻译一致的还有研究
者夏永旺教授。

　　② Тойшин Д. Интервью со звездой. < http://pelevin. nov. ru/interview/o-toish/1.
html >

　　③ Харламов И. После Пелевина: Опыт критического анализа непрочитанной
книги. < http://pelevin. nov. ru/stati/o-harl/1. html >

"国家畅销书"奖(Премия "Национальный бестселлер")。《转型时期辩证法》似乎成了佩列文 20 世纪和 21 世纪创作的转折点,在它之后的连续几年里,佩列文的大部头作品接踵而至:2004 年,长篇小说《妖怪传说》(*Священная книга оборотня*)出版;2005 年,长篇小说《恐怖头盔》(*Шлем ужаса. Креатифф о Тесее и Минотавре*)出版,并于当年荣获"国家畅销书"提名奖;2006 年,长篇小说《"吸血鬼"帝国》(*Empire "V"*)出版,佩列文也于次年荣获俄罗斯"巨著"奖(Премия "Большая книга")中的"读者最喜爱作家奖";2009 年,长篇小说《T 伯爵》(t)出版,且首次发行量为 15 万册。2009 年年底的民意调查显示,佩列文是俄罗斯最具影响力的知识分子之一。

截至本书成稿时,佩列文已有六部作品集面世。除了 1991 年出版的第一部短篇小说集《蓝灯》,还包括 1996 年出版的《作品集》(*Сочинения*),2005 年出版的《中篇小说和随笔集》(*Все повести и эссе*)、《短篇小说集》(*Все рассказы*)和《遗产。早期的和未出版的作品集》(*Relics. Раннее и неизданное*),以及 2008 年出版的短篇小说集《美国政治侏儒之诀别的歌》(*П5: Прощальные песни политических пигмеев Пиндостана*)。

佩列文成为当代俄罗斯文学的一个神话,不仅仅因为他作为一个年轻作家在短期内创作成果丰厚,更是因为他创造了数项当代俄罗斯文坛之最:国内最畅销的作家,国外出版作品最多的俄罗斯作家,创作最轰动长篇小说的作家①,最时髦的作家②,最受崇拜的作家③,俄罗斯和西方最流行的新一代小说家,后苏联文学最典型的代表④。

20 世纪 90 年代,佩列文的作品在俄罗斯像可乐一样畅销。从学生到教授,从商人到艺人,甚至那些除了电话号码簿什么都不读的

---

① Пригодич В. Кто такой Пелевин? < http://pelevin. nov. ru/stati/o-prgd2/1. html >

② Кузнецов С. Самый модный писатель // Огонек. 1996. №35.

③ Архангельский А. Обстоятельства места и времени // Дружба народов. 1997. №5.

④ Генис А. Иван Петрович умер: Статьи и расследования. М.: Новое литературное обозрение, 1999. С. 82.

人,都在捧读他的作品。长篇小说《恰巴耶夫与普斯托塔》进入了俄罗斯高校语文系学生的必读作品名单。《"百事"一代》、《蓝灯》中的短篇小说《没有什么恐惧的》(*Ничего страшного*)等被搬上了银幕。

佩列文的影响力甚至跨越了国界。他的作品被翻译成英语、法语、德语、日语、汉语、韩语、荷兰语、挪威语、意大利语等多种语言。在中国内地,不仅出版了汉译本的《"百事"一代》①和《恰巴耶夫与普斯托塔》②,而且《"百事"一代》汉译本为佩列文带来了"俄罗斯的王朔"之美称,《恰巴耶夫与普斯托塔》汉译本荣获 2004 年优秀外国文学作品译文奖。此外,台湾出现了《昆虫的生活》汉译本③。在德国,《恰巴耶夫与普斯托塔》被改编成电影《佛的小指》(*Buddha's little finger*),《"百事"一代》被列入 20 世纪世界千部重要作品名单。在英国伦敦和法国巴黎,佩列文的作品被改编成戏剧上演,法国一家杂志还将佩列文列入千位最重要的当代世界文化活动家名单。在美国,佩列文的小说在多家书店出售,有人将他与布尔加科夫(М. Булгаков)和多甫拉托夫(С. Довлатов)相提并论,甚至有人将他与《第二十二条军规》的作者约瑟夫·海勒相提并论④。在日本,他被比作村上春树。

佩列文的创作在俄罗斯国内外都引起了极大关注甚至轰动,文学评论家格尼斯(А. Генис)将这种罕见的文学现象称为"佩列文现象"⑤,沙伊塔诺夫(И. Шайтанов)则称之为"佩列文工程"⑥。无论何种称呼,都说明了佩列文的成功和巨大影响力。

佩列文赢得了众多读者,同时也引发了文学批评界的激烈争论。20 年来,作家遭到的批评和谩骂几乎与得到的荣誉和赞礼持平。他

---

① 《"百事"一代》,刘文飞译,人民文学出版社 2001 年版。本书中关于该小说的译文均参考刘文飞的译本。

② 《夏伯阳与虚空》,郑体武译,上海译文出版社 2004 年版。本书中关于该小说的译文均参考郑体武的译本。

③ 《人虫变》,周正沧译,台湾远流出版公司 2005 年版。

④ Генис А. Феномен Пелевина. < http://pelevin. nov. ru/stati/o-gen1/1. html >

⑤ Там же.

⑥ Шайтанов И. Проект Pelevin // Вопросы литературы. 2003. №4.

的创作从语言到内容,从修辞到风格,都成为批评界争论的对象。关于他的作品语言,乌里扬诺夫(С. Ульянов)认为极其简单、原始①;诺维科夫(В. Новиков)说没有任何特色、平庸无奇;涅姆泽尔(А. Немзер)称都是莫名其妙的话②;当代俄罗斯作家斯拉波夫斯基(А. Слаповский)甚至从佩列文小说中搜集了很多语言疏漏③。但谢尔宾尼娜(Ю. Щербинина)却说,佩列文使用的是后现代主义陌生化讽刺语言,这种语言拓宽了可视的、现实的、日常的东西的界限④;阿尔汉格尔斯基(А. Архангельский)也说,佩列文一半广告主题的语言可以成为谚语⑤。关于他的作品风格,有人说他是经典的刽子手,作品不严肃、轻浮,不符合作家在转型时代的崇高使命。但也有人说,他完全属于经院派,是严厉的道德说教家⑥。关于他的作品内容,有人说是小学生水平。但也有人因为他在长篇小说《恰巴耶夫与普斯托塔》中闪现出的睿智思想和哲学思辨能力而将他与陀思妥耶夫斯基(Ф. Достоевский)相提并论⑦。

　　20多年来,佩列文特立独行,既不为成功和荣誉所迷惑,也没有因怀疑和否定而停止,他始终坚持走自己的路,他算得上是面对文学批评界最洒脱的作家之一。作为一名职业作家,佩列文不被评论界的观点影响也许是正常的,但他甚至不关心自己作品的出版和获奖的情况。比如,他对长篇小说《恐怖头盔》荣登"国家畅销书"提名奖之事全然不知;对《"百事"一代》被德国列入20世纪世界千部重要

---

① Ульянов С. Пелевин и Пустота. < http://pelevin. nov. ru/stati/o-ulan/1. html >

② 转引自 Коваленко А. Г. Литература и постмодернизм : Учеб. пособие. М. :Изд-во РУДН, 2004. С. 61。

③ 转引自 Архангельский А. Обстоятельства места и времени // Дружба народов. 1997. №5。

④ Щербинина Ю. Who is mr. Пелевин? // Континент . 2010. №143.

⑤ 转引自 Коваленко А. Г. Литература и постмодернизм: Учеб. пособие. М. :Издво РУДН, 2004. С. 60。

⑥ Корнев С. Блюстители дихотомий. Кто и почему не любит у нас Пелевина. < http://pelevin. nov. ru/stati/o-krn1/1. html >

⑦ Корнев С. Столкновение пустот: может ли постмодерн быть русским и классическим? // Новое литературное обозрение. 1997. №28.

作品名单之事嗤之以鼻①;对长篇小说《恰巴耶夫与普斯托塔》入选俄罗斯高校语文系必读篇目这件事,他认为与自己无关②。

　　在当代俄罗斯文坛上,制造神话的作家并不少。除了佩列文,还有维涅·叶罗菲耶夫(Вен. Ерофеев)、维克多·叶罗菲耶夫(В. Ерофеев)、索罗金(В. Сорокин)等。这些作家几乎都是一夜成名,而那些与他们有关的文学新闻也和他们的作品一样出名。佩列文成了畅销作家,却始终躲避公众,一般不接受媒体采访和个人约见③,他成了他那一代人中最具声望却最神秘的作家④。其实,作家本无意制造神秘,他只是关注自己的创作,他说:"……我喜欢写作,但不喜欢成为作家……我觉得,当'作家'企图替代你本人生活时危险就很大了。因此我不太喜欢文学交流。"⑤佩列文对读者有一个真切的要求,希望"吸引读者的是创作,而不是作家的个人故事"⑥。那些想见作家却始终无法如愿以偿的年轻读者,未免会产生一种假设和猜想:也许现实中根本不存在佩列文,只是有几个人假托他的名字创作而已⑦。这种假设虽然过于夸张,但也说明了佩列文的神秘和低调。

　　由于佩列文很少在公众场合露面,因此他的个人生平一度是个

---

　　① Вдали от комплексных идей живешь как Рэмбо-day by day. Виктор Пелевин о себе и своей новой книге // Коммерсантъ-Daily. 02 сент. 2003. №157(2760).

　　② Тойшин Д. Интервью со звездой. < http://pelevin. nov. ru/interview/o-toish/1. html >

　　③ 笔者 2006 年在莫斯科访学时,起初不相信佩列文不接受媒体采访和个人约见的说法,试图联系作家。先从网上找到两家负责佩列文手稿出版的经纪人的联系方式,通过邮件请求与作家见面。结果,一位经纪人　　　　,另一位经纪人则在回信中幽默地说:"祝愿您能找到佩列文"。

　　④ Русские писатели 20 века. Биографический словарь. Большая энциклопедия; Рандеву-AM. М. , 2000. С. 543.

　　⑤ На провокационные вопросы не отвечаем: (Фрагменты виртуальной конференции с популярным писателем Виктором Пелевиным, опубликованные в ZHUR-NAL. RU) // Литературная газета. 1997. 13 мая. С. 8.

　　⑥ Тойшин Д. Интервью со звездой. < http://pelevin. nov. ru/interview/o-toish/1. html >

　　⑦ Вяльцев А. Заратустры и Мессершмидты // Независимая газета. 1993. 31 июля.

谜。关于他的出生年代也有 1962 年和 1967 年两种说法。不过普遍观点认为,佩列文 1962 年出生于莫斯科切尔丹诺沃(Чертаново)。童年时代在莫斯科附近的多尔戈普鲁德内(Долгопрудный)度过。父亲是莫斯科鲍曼技术大学军事教研室教师,母亲是莫斯科市 31 中学的英语教师,佩列文中学就毕业于这所英语学校。良好的英语基础是作家后来在创作中经常混杂英文单词的一个重要原因。1979 年,佩列文考入莫斯科动力学院电力设备与工业和交通自动化系。1985 年大学毕业后,曾当过一段时间的工程师。1987 年考取莫斯科动力学院研究生,但一直到 1989 年都未能通过答辩。1988 年夏,佩列文申请到高尔基文学院函授部学习,成为俄罗斯著名的寻根派作家洛巴诺夫(М. Лобанов)的学生。到文学院学习的愿望实现了,但佩列文似乎总是与学校格格不入,经常逃课去各种杂志社工作。他曾经在《神话》(Миф)、《科学与宗教》(Наука и религия)、《化学与生命》(Химия и жизнь)和《面对面》(Face to Face)等杂志社工作过。尽管佩列文一直从事与文学编辑和创作有关的事,最终却因为旷课于 1991 年 4 月 26 日被高尔基文学院除名。杂志社的工作经历对佩列文的影响很大。首先,他有机会与莫斯科各大报社和杂志社合作,比如,1989 年他在《科学与宗教》杂志上发表了第一部短篇小说《伊格纳特魔法师和人们》,而他在处女作中表现的创作才华当时就引起了在该杂志社工作的著名科幻作家格沃尔基扬(Э. Геворкян)的注意。其次,在杂志社工作期间,佩列文翻译了美国人类学家卡斯塔奈达(К. Кастанеда)的神秘主义风格作品,并通过俄文译本接触了中国的老庄学说。这些经历对他日后创作中的神秘主义风格产生了很大影响。

第二节　研究现状及我们的研究视角

21 世纪初,曾有人断言:"佩列文工程结束了。"但事实证明,"只要这项工程被文化所需要,它就不会结束"①。佩列文的作品不仅被传播、被翻译,而且引起了俄罗斯国内外研究者的关注和研究兴趣。

俄罗斯众多当代文学史教材和学术专著包含对佩列文创作的分析和阐释。比如,涅珐金娜(Г. Нефагина)的《20 世纪 80 年代后半期和 90 年代初的俄罗斯小说》,斯卡罗潘诺娃(И. Скоропанова)的《俄罗斯后现代主义文学》,列依捷尔曼(Н. Лейдерман)和利波维茨基(М. Липовецкий)的《当代俄罗斯文学:1950—1990》,切尔尼亚克(М. Черняк)的《当代俄罗斯文学》,施罗姆(Н. Шром)的《1987—1999 年最新俄罗斯文学》,图赫(Б. Тух)的《当代俄罗斯文学的第一个十年》,库里岑(В. Курицын)的《俄罗斯文学中的后现代主义》,玛尼科夫斯卡娅(Н. Маньковская)的《后现代主义美学》,波格丹诺娃(О. Богданова)的《当代俄罗斯文学语境中的后现代主义》以及《当代文学进程》等。佩列文的名字还出现在一些新编的百科全书中。比如,尼古拉耶夫(П. Николаев)主编的《20 世纪俄罗斯作家:生平词典》,阿克肖诺夫(М. Аксёнов)主编的《儿童百科全书》等。

俄罗斯文学批评界对佩列文的创作进行了众多深入的研究。从 90 年代开始,《星火》(Огонек)、《文学问题》(Вопросы литературы)、《新世界》(Новый мир)、《星星》(Звезда)、《旗》(Знамя)、《文学评论》(Литературное обозрение)、《新文学评论》(Новое литературное обозрение)、《十月》(Октябрь)、《各民族友谊》(Дружба народов)、《电影艺术》(Искусство кино)、《专家》(Эксперты)、《书评》(Книжное обозрение)和《乌拉尔》(Урал)等杂志,以及《文学报》(Литературная газета)、《消息报》(Известия)、《生意人报》(Коммерсанть-Daily)、《俄罗斯报》(Российская газета)、《报刊》(Газета)和《新闻时间》(Время новостей)等多家报纸上,共出现了百余篇研究佩列文作品的文章。尤其是《文学问题》杂志,曾在 2003 年第 3 期和 2004 年第 3 期上,开辟专栏对佩列文的创作进行评论和研究。

---

① 转引自 Шайтанов И. Проект Pelevin // Вопросы литературы. 2003. No4.

在俄罗斯文学批评界,对佩列文进行过研究且给予正面评价的研究者主要有:阿尔比特曼(Р. Арбитман)、阿尔汉格尔斯基、巴维里斯基(Д. Бавильский)、格尼斯、凯德罗夫(К. Кедров)、科尔涅夫(С. Корнев)、库兹涅佐夫(С. Кузнецов)、库里岑、罗德娘斯卡娅(И. Роднянская)、希洛夫斯基(В. Шиловский)等。其中,格尼斯的研究最具特色。他在《维克多·佩列文:神奇的天地》一文中,分析了《恰巴耶夫与普斯托塔》所包含的禅宗思想和主题;并在《伊万·伊万诺维奇死了》一书中,分析了这部小说宣扬的"意识制造现实"之思想。格尼斯还对佩列文整体创作成就和风格进行过研究,正是他在《佩列文现象》一文中,将佩列文的成功作为当代俄罗斯文学中的一种特殊现象来研究。

俄罗斯的数十篇博士学位论文以佩列文的创作为研究课题。比如,2003年帕利奇克(Ю. Пальчик)的《维克多小说中诗学体裁的互动》,2004年列宾娜(М. Репина)的《20世纪90年代俄罗斯后现代主义文学背景下的佩列文创作》,扎林诺娃(О. Жаринова)的《维克多·佩列文作品〈奥蒙·拉〉和〈'百事'一代〉的哲学诗学层面》,2005年舒利加(К. Шульга)的《维克多·佩列文的长篇小说〈'百事'一代〉中的'虚拟现实'的哲学诗学层面》,德米特里耶夫(А. Дмитриев)的《佩列文长篇小说结构中的新神话主义》等。以上研究主要涉及佩列文创作中的哲学、诗学、文体、神话等层面。此外,佩列文的创作语言也引起了语言学研究者、文化学研究者及符号学研究者的浓厚兴趣。出现了不少以他的创作语言为语料进行语言学研究的学术论文。比如,玛尔科娃(Т. Маркова)的博士学位论文将佩列文作品中的口语、俚语、骂娘话和黑话作为研究对象,分析了20世纪末俄罗斯小说中的形式主义创作倾向。阿泽耶娃(И. Азеева)的副博士学位论文将佩列文的语言当作20世纪末文化中的游戏话语范例进行研究。

我国对佩列文的创作也有了一定的研究。《"百事"一代》的中文译者刘文飞在译文序《完全别样的风景》中指出,佩列文在这部小说中营造的世界是虚拟的、不真实的。另外,刘文飞还发表了多篇关于佩列文创作的研究性文章。他的《后苏联文学:在传统与现实之

间》一文,将佩列文创作置于 20 世纪末俄罗斯文学大背景下,阐释了
《"百事"一代》和《转型时期辩证法》反映的当代俄罗斯社会现实。
《人民网》上刊载了他的《俄罗斯文坛的佩列文现象》一文,其中对佩
列文现象进行了介绍①。《恰巴耶夫与普斯托塔》的中文译者郑体武
则在《译者序》中,对该部小说的时空结构、人物形象、梦境与现实等
元素进行了深入的阐释和分析。以上两位译者的译文和阐释,对中
国的佩列文研究具有莫大的启迪和帮助作用。

中国还出现了一些以佩列文创作为研究课题的博士论文成果。
黑龙江大学郑永旺教授的《游戏·禅宗·后现代——佩列文后现代
主义诗学研究》是在博士论文基础上修改而成的专著,也是国内致力
于佩列文研究的首部学术专著。这部专著侧重阐释《恰巴耶夫与普
斯托塔》中的禅宗思想,以及佩列文的后现代主义现实观,另外还翔
实地分析了小说中使用的游戏、互文性等后现代主义诗学手段。早
在这部专著面世之前,郑永旺就开始了佩列文研究并取得了一些成
果。他在 1998 年发表的《俄罗斯文学 97 年印象》一文中,首次介绍
过《恰巴耶夫与普斯托塔》的主要内容及在俄罗斯引起的轰动效应。
2004 年,郑永旺又与张坤合作,在《俄罗斯文艺》第 1 期上发表了《什
么是喷气现实主义》,通过对《昆虫的生活》的剖析,得出佩列文采用
的喷气现实主义是后现代主义手法的结论。

白茜于 2004 年在北京外国语大学通过答辩的博士学位论文《文
化文本的意义研究》,将《恰巴耶夫与普斯托塔》②看成一个十分复杂
的文学现象,运用文化文本的意义理论,分析了小说的意义结构和思
想内容。论文主要关注这部小说中的六个问题。第一,文本与现实
的关系。第二,文本中多种视角(及立场)的层级关系和相互制约作
用。第三,文本中四个奇遇在时空上和意义上的相互关联,以及对形
成文本整体意义的作用。第四,文本与文化环境(符号域)的关联。
第五,文本意义的多元化解读。第六,不同文化符号域和文化符号系
统的人(以俄国人和中国人为例)对禅宗思想的不同理解。

---

① 参见 http://culture.people.com.cn/GB/22219/4433207.html。
② 白茜在其论文中将小说翻译成《恰巴耶夫和了空》。

除了上述研究者,宋秀梅在《密切关注现实人生的后现代主义作家——维克多·佩列文》一文中,解析了《昆虫的生活》、《奥蒙·拉》和《"百事"一代》中的现实图景①。任明丽在《俄罗斯,你在这洪流的何处》一文中,从时空角度、思想内涵等方面入手,揭示了小说体现的俄罗斯主题②。刘亚丁在《"轰动性":俄罗斯文学的新标准——俄罗斯新潮文学蠡测》一文中,探讨了《恰巴耶夫与普斯托塔》的"轰动性"所在,即时空的倒错和对辩③。

中国多家媒体和报纸对佩列文现象也进行过介绍和报道。比如,《中华读书网》刊载了张俊翔的《佩列文解读〈转型时期的辩证法〉》一文④,《新华网》刊载了张洪波的《"重装上阵"的俄罗斯文学"盛宴"》一文⑤,《中华读书报》和《北京青年报》等多家报纸也对佩列文进行过介绍和报道。另外一个值得注意的事实是,刁绍华主编的《二十世纪俄罗斯文学辞典》中出现了"佩列文"词条。

除了俄罗斯和中国,其他国家的文学界也关注并研究了佩列文的创作。《泰晤士报文学增刊》(*Time Literary Supplement*)说:"佩列文作为一个幻想家和夸张大师的才华以及他那出众的创新性使他在俄罗斯文学中位居前列。"《纽约时报书评》(*New York Times Book Review*)赞赏佩列文"睿智、可笑、尖锐,继承了果戈理、布尔加科夫和多甫拉托夫的传统"。《费城资讯》(*The Philadelphia Inquirer*)则说:"佩列文创造了一个与米·布尔加科夫创作相媲美的想象世界,他的讽刺才华与瓦·阿克肖诺夫和维涅·叶罗菲耶夫相似,他那充满活力的风格可以与海明威相媲美。"《出版周刊》(*Publishers Weekly*)说:"佩列文将类似于马·高尔基的丰厚的形象性与20世纪20、30年代俄罗斯先锋派浪潮中出现的怪诞喜剧特点结合在一起。"《旧金山评论》(*The San Francisco Review*)说:"佩列文将讽刺手法和神秘主义风

---

① 载金亚娜主编:《俄语语言文学研究·文学卷》,人民文学出版社2002年版。
② 载《外国文学》2006年第3期,第45—51页。
③ 载《俄罗斯文艺》2002年第3期,第34—35页。
④ http://www.booktide.com/news/20030918/200309180004.html.
⑤ http://news.xinhuanet.com/book/2006-08/25/content_5005199.htm.

格混合在一起,创造了界于怪诞和崇高激情之间的东西。"①《纽约客》(*The New Yorker*)把佩列文列为欧洲最受欢迎的六位作家之一。

让·爱克科兰茨(Jan Ekecrants)于2002年5月在瑞典斯德哥尔摩大学通过答辩的博士学位论文《媒体驱动下的现代社会中的文化恐慌》(*Culture Panics in Media-driven Modernities*),主要对《"百事"一代》和《恰巴耶夫与普斯托塔》进行了文化学的阐释。赛斯·本奈迪科特·格拉汉姆(Seth Benedict Graham)于2003年在匹兹堡大学通过答辩的博士学位论文《俄苏笑话的文化阐释》(*A Culture Analysis of the Russo-soviet Anekdot*),关注《恰巴耶夫与普斯托塔》中关于恰巴耶夫的笑话,并将这些笑话与其他版本的恰巴耶夫笑话进行了细致的分析和比较②。

中外研究者的研究涉及佩列文创作中的哲学体系、美学体系、艺术手法、主题内容、语言风格及体裁特色等层面。他们的研究成果在一定程度上对我们的研究有启发作用,提供了文献帮助。我们铭记巴赫金老人的一句话:"文化的主要任务就是教会你尊重他人的思想,并且同时保留自己的思想。"③所以,我们无意找出前人研究的薄弱环节作为进攻的靶子,而是希望在前人研究的基础上有自己的创新,并深化对佩列文创作的研究。

我们注意到,目前为止我国还没有出现对佩列文进行整体和综合研究的成果。我们决定进行一次尝试。但面对佩列文这样一个已经有着丰富成果而且还在不断创作的中青年作家,我们的研究又不可能是全面的和终结的。因此,我们从他的众多作品中,选择了四部长篇小说——《奥蒙·拉》、《昆虫的生活》、《恰巴耶夫与普斯托塔》和《"百事"一代》作为研究对象,从文化角度入手分析小说中反映的现实图景及虚幻图景,并进一步从现实与虚幻相互融合、相互斗争的关系入手,揭示佩列文的基本创作理念、整体风格和诗学手法。

---

① 转引自 Лейдерман Н. Л., Липовецкий М. Н. *Современная русская литература*. Книга 3. М.: УРСС. 2001. С. 61-62.

② 转引自郑永旺:《游戏·禅宗·后现代》,人民文学出版社2006年版,第7—8页。

③ 转引自钱中文:《巴赫金研究的新成果——读程正民的〈巴赫金的文化诗学〉》,载《中华读书报》2002年7月17日。

选择这四部作品,首先是因为它们是佩列文创作中具有转折性或重大意义的创作:《奥蒙·拉》是使佩列文在俄罗斯文坛声名鹊起的作品,《昆虫的生活》《恰巴耶夫与普斯托塔》和《"百事"一代》是佩列文20世纪90年代创作高峰期的三部力作,尤其是后两部,曾经引起了俄罗斯文坛轰动并荣获文学大奖。其次,这四部作品都是长篇小说,它们由于鸿篇巨制、情节错综复杂、人物较多,所以展现了广阔的社会生活图景。最后,也是最主要的一点,这些作品都营造了现实和虚幻的双重世界。纵向来看,四部小说所反映的现实正好构成了20世纪俄罗斯社会历史文化发展的全景图:十月革命图景(《恰巴耶夫与普斯托塔》中20世纪初时空)——苏维埃社会图景(《奥蒙·拉》)——当代俄罗斯社会图景(《昆虫的生活》《"百事"一代》以及《恰巴耶夫与普斯托塔》中20世纪末时空)。横向来看,四部小说都通过虚幻图景将相应的现实图景引向神秘,化为虚空。

从文化视角来研究佩列文的创作,首先是由其创作的后现代文化性质决定的。由于后现代主义文学作品都是由各种文化符号构成的超级文本,后现代主义作家都是"文本的组织者"而不仅仅是创作者,所以解读作品中的文化符号意义,分析文本的文化内涵尤为重要。

进一步而言,将作品置于其产生的历史文化语境中,将文学视为文化的载体,从艺术文本内部反观文化,是必要且行之有效的研究方法和手段。我们选择的四部长篇小说,命题众多、内容庞杂,它们多层次、多视角地反映了整个20世纪的俄罗斯社会历史文化。在历史时间维度上,小说中的文化现实从20世纪初跨越到世纪末,既有对十月革命的反思,也有对苏联体制的审视,还有对当代俄罗斯现实的剖析。在文化哲学层面上,从东方的佛教到西方的基督教,从古代神话到现代哲学,从类似于"我思故我在"的主观唯心主义到存在主义学说,都能在佩列文的创作中找到影子。此外,作家还利用丰富的想象,让历史人物、神话人物与现代人物交织于同一个时空,将世界与俄国的经典名著同作家自己的文字交织融会,编织出一个后现代主义超级文本,实现了"百科全书式"的现实与虚幻的宏大游戏。

整个20世纪的俄罗斯历史就是一部战争史和变革史。神秘的

"虚空"是佩列文对曾经的苏维埃体制的心理回应,是对不久前发生在俄罗斯的一系列事件的荒诞化处理,也是对俄罗斯历史、现在、未来表达出的迷茫和困惑。

第三节　佩列文创作特点总论

我们研究佩列文,并非因为大家都在读他、炒作他、争论他,也并非想要赶时髦、跟流行,而是因为在我们阅读过他和他同时代的一些作家作品后,情不自禁地被他作品中丰厚的人文知识、广阔的现实背景、冷静幽默的语言和睿智风趣的主人公深深地吸引。

选择佩列文并把他当作后现代主义作家来研究,必然要遭遇两个方面的难题和疑问。其一,佩列文的创作虽然在俄罗斯引起了轰动,但一个作家作品的发行量和轰动效应并不能证明其真正的审美价值,佩列文是否具有研究价值? 其二,学界目前对佩列文的创作仍旧存在争议,怎么断定佩列文的创作具有后现代性?

对于第一个问题,答案比较简单。中外研究者到目前为止对他的研究就是证明他有学术研究价值的最好答案。另外,即使佩列文创作的审美价值还是一个"谜",那正因为是"谜",才让我们有了探索的欲望与兴趣,正因为没有"定论",才有了探索的意义与价值。

第二个问题的答案比较复杂。的确,对佩列文这样复杂的作家,文学批评界的界定五花八门。有人说他是科幻作家,有人说他是谢德林式的讽刺作家,有人说他是观念主义作家,有人说他是超现实主义作家,还有人说他是后解构主义作家,纯后现代主义作家等。佩列文本人则宣称自己不属于任何流派和范畴,而只是按照自己的风格写作①,他甚至给自己的创作风格取名"透平现实主义"(турбо-реализм)。

①　Тойшин Д. Интервью со звездой. < http://pelevin. nov. ru/interview/o-toish/1. html >

不管文学批评界对佩列文的界定如何，我们认为，佩列文的绝大多数作品包括本书所研究的四部小说，都是后现代主义文学创作。但这是结合了传统与后现代性的特殊后现代主义。

我们认为佩列文的创作是后现代主义的。首先是因为他的作品执著地解构所有形式的意识形态，否定现实的真实性和生活的意义，而这些都与后现代主义文学的基本主张一致。然而，佩列文的创作又不同于索罗金一类的后现代主义作家。后者将外部世界和人的内心世界全部毁灭，而佩列文在铲除一些东西的同时，还试图构建自己的世界体系。他所构建的世界，是传统观念和后现代特质的结合，是在传统的基础上颠覆，颠覆之后延续传统。佩列文的这些创作特点与后现代主义文学并不矛盾，因为在众多人承认后现代主义思潮具有破坏和解构作用的同时，也有一些人指出后现代主义思潮具有催生新的现象和力量的作用，比如麦克黑尔（Brian McHale）就指出后现代主义思潮具有生成性，美国学者大卫·格里芬（David Griffin）提出"建设性的后现代主义"①。

佩列文并没有将俄罗斯传统观念和经典文学一棍子打死，而是采取了批判继承态度，这一点显然与后现代主义文学主张的宽容态度和多元化立场吻合。作家本人说过："俄罗斯文学中有很多传统，无论你怎样唾弃，都必定会继承某种传统。"②他曾高度赞扬布尔加科夫的创作，承认《大师与玛格丽特》是对他影响最大的书，说"它并不是将人从某些具体的旧思想中解放出来，而是将人从整个事物秩序形成的催眠术中解放出来"③。他很喜欢普拉东诺夫（A. Платонов）的创作，对纳博科夫（В. Набоков）的诗句信手拈来。对同时代的俄罗斯及外国作家，佩列文并没有排斥和打击，而是虚心学习、宽容对待。他坦言最喜欢美国作家约翰·本登特（John Bur-

① 〔美〕大卫·雷·格里芬：《后现代宗教》，孙慕天译，中国城市出版社2003年版，导言第4页。

② Виртуальная конференция с Виктором Пелевиным. < http://pelevin. nov. ru/interview/ >

③ Кропывьянский Л. Интервью с Виктором Пелевиным. < http://pelevin. nov. ru/interview/o-bomb/1. html >

dett)的《曼谷八区》(Bangkok 8),也喜欢本国同时代作家索罗金的
《冰》(Лёд)。对当代俄罗斯文学发展状况,佩列文表现出一名当代
知识分子的担忧。他批判当下文坛被市场左右,文学作品被单一地
贴上"侦探类"、"恐怖类"、"色情类"和"儿童类"四大标签。而与此
同时,他也乐观地看待当代文学发展进程,相信"好书总会出现,因为
在这个世界里除了供求关系以外还有其他一些规律在起作用"①。

　　传统观念和后现代特质在佩列文创作中的结合首先体现在他的
人物体系上。他的很多人物都具有真伪、美丑、善恶的传统观念,这
一点与很多后现代主义文学作品中不好不坏的人物不同。比如,佩
列文笔下有一些爱思考的人物形象,他们身上集中了俄罗斯传统知
识分子向往自由、追寻真理的美好品质。这类人物形象包括《恰巴耶
夫与普斯托塔》中的彼得,《黄箭》中的安德烈,《奥蒙·拉》中的奥蒙
等。另外,尽管佩列文的作品中少见爱情主题,但还是出现了一系列
优秀的女性形象,她们传承了俄罗斯传统女性的美德——优雅、柔
美、矜持、高贵,同时又具有现代女性的智慧、崇尚独立等特点,她们
通常能与同样优秀的男主人公共同思考、感受和行动。属于这类女
性形象的有《尼卡》(Ника)中的同名女主人公(猫),《恰巴耶夫与普
斯托塔》中的安娜等。这些女性在作品中,与其说是与男主人公谈恋
爱,不如说是与男主人公一起思考。作品中关于男女爱情的直白描
写很少,对性的描写则几乎没有,这一点与索罗金和维克多·叶罗菲
耶夫等热衷于用纯自然主义方式描写性和爱的作家完全不同。正因
为如此,评论家阿扎多夫斯基(К. Азадовский)说:"佩列文……是一
个文明人,佩列文和索罗金的区别正在于此。佩列文在思考如何用
文明的方式表达自我,同时又不脱离读者观念中的传统文学。"②最
后,佩列文在塑造男女主人公时,一反后现代主义作家对主人公的中
性立场,而对他(她)们有着明显的喜好。这些主人公本身也与后现

---

　　① 　Вдали от комплексных идей живешь как Рэмбо-day by day. Виктор Пелевин о
себе и своей новой книге // Коммерсантъ-Daily. 02 сент. 2003. №157(2760).

　　② 　Азадовский К. Виктор Пелевин. < http://www. russ. ru/culture/99-05-07/aza
dovsk. htm >

代主义文学作品中众多冷漠的主人公不同,他们对现实爱憎分明,有着自己深刻的感受。

与此同时,佩列文创作中出现了一类传统俄罗斯文学中少见的人物形象,诸如意识形态灌输者、虚假现实制造者等。他们企图通过这样或那样的意识形态控制他人,通过各种技术手段制造虚假现实,从而为个人或某个特定的阶级、人群服务。这类人物形象有《奥蒙·拉》中的所有飞行指挥员和训练员,《"百事"一代》中的广告商、政客等。这类人物形象在任何意识形态化的社会里都存在。苏联时期的地下文学和海外文学已经开始揭露他们利用意识形态控制他人的本质。而佩列文更甚,他不仅揭露,而且将他们所代表的意识形态怪诞化、妖魔化。与这一类人截然不同的是另一类新型人物形象——意识形态的解构者和虚假现实的揭露者。这类形象一般超越了凡人的面貌特征,被作者赋予了各种各样的身份和特征:或是智慧和神秘主义特质兼备的智者(比如《恰巴耶夫与普斯托塔》中的恰巴耶夫,《黄箭》中的可汗和白须老人等),或是具有昆虫和动物面貌但具有人的思维的主人公(比如《昆虫的生活》中的蛾子米佳和吉玛,《隐士和六趾》中的鸡等),或是科学技术所营造的虚拟人(比如《国家计划王子》和《恐怖头盔》中的主人公)等。

佩列文不仅在一定程度上传承了俄罗斯文学传统,而且也延续了西方文学尤其是西方现代主义文学传统。关于这一点,科尔涅夫曾经说:"佩列文至今都在俄罗斯文学中占据着博尔赫斯、科塔萨尔、卡斯塔奈达的地位,并部分地占据着卡夫卡和黑塞的地位。"①波格丹诺娃也说,《恰巴耶夫与普斯托塔》不仅仅受佛教的影响,还受到阿根廷现代主义作家博尔赫斯的《小径分岔的花园》、美国神秘主义作家卡斯塔奈达和俄罗斯魔幻现实主义大师布尔加科夫的《大师与玛格丽特》的影响②。

---

① Корнев С. Столкновение пустот: может ли постмодерн быть русским и классическим? // Новое литературное обозрение. 1997. №28.

② Богданова О. Постмодернизм в контексте современной русской литературы. СПб., 2004. С. 351.

佩列文艺术世界最大的特点是现实世界和虚幻世界的对立与统一,这也是佩列文构建文本最基本的原则。正是因为这个原则,我们在佩列文的作品中看到了俄罗斯各个历史时期、各种人群构成的社会现实。其中有 20 世纪初革命和战争构成的混乱现实(比如《恰巴耶夫与普斯托塔》中 20 世纪初的现实),有苏维埃极权主义体制下人被国家意识形态异化的现实(比如《奥蒙·拉》),有苏维埃政权瓦解之初人的精神崩溃、信仰丧失的当代俄罗斯社会现实(比如《恰巴耶夫与普斯托塔》中 20 世纪末的社会现实),有当代俄罗斯私有化和市场经济体制下人为了追求物质和金钱而导致精神堕落、道德沦丧的社会现实(比如《"百事"一代》和《数字》),也有当代芸芸众生忙于蝇头小利和自我算计的庸俗现实(比如《昆虫的生活》)。

然而,与俄罗斯各个时期的社会历史文化构成的现实世界相比,佩列文的创作中更醒目、更突出的是另一个世界,即虚幻世界。因为在佩列文的世界观里实际上根本没有"现实"二字:"现实是任何你百分百相信的幻觉,而表象则是任何你在其中识别出幻觉的现实。"①佩列文本人的这句话是他的现实观的最直接表达。实际上,用"意识"比用"现实"更能准确地表达佩列文对现存世界的关照。因为在他看来,现存世界中外部的和内部的一切都是意识的产物:"意识是最彻底的奇异现象,因为当你开始寻找它的时候,你找不到它,当你寻找某种非意识的时候,你还是不能找到它。意识是我作为一个作家,也是作为一个人最关心的中心问题。"②佩列文几乎所有的作品中都出现了对意识尤其是潜意识的复现,是意识和潜意识诞生出各种奇异的、扭曲的现实和非现实之物③。佩列文对虚幻世界的钟爱正符合后现代主义文学作品的中心任务——解构,即揭示现实中虚假的存在体系。按照解构主义理论家德里达的理论,后现代主

① Вдали от комплексных идей живешь как Рэмбо-day by day. Виктор Пелевин о себе и своей новой книге // Коммерсантъ-Daily. 02 сент. 2003. №157(2760).

② Кропывьянский Л. Интервью с Виктором Пелевиным. < http://pelevin. nov. ru/interview/o-bomb/1. html >

③ Губанов В. Анализ романа Виктора Пелевина《Омон Ра》. < http://pelevin. nov. ru/stati/o-guba/1. html >

义的目的是揭露任何话语、定义等企图包含所有意义和终结意义的东西。在佩列文的创作中,解构体现在揭露导致个性衰减甚至丧失的任何意识体系。由意识构成的这个世界与现实世界不同,它完全是由佩列文借助于科技、宗教、哲学等领域的知识,并凭借丰富的想象营造而成的。

佩列文的虚拟世界首先通过电脑、网络、电视、广告等信息媒介来营造。有人曾说,佩列文的创作基本有两个源头——电脑和大众文化[①]。的确如此,佩列文本人也承认自己是一名职业电脑用户,大部分创作利用电脑而非纸张写成[②]。这一点也许源于他良好的理工科教育背景。除了熟练运用现代技术手段,他的很多作品内容也直接与科学技术有关。比如,《国家计划王子》是以电脑游戏为基础写成的,《恐怖头盔》是对网络聊天的模拟,《"百事"一代》是对当代社会最为普及的大众传媒介质——电视及其衍生品广告的描写。电脑游戏、网络聊天、电视广告等此类大众文化进入了佩列文的创作世界,再加上他创作中英俄混杂的现象,使得佩列文成了时髦作家的代言人。有人甚至称他为大众文学作家,虽然作家本人始终拒绝这一称呼[③]。

佩列文虽然善于用现代技术手段营造虚拟现实,但其目的正是要通过虚拟现实来反衬周围现实的虚假性,证明所有的现实都是意识的产物,都被人的意识生成、制造、利用。实际上,作家本人对现代技术、城市、进步等字眼充满批判态度。他在一次采访中说:"人们甚至不知道统治他们生活的力量是什么。他们不明白自己进化的意义。那被称为'进步'的东西,将人变得比自由生活的动物更低等。"[④]

---

① Долин А. Виктор Пелевин: новый роман. < http://pelevin. nov. ru/stati/o-dolin/1. html >

② Интервью. Виртуальная конференция с Виктором Пелевиным. < http://pelevin. nov. ru/interview/ >

③ Там же.

④ Кочеткова Н. Писатель Виктор Пелевин: "Вампир в России больше чем вампир". < http://www. izvestia. ru/reading/article3098114/ >

由于对意识的极度关注,佩列文对西方哲学也表现出浓厚的兴趣。然而,这种兴趣并不代表他追随某种哲学流派,或者想成为陀思妥耶夫斯基那样集哲学家、思想家、作家多重身份于一身的人。正如楚尔甘诺娃对佩列文的哲学兴趣的解释:"哲学层面揭示出作品的深层世界观结构,但这也并不意味着追随哲学流派,而是对各种深层哲学问题的重演,有时甚至是创新。"①佩列文自己也说:"我没有认真对待职业哲学家,即使我明白他们在说什么。哲学是一种自我封闭的思考。无论这种思考本身有多么完美,都会导致进一步的思考。无节制的思考走到极限、消失和停止时,就给我们能给予它的最好的东西,因为它是我们所有问题的根源。"②正因为佩列文对哲学的兴趣,我们在他的创作中看到了尼采(Friedrich Nietzsche)和海德格尔(Martin Heidegger)的虚无主义,德里达(Derrida)的解构主义,荣格(Carl Jung)的集体无意识,弗洛伊德(Sigmund Freud)的心理分析,萨特(Jean-Paul Sartre)的存在主义,博德里亚(Jean Baudrillard)关于"消费社会"的文化理论等。这些西方哲学思想和理论都成为佩列文构筑虚幻世界的理性材料。

佩列文同很多后现代主义作家一样,希望通过非理性的方式来认识宇宙世界,因此作品中笼罩着浓郁的神秘主义气息。在佩列文的创作中,这种神秘主义表现为很深的宗教情节。但这里涉及的宗教是东方佛教,而不是俄罗斯传统的东正教。有趣的是,尽管佩列文是一个土生土长的俄罗斯人,但他完全排斥基督教信仰。他在一次采访中说:"我还没有疯掉,以至于和基督教有什么关系。"③他坦言自己是好祈祷者、不可知论者。正是这样的一个不可知论者,深深地迷恋上了东方佛教。

佩列文对佛教的兴趣始于孩童时代。充满悖论的是,他的宗教

---

① Цурганова Е. Современный роман и особенности литературы второй половины XX в. // Современный роман: Опыт исследования. М. ,1990. С. 8.

② Кропывьянский Л. Интервью с Виктором Пелевиным. < http://pelevin. nov. ru/interview/o-bomb/1. html >

③ Интервью. Виртуальная конференция с Виктором Пелевиным. < http://pelevin. nov. ru/interview/ >

情结产生于无神论思潮盛行的苏维埃时代。那时很难弄到宗教类书籍，而老师为了让学生更深入地理解无神论，要求学生在指定的图书馆对比阅读宗教书籍，其中包括道教和佛教。阅读到佛教时，还是孩童的佩列文内心竟然有了一丝欣慰，因为佛教是"唯一不像苏维埃政权在精神领域内的投影的宗教"①。也许是逆反心理使然，佩列文对佛教有了最初的兴趣。成年后，他曾到韩国、中国、日本、尼泊尔、不丹等国著名的佛教寺院，悉心感受佛教的内涵。所以，佩列文几乎所有作品都或多或少透露出佛教"空"之思想。无论他笔下的主人公是什么——小鸡(《隐士与六趾》)、昆虫(《昆虫的生活》)、年轻知识分子(《恰巴耶夫与普斯托塔》、《黄箭》)、宇航员(《奥蒙·拉》)，他们(它们)都逐渐意识到现实的虚假性，并为了追求真正的存在而奔向虚空的世界。但佩列文坦言自己不是佛教研究者，也不是佛教信徒。他对佛教的兴趣，只是为了研究和训练自己的意识②。

佩列文的"空"与佛教的"空"有很大不同。佩列文笔下之"空"的第一层含义是：现实乃人的意识的衍生物，充满了混沌、凌乱、虚幻。因此，他笔下的"空"可以用"虚假"、"幻影"等同义词来替换。他曾说，现代社会是在万花筒一样的基础上构建起来的，这种万花筒不是上帝而是魔鬼想出来的，因此整个世界是混乱的，充满了各种"胡说八道"的东西，没有客观的现实；而所谓的"现实"都只是幻影，一切都归结为"空"。佩列文笔下之"空"的第二层含义是：世界无终极真理。这一内涵几乎是所有后现代主义作家世界观的一大特点，也是后现代主义文学的基本主张和立场之一。但是，佩列文的虚空观却融合了东方佛教和俄罗斯乃至世界文化遗产，这一点已有研究者注意到了。比如明凯维奇(А. Минкевич)说，佩列文在《恰巴耶夫与普斯托塔》中表现的是"非宗教的，融合了基督教、佛教、无神论和泛神论的特殊的宗教世界观"③。

---

① Кропывьянский Л. Интервью с Виктором Пелевиным. < http://pelevin. nov. ru/interview/o-bomb/1. html >

② Там же.

③ Минкевич А. Поколение Пелевина. < http://pelevin. nov. ru/stati/o-mink/1. html >

　　神话是使佩列文作品充满神秘主义的另一重要原因,也是他构筑虚幻世界的一种途径。古希腊神话(《恐怖头盔》中关于牛人弥诺陶洛斯的神话)、古埃及神话(《奥蒙·拉》中关于拉神的神话)、古巴比伦神话(《"百事"一代》中关于巴别塔和女神伊什塔尔的神话)、中国神话(比如《妖怪传奇》中关于狐狸精的神话)等世界各国神话在佩列文的创作中无所不有。但佩列文对神话的运用与其说是恢复了传统神话,不如说是改造了它们,借助它们打造新的神话。

　　无论对东方佛教的兴趣,还是对西方哲学思想的吸纳,或者对世界神话的改造,都体现出佩列文的诗化思维。诗化思维是海德格尔提出的,其特点是想象性、形象性、比喻性及瞬间揭示事物内部特征。诗化思维是后现代主义者最钟爱的思维方式,因为他们拒绝自古希腊罗马以来一直统治着西方思想界的理性主义、文化传统和基督教信仰,认为对客观世界的认知不能依靠自然科学知识或传统哲学,而只能依靠直觉的诗化思维。一个有趣的事实是,海德格尔提出的诗化思维及诗化语言都来源于东方哲学和美学,尤其是佛教和道教体系。东方文化所强调的直觉正好符合后现代主义者对理性的怀疑和拒绝,因而被他们所吸收。

　　佩列文用科技、佛教、哲学、神话等手段营造虚幻世界,并将虚幻世界与现实世界对立:"现实世界和虚幻世界的对立是佩列文整个艺术创作中最中心的二律背反体。"①佩列文几乎每一部作品都包含二律背反体。比如,《黄箭》中运动着的现实世界与静止死亡的虚幻世界对立,《奥蒙·拉》中尘世生活与虚幻的宇宙世界对立,《国家计划王子》中现实生活与电脑营造的虚幻时空对立,《昆虫的生活》中人的现实生活与虚幻的昆虫世界对立,《数字》中当代俄罗斯现实世界与数字构成的神秘世界对立,《恰巴耶夫与普斯托塔》中现实世界与神秘不可知的佛祖世界对立,长篇小说《"百事"一代》中后苏维埃现实与电视广告营造的虚幻世界对立等。总之,如果我们把佩列文作品中不同的虚拟世界看成矢量,那么这些矢量都和"现实"这一共同的恒量相对立。佩列文的独到之处正在于,他所描写的现实世界既

---

　　① Коваленко А. Г. Литература и постмодернизм. М. , 2004. C.107.

不是完全有序的，也不是完全混乱的，而处于与虚幻世界的互动和融合之中，最终汇入虚空和神秘主义的洪流之中。这一点也是俄罗斯后现代主义文学发展到 20 世纪 80—90 年代的重要特征之一："现实在虚幻的洪流中消失，将世界变成很多同时存在、互相交织又相互消解和压制对方的文本、文化语言和神话构成的混乱体，……成为 80—90 年代后现代主义的主要出发点。"①

佩列文戏拟二元对立诗学的同时，利用多时空交织、片段化叙述等文学手法，使现实世界和虚幻世界相互交织、互相渗透，从而造成现实就是虚幻、虚幻就是现实的效果，达到彻底解构现实之目的。从这个意义上讲，佩列文是一个意识形态化作家。他将"现实即虚幻"这一世界观通过自己的作品强加给读者，为读者营造了一个个亦幻亦真的艺术图景，让读者迷恋于他营造的独特艺术图景。

佩列文在创作中用各种方式营造出千变万化的虚幻世界，并将它们与"现实世界"对立，这表现出作家对人类逻辑和理性的怀疑，是拆除中心与霸权的强烈诉求，也体现了俄罗斯后现代主义文学的创作理念和立场："俄罗斯后现代主义文学对一切调整世界的尝试持有痛苦的怀疑，它试图解除对混乱的限制，并在纷扰之中倾听文化的多种声音。让文化从以秩序、和谐和自由理想的经常性斗争为基础的范式向混沌的范式过渡。"②

然而，打倒了一切、实现了混乱之后的佩列文更迷惘、更不知所措了。苏联文化被拆解了，当代俄罗斯文化被否定了，所有的意识形态被铲除了，留下的是真正的虚空。俄罗斯社会文化的现实与未来在哪里？生活的意义和目的在哪里？佩列文和很多俄罗斯后现代主义作家都无法回答，他们"正处于前所未有的困惑中，现实的发展和变化超出了他们的虚构与想象……不可否认，面对这种陌生化了的现实，他们中的一些人的确有些手足无措"③。佩列文在创作中建构

---

①　Лейдерман Н. Л., Липовецкий М. Н. Современная русская литература. Том 2. М., 2003. С. 422.

②　Там же, С. 316.

③　《俄罗斯当代文学小说集》，张建华等译，人民文学出版社 2006 年版，序二。

的各种怪诞虚空图景,是他对曾经的社会体制的心理回应,是他对不久前发生在俄罗斯一系列荒诞事件的讽刺和嘲弄,也表现了他对俄罗斯当下和未来的迷茫。于是,佩列文成了一个虚无主义者,不可知论者,怀疑主义者,康德主义者,新柏拉图主义者,神秘主义者,浪漫主义者,悲观主义者。最后也可以说,他什么也不是。

第一章　佩列文现象的缘起

佩列文现象在当代俄罗斯具有特殊性,同时又有普遍性。特殊是因为,这是当代俄罗斯文坛特有的现象。普遍是因为,当代俄罗斯文坛不仅有佩列文现象,还有维涅·叶罗菲耶夫现象,索罗金现象,托尔斯塔雅(Т. Толстая)现象……这个名单还可以补充很多。所以说,佩列文现象是当代俄罗斯文学的一种标志性现象,类似的现象是俄罗斯社会发展到新的历史时期的产物,"只要文化环境对这种现象有需求,它就不会结束。如果不是佩列文,也会有另外一个人来充当他的角色"①。因此,本章第一节将分析佩列文现象产生的社会文化背景,即苏联解体前后开始的多元化、开放性的社会文化发展态势。主要从文学思潮和流派、文学出版物、文学批评、文学奖项、文学组织和团体各个方面具体论述。

佩列文的创作不仅与20世纪末俄罗斯社会文化领域内发生的重大变化有关,还与世纪末俄罗斯文学进程中的后现代主义文学思潮有关。苏联的解体引发了西方文化对俄罗斯各个领域的影响和冲击,文学领域也不例外。西方后现代主义文学作品和理论的流入,刺激了很久以来蕴藏在俄罗斯本土土壤中的后现代主义创作倾向,最终引发了90年代俄罗斯后现代主义文学热潮。佩列文的创作始于80、90年代之交,作为一名懂英语、精通电脑的当代青年作家,他的创作必定受到这种文学思潮的影响。因此,本章第二节将分析俄罗斯后现代主义文学的产生、发展、形式、地位、影响及命运,以帮助我们更深刻地理解佩列文的创作。

---

① Шайтанов И. Проект Pelevin // Вопросы литературы. 2003. №4.

第一节　社会文化背景

1985 年,苏联国内提出的"新思维"、"民主化"、"公开性"不仅是政治、经济、思想领域内的口号,也成为社会文化生活的新追求。在官方政策的导向下,苏维埃社会各个领域开始发生重大变化。在政治领域,"新思维"提出不久,苏联理论界开始重新审视苏联共产党在苏维埃社会中的地位和作用,马克思列宁主义和社会主义思想受到挑战。在经济领域,"新思维"否定社会主义公有制和计划经济体制,推行私有化和市场经济。在思想领域,"新思维"促使苏共领导人重新审视资本主义社会关于民主、人权和法治等观念,并逐渐将其合理的权力分配和议会制度引入苏维埃社会。此外,苏维埃官方还大规模清算过去的错误,为苏维埃不同年代受政治迫害的人彻底平反。在文化领域,"民主化"和"公开性"成为苏维埃官方制定新文化政策的两大法宝。1990 年,《苏联出版与其他大众传媒法》颁布,这一划时代的文件不仅保障了公民出版自由和言论自由,取消了书报检查制度,而且引发了苏维埃广播电视界、电影界、音乐界、造型艺术领域和文坛的重大改革和变化①。

随着苏联政治生活中的民主化进程不断加快,苏维埃文坛出现了几大突出现象,它们对之后的文学发展进程具有深远的影响。

第一大突出现象是文坛两大派别之争。这两大派别分别是"自由派"(或称"改革派"、"民主派"、"西方派"等)和"传统派"(或称"正统派"、"保守派"、"爱国派"、"新斯拉夫派"、"新土壤派"等)。自由派和传统派起初主要都由文艺创作者组成,后来随着其他领域的人物尤其是政治家的加入,组成成员变得复杂起来。两派以各自的杂志为阵营,通过发表作品或政论文来宣扬自己的观点和主张。自由派以《星火》、《文学报》、《新世界》、《旗》、《十月》、《青年

---

① 　任光宣:《俄罗斯文化十五讲》,北京大学出版社 2007 年版,第 289—292 页。

（*Юность*）、《书评》等杂志为斗争基地。他们谴责斯大林时代的过失及整个苏维埃极权主义体制，批判民族主义、沙文主义和帝国主义传统，主张学习西方民主体制，崇尚西方文化，宣扬价值观多元化，对改革后的文艺发展持有乐观态度。传统派则以《我们的同时代人》（*Наш современник*）、《青年近卫军》（*Молодая гвардия*）、《文学俄罗斯》（*Литературная Россия*）、《莫斯科》（*Москва*）等杂志与自由派对阵。他们对苏维埃国家及其机构的力量仍旧深信不疑，竭力维护俄罗斯民族文化传统，呼唤爱国主义精神，坚决抵制西方文化和价值观入侵，对现代派艺术和大众文化的泛滥深表担忧，对改革后的文艺发展持有悲观论调。从以上自由派和传统派的观点来看，"双方争论的问题和内容大大越出文学和文化的范围，而涉及政治、经济、外交、历史、道德、宗教等一系列领域……是改革时期苏维埃社会政治生活和文化生活的缩影"①。

　　80 年代末，苏维埃文学界另一大文学现象是第三次"回归文学"（*возвращённая литература*）浪潮。20 世纪的俄罗斯文学史上总共出现过三次"回归文学"浪潮，前两次分别发生在世纪初的白银时代和世纪中期的"解冻"时期。这次的"回归文学"浪潮是书报检查制度取消的直接结果，它在规模和数量上都是前两次不可企及的，几乎所有之前未出版过的作品都得以出版。不少俄罗斯文学研究者都尝试过将这些作品进行归纳和分类，比如巴耶夫斯基（В. Баевский）②，列依捷尔曼和利波维茨基等③，但都苦于出版作品范围的宽泛而都承认自己的归类具有假定性和相对性。我们综合他们的归纳，将"回归文学"作品分为五大类。第一类是 20 世纪初白银时代作家的作品，比如古米廖夫（Н. Гумилёв）的《可恶的日子》，阿赫玛托娃（А. Ахматова）的《安魂曲》，茨维塔耶娃（М. Цветаева）、吉皮乌斯（З. Гиппиус）、曼德尔施塔姆（О. Мандельштам）和谢韦里亚宁

---

① 任光宣：《俄罗斯文化十五讲》，北京大学出版社 2007 年版，第 298 页。

② 参见任光宣：《俄罗斯文化十五讲》，北京大学出版社 2007 年版，第 301 页。

③ Лейдерман Н. Л., Липовецкий М. Н. Современная русская литература. Кн. 2. М., 2001. С. 414-415.

（И. Северянин）等人的诗歌作品，以及别雷（А. Белый）、梅列日科夫斯基（Д. Мережжковксий）等人的小说。这些作品主要因为浓厚的宗教哲学思想或对新生苏维埃政权的不满情绪而为当时的官方所不容。第二类是苏维埃政权各个时期曾经一度走红但后来受到迫害的作家的作品，比如高尔基（М. Горький）的《不合时宜的思想》（*Несвоевременные мысли*），巴贝尔（И. Бабель）、皮利尼亚克（Б. Пильняк）、普拉东诺夫、布尔加科夫、杜金采夫（В. Дудинцев）等人的作品。第三类是苏维埃时期居住在国内的作家通过地下形式秘密出版和传播的作品，或在海外出版后通过各种渠道秘密进入苏联国内的海外出版物。前者如特瓦尔多夫斯基（А. Твардовский）的《凭着记忆的权利》（*По праву памяти*），后者如帕斯捷尔纳克（Б. Пастернак）的《日瓦戈医生》（*Доктор Живаго*），索尔仁尼琴（А. Солженицын）的《古拉格群岛》（*Архипелаг ГУЛАГ*）、《第一圈》（*В круге первом*）、《癌病房》（*Раковый корпус*）和《红轮》（*Красное колесо*），以及文学丛刊《大都会》（*Метрополь*）①上刊登的作家作品等。第四类是俄罗斯侨民文学作品，比如什梅廖夫（А. Шмелёв）、扎伊采夫（Б. Зайцев）、梅列日科夫斯基、维亚切·伊万诺夫（Вяч. Иванов）、霍达谢维奇（В. Ходасевич）、纳博科夫、布罗茨基（И. Бродский）、马克西莫夫（С. Максимов）、多甫拉托夫、沃伊诺维奇（В. Войнович）、弗拉基莫夫（Г. Владимов）等诗人和作家的作品。第五类是70—80 年代创作但由于其"先锋性"、试验性而被禁止出版的作品，比如维涅·叶罗菲耶夫的小说，萨杜尔（Н. Садур）的话剧，弗谢·涅克拉索夫（Вс. Некрасов）、霍林（И. Холин）、萨普吉尔（Г. Сапгир）、普里戈夫（Д. Пригов）、鲁宾斯坦（Л. Рубинштейн）、日丹诺夫（И. Жданов）、

---

① 《大都会》杂志于 1979 年在莫斯科创刊，总共印刷了 12 份。创刊人是梅谢列尔（Б. Мессерер）和博罗夫斯基（Д. Боровский）。其中刊登的都是当时未能通过苏联书报检查的作家作品，比如瓦·阿克肖诺夫（В. Аксёнов）、比托夫（А. Битов）、阿赫玛杜琳娜（Б. Ахмадулина）、沃兹涅先斯基（А. Вознесенский）、列因（Е. Рейн）、维索茨基（В. Высоцкий）、阿列什科夫斯基（Ю. Алешковский）、萨普吉尔（Г. Сапгир）等人的作品。该丛刊不久就被官方关闭，而编辑维克多·叶罗菲耶夫（В. Ерофеев）和波波夫（Е. Попов）被开除苏联作协，大部分参加这个丛刊的作者很长时间都被禁止发表作品。

叶廖缅科（А. Ерёменко）、施瓦茨（Е. Шварц）、帕尔希科夫（А. Парщиков）等人的诗歌。

"回归文学"浪潮自然引发了出版热，苏联时期出版过的和未出版过的作品都纷纷与读者见面。于是80年代末，苏联国内报纸杂志和各种书籍骤增，发行量和出版量均突破历史记录。这一热潮既有积极意义，又隐藏着不少问题。其积极意义在于，苏维埃时代真正的文学经典终于得以面世，创作者的心血和努力得到了承认。另外，受"回归文学"作品主题和写作手法的影响，加上国内日渐宽松自由的文化气氛，80年代中后期出现了文学创作高峰，文学手法也逐渐多样化。但是，80年代末的出版热毕竟带有"补偿性"（涅姆泽尔语），想弥补曾经错过的东西的心理占了上风，因此盲目的出版热导致了出版物质量良莠不齐，读者陶醉于经典的同时也受到各种文字垃圾的污染。

1991年，随着苏联的解体，苏维埃官方文化和文学寿终正寝。尽管从80年代中后期的改革时代开始，苏维埃官方文化和文学已经出现末日征兆，但改革时期与苏联解体之后的文化和文学发展有着本质的不同。

改革时期的苏维埃政权仍旧对文化和文学生活具有控制权，掌握着文化和文学发展的意识形态方向，因此文化和文学仍旧保持着社会主义观念，其宗旨仍旧是全人类的价值高于一切，内容还是免不了社会主义现实主义教条以及乌托邦幻想。

随着苏联的解体，苏维埃人的乌托邦理想彻底粉碎，加上整个社会面临的经济危机和物质匮乏，大多数人都经历了精神上的空虚甚至绝望。当人们面对巨大的社会变化而变得无所适从时，精神深处出现了"真空"，急需各种新的内容来填补。于是，90年代的俄罗斯出现了与世纪初白银时代相似的社会文化氛围：一些人对苏维埃政权充满留恋之情，盼望昨日重现；一些人希望俄罗斯效仿西方民主体制，尽快走西方式的发展道路；另外一些人则希望重现沙皇时代的辉煌，恢复俄罗斯民族传统；还有一些人什么也不信，陷入了无政府主义和虚无主义的漩涡。总之，各种世界观杂糅，各种社会势力在并行中相互制约和斗争，

"20 世纪末的俄罗斯文化重新经历着'混乱时代'"①。

混乱的精神信仰和社会思潮滋生了 20 世纪 90 年代的多元文化。这里有继承苏维埃时代文化传统和价值观的"苏维埃文化",有主张西方自由主义和个人主义价值观的"西方文化",有旨在发展俄罗斯民族文化传统和价值观的"传统文化",也有受市场经济影响追求物质利益和刺激性感官享受的"大众文化"等。以上这些文化思潮是新时期主要的文化现象,但并没有囊括全部。实际上,还存在很多大大小小的文化思潮和现象,它们一起构成了新时期俄罗斯社会的亚文化。它们之间有矛盾和对立,但更多的是相互渗透、相互关联,没有绝对不可逾越的界限。从这个意义上说,90 年代的文化是多元化的开放型文化。

90 年代的文学解除了意识形态牢笼,卸掉了各种附加的社会教育功能和价值观,社会主义现实主义教条和乌托邦幻想消失殆尽,很多作家主动或被动地与政治拉开距离,俄罗斯传统文学中的道德感、使命感和责任感遭到新潮作家的揶揄和讽刺。比如,作家索罗金在《20 世纪俄罗斯短篇小说集》的序言中直言:"俄罗斯文学一直只有'灵魂'而缺少'肉体'。"维克多·叶罗菲耶夫在其主编的当代俄罗斯文学作品选集《俄国"恶之花"》的前言中写道:"以恶为对象的鲜亮一页已被写进了俄罗斯文学。其结果,俄罗斯的经典小说将永远不再是生活的教科书和终审法院的真理了。"②

90 年代,"文学中心论"在曾经的阅读大国结束了。其实早在改革时期,读者对"纯文学"的兴趣已经开始降低,他们更愿意阅读揭露极权主义体制及其后果的政论文。苏联的解体更引起了"纯文学"作品阅读的空前危机,这其中有众多原因。从读者方面来看,苏联的解体使民众工资收入普遍滑入低谷。面对物质生活甚至生存的巨大压力,文学显得很不实用,于是出现了"谁也不需要文学"的尴尬。从创作者方面来看,苏联的解体同样给他们带来了空前的经济危机,不仅

---

① Кондаков И. В. Культурология: история культуры России. М. : ИКФ Омега-Л, Высш. шк. , 2003. С. 458.

② Ерофеев В. Русские цветы зла: Антология. М. : ПОДКОВА, 1998. С. 30.

他们自己的物质生活捉襟见肘,而且政府能提供的文学创作奖金少之又少,很多作家迫于生活的压力不得不辍笔不耕。

90 年代,随着意识形态的解除和道德教育功能的消失,俄罗斯文学"不再是知识分子的社会生活中心,它逐渐丧失了'生活的教科书'的地位和作用,而变成了一种休闲娱乐方式。文学的道德教育功能被休闲娱乐功能所取代"①。其中也有多方面的原因。其一,很多作家为了赚取生活费而改变创作风格,刻意迎合大众阅读口味。其二,苏联解体之初陷入经济困境的出版社,为了生存而利用各种方法扩大图书销售,其中最主要的方法就是大量出版娱乐性和刺激性读物。于是,新时期的俄罗斯文坛出现了大众文学热潮,市场上的畅销书多是侦探小说、言情小说和惊险小说等,作品的销量和作者的写作完全由阅读市场决定。相比之下,严肃文学作品出版数量有所减少。因此,可以毫不夸张地说,90 年代的俄罗斯文学也是市场化的文学。

随着一元意识形态的结束,知识分子和创作者的价值观出现了多元化倾向。改革时代自由派与传统派持续了六年的激烈争论在苏联解体之初依然不断,但原先那种政治狂热已经开始消失。文学批评界争论不休的不再是政治问题,而是纯文学问题。双方的关系有时出现松动,甚至寻求过联合与合作,随之平息的还有改革时代的杂志大战。另外,如果说改革期间俄罗斯文学有官方文学、地下文学、侨民文学(海外出版物)等各种文学划分界限,则苏联解体后这些划分都失去了意义,各种文学之间的界限消失。

90 年代,俄罗斯文学界出现了"全新的批评体系"②。新的批评体系废除了苏维埃时期的意识形态标准,而纳入历史的、道德的、审美的等诸多新标准。苏联时期的很多国家文学奖项被取消,比如列宁奖(Ленинская премия)、斯大林奖(Сталинская премия)、苏联国家文学艺术奖(Государственная премия России в области литературы и искусства)、苏联作家协会奖(Премия Союза

---

① Коваленко А. Г. Литература и постмодернизм. М. , 2004. С. 5.

② Сушилина И. К. Современный литературный процесс в России. М. , 2001. С. 130.

писателей СССР）等，取而代之的是数目繁多、花样新奇的各种新设
文学奖项。有关统计数据表明，新时期大大小小的文学奖项达到了
160 种，更有达到 300 余种的说法。面对如此众多的奖项，俄罗斯文
学批评家也开始惊呼："对俄罗斯有如此多的奖项感到害怕，几乎每
一个作家都会得奖，有时候不止一项奖。"①

　　新时期文学奖项的设立者也各不相同，其中有俄罗斯国家政府，
比如根据俄联邦总统令设立的俄罗斯国家奖（Государственная
премия России，1992—　　）和俄罗斯国家普希金奖（Государственная
пушкинская премия России，1994—2004）；有外国资助者，比如英国
布克公司设立的布克奖（Букеровская премия，1991—　　），德国设立
的"焦普菲尔普希金基金奖"（Пушкинская премия фонда А.
Тепфера，1989—2005）；有俄罗斯国内外社会团体或个人，比如《独
立报》设立的"反布克"奖（Премия"Антибукер"，1995—2000）。文
学奖项的奖励对象也不尽相同，比如，为"60 年代"创作者设立的"凯
旋"奖（Премия"Триумф"，1992—　　），为 25 岁以下的年轻作家设
立的"处女作"奖（Премия"Дебют"，2000—　　）。有的文学奖项在创
作体裁或题材上有限制，比如"俄罗斯科幻"奖（Премия"Русская
фантастика"，2001—2004）表彰年度优秀科幻小说，"诗人"奖
（Премия"Поэт"，2005—　　）授予优秀诗歌作品，"珍贵幻想"奖
（Премия"Заветная мечта"，2006—　　）奖励儿童文学创作。有的文
学奖项是为了纪念俄罗斯经典作家而设立的，比如老牌文学奖别雷
奖（Премии Андрея Белого，1977—　　），索尔仁尼琴奖（Премия
Солженицына，1997），奥库扎瓦奖（Премия имени Булата
Окуджавы，1998—2003），卡扎科夫奖（Премия имени Юрия
Казакова，2000—　　），纪念列夫·托尔斯泰的"雅斯纳雅·波良纳"
奖（Премия"Ясная Поляна"，2003—　　），蒲宁奖（Премия имени
И. В. Бунина，2005—　　）等。有的奖项覆盖全俄罗斯，比如俄罗斯
大文学奖（Большая литературная премия России，1997—　　），"巨

---

① Костанян А. Литературная премия как факт литературной жизни // Вопросы
литературы. 2006. №1.

著"奖（Премия"Большая книга",2005— ）。有的奖项则是地区性的，比如彼得堡的"北方帕尔米拉"奖（Премия "Северная Пальмира", 1994—2002），特维尔州的萨尔蒂科夫·谢德林奖（Премия имени Салтыкова-Щедрина）等。类似的文学奖项可以列出长长的名单。其中很多奖项由于各种原因不再授予，有的奖项还在继续。尽管各种奖项之间的金额差别较大，但它们或多或少给予了作家物质上的帮助和精神上的鼓励，刺激了他们的创作热情，使沉闷的俄罗斯文坛变得活跃起来。同时也应当看到，由于当代俄罗斯文学界始终处于分裂状态，加上评奖委员会成员们的喜好不同，因此同一奖项经常出现截然不同的评选结果，获奖作品并非都是杰作。繁多的文学奖项也使读者无法客观公正地辨别作家作品，甚至出现了不合逻辑的反常现象：以前的俄罗斯是读者先阅读，作家再获奖，这份奖是读者对作家的肯定，而现在的俄罗斯是作家先获奖，然后才有人读他①。

从改革时期起，曾经作为所有作家联盟和统一战线的苏联作家协会内部矛盾丛生，尤其表现在自由派和传统派的斗争上。1991年"八一九事件"之后，自由派另立山头，成立了"俄罗斯作家协会"（Союз российских писателей），与原有的传统派控制的"俄罗斯联邦作家协会"（Союз писателей Российской Федерации）对峙。苏联正式宣告解体之后，夺取了苏联作家协会领导权的自由派将其改名为"作家协会联合体"（Содружество союзов писателей）。苏联作协的解散，标志着俄罗斯文学组织不再依附中央、不再受官方意识形态的控制。从此，除了自由派和传统派各自的文学团体，还出现了众多新文学团体和组织，它们共同"成为确定美学品味的'杠杆'"②。这些团体和组织中，有的包含所有形式的文学创作，比如俄罗斯笔会（Российский ПЕН-центр, 1989— ），扎乌米研究院（Академия зауми, 1990— ）等。有的致力于某一具体文学领域创作，比如诗歌

① Костанян А. Литературная премия как факт литературной жизни // Вопросы литературы. 2006. №1.

② Коваленко А. Г. Литература и постмодернизм. М. , 2004. С. 11.

研究院（Академия поэзии, 1998—　），俄罗斯当代文学研究院
（Академия русской современной словесности, 1997—2005）。有的
文学团体由一定年龄群的作家构成，比如由年轻文学家组成的巴比
伦（Вавилон, 1989—　）。有的文学团体在俄罗斯国内有地域限制，
比如圣彼得堡作家协会（Союз писателей Санкт-Петербурга,
1991—　），莫斯科作家协会（Московский союз писателей,
1991—　）。有的团体则是由在国外的俄语作家构成的，比如拉脱维
亚俄罗斯作家组织（Русская писательская организация Латвии,
1992—　），德国俄罗斯作家协会（Союз русских писателей в
Германии, 1998—　）等。

　　随着苏联的解体，社会主义现实主义文学一统天下的局面被打
破，形形色色的文学思潮和流派开始充斥文坛。"如果说改革时期的
俄罗斯文学主要是以意识形态分成两种对立的派别，那么在 1991 年
后，俄罗斯文学不仅仅以意识形态来划分派别，而是以文体、风格、体
裁、创作方法分成不同的流派，形成了俄罗斯文学发展的多元局
面。"①从题材上看，有宗教题材，社会道德题材，战争题材，城市题
材，农村题材等。从风格流派看，并存有现实主义，新现实主义，先锋
主义，后先锋主义，现代主义，后现代主义，新感伤主义等。不同题
材、不同流派的文学作品使得 90 年代的俄罗斯文学呈现出全新的面
貌，散发出与刚刚过去的苏维埃文坛全然不同的气息，因此评论界一
般把 90 年代以后的俄罗斯文学称为"新文学"。这种"新"体现在以
下一些新现象和新特点。

　　首先，随着苏联的解体，社会主义现实主义文学不复存在，但现
实主义文学传统并没有消失。一大批作家继续坚持现实主义创作，
他们没有忽视新时期社会生活发生的巨大变化，而是将现实主义传
统和新时期的时代特征结合起来。例如，苏维埃时期的战争文学作
家阿斯塔菲耶夫（В. Астафьев）在新时期里仍旧坚持战争主题创作，
但此时的战争小说不再是表达战争胜利情绪，而注重展示战争期间

---

　　① 任光宣：《俄罗斯当代文学概述（1985—1998）》，载李毓榛主编：《20 世纪俄罗斯
文学史》，北京大学出版社 2000 年版，第 430 页。

普通人与整个社会的恶势力和死亡危险之间激烈的矛盾冲突。苏维埃时期的农村文学代表拉斯普金(В. Распутин)在新时期主要描绘新俄罗斯景观,特别关注国家普遍的精神道德,关注小人物在新时期混乱现实中的命运等。而作家马卡宁(В. Маканин)将现实主义的内容与后现代手法结合起来,创作出一系列具有反思性质的小说,其中既有对人类历史和善恶问题的反思性探究,也有对诸如个性压抑、精神迷茫等社会问题的揭露。现实主义文学家们竭力维护着艺术家及其创作的独立性,永不放弃作家的那份社会责任。

与传统现实主义既相似又不同的是所谓的新现实主义(Неореализм)。新现实主义作家的创作内容基本上还是以反映社会现实为主,这一点与现实主义相似。但他们使用的是与传统现实主义完全不同的美学手法,其中主要借鉴现代主义和后现代主义的文学手法,比如夸张、怪诞、多时空、幻想等。新现实主义的典型代表有瓦尔拉莫夫(А. Варламов)、基列耶夫(Р. Киреев)、鲍罗金(Л. Бородин)、叶基莫夫(Б. Екимов)等。另外,还有一些作家的部分作品属于新现实主义,比如金(А. Ким)、布依达(Ю. Буйда)、斯拉波夫斯基(А. Слаповский)、布托夫(М. Бутов)等。

新时期文学的一大景观是女性文学(Женская проза)。女性文学或表现"女性的感受、经验和生活",或表现"女主角的女性意识,现代意识,弘扬女性主体意识"①。它的崛起打破了男性作家始终占据俄罗斯文坛主导地位的局面。彼特鲁舍夫斯卡娅(Л. Петрушевская)、托尔斯塔雅、乌利茨卡娅(Л. Улицкая)被称为当代俄罗斯文学中的"女性三杰",她们的创作成为女性文学的典范。属于女性文学创作之列的还有女作家帕列伊(М. Палей)、维什涅韦茨卡娅(М. Вишневецкая)、斯拉夫尼科娃(О. Славникова)、波良斯卡娅(И. Полянская)等。这些女性作家在文学创作中表现出高超的艺术技巧,开创了与男性作家不同的艺术世界,丰富了当代俄罗斯文学。

---

① 王纯菲:《从男人世界中"剥"出来的女人世界》,载《俄罗斯文艺》1997年第2期,第58页。

在新时期大众文化盛行的社会背景下,以侦探小说、科幻小说、言情小说为代表的大众文学(Массовая литература)成为喜欢快餐文化读者的首选对象。在侦探小说领域,不仅有卡楚拉(Г. Качура)和阿库宁(Б. Акунин)这样的男性作家,更涌现出大批女性侦探小说家,比如玛丽尼娜(А. Маринина)、东佐娃(Д. Донцова)、波利亚科娃(Т. Полякова)、达什科娃(П. Дашкова)、马雷舍娃(А. Малышева)、瓦辛娜(Н. Васина)、奥兰斯卡娅(А. Оранская)、普拉托娃(В. Платова)等。值得注意的是,女性侦探小说并不属于女性文学,因为前者是娱乐性的大众文学,后者属于严肃文学。科幻小说家代表首推米哈依洛夫(В. Михайлов)和布雷切夫(К. Булычев)。言情小说作为大众娱乐的一种方式,成为新时期众多读者排遣空虚和寂寞的案头书。

新时期最突出的文学现象当属后现代主义文学(Постмодернистская литература)。有人甚至不无夸张地说,后现代主义文学“吞没了所有现代主义的、20世纪后十年艺术中一切现代的东西”①。后现代主义文学作品情节淡化,却富含大胆离奇的想象(фэнтэээ)、反写(римейка)、夸张(преувеличение)、荒诞(абсурдизация)、游戏(игра)等各种文学手法。作品中多个时空交错相织,现实与幻想相互渗透,人物心理和真实性让位于游戏,充满浓郁的神秘色彩和虚幻色彩。在新时期各种文学思潮杂芜的社会文化背景下,集高贵与低俗、精英与大众、真实与梦幻、游戏与尊严于一身的后现代主义文学,成了20世纪末俄罗斯文坛的主要文学思潮之一。

不难看出,90年代的俄罗斯文学受到多元化的文化影响呈现出多元化的发展态势,因此有学者称,当代俄罗斯文学“不存在任何特征,而只有当代文化的状况特征”②。也就是说,当代俄罗斯社会文化

---

① Андреев Л. Художественный синтез и постмодернизм // Вопросы литературы. 2001. №1.

② Яркевич И. Современная проза глазами самогу // Вопросы литературы. 1996. №1.

不再像苏维埃文化那样由单一文化一统天下,当代俄罗斯文坛也没有一种文学思潮或流派能像社会主义现实主义那样独霸文坛。各种文化和文学现象共生共存、碰撞交织,在交融中斗争,在斗争中交融。

　　对于世纪末文化和文学多元化、开放型的发展局面,学界持有不同的态度。有些人乐观地看待这种发展状态,比如文学评论家涅姆泽尔认为,90 年代是"极好的十年","90 年代文学没有死亡也不会死亡"①。与涅姆泽尔持有相似观点的评论家有巴维里斯基、巴辛斯基(П. Басинский)、阿尔汉格尔斯基、达尔克(О. Дарк)、库里岑等。他们都将世纪末的俄罗斯文学看成一个复杂的内部过程,认为在这个过程中不同文学流派相互作用、相互影响。与他们的乐观态度相反的是一些悲观论调,比如评论家拉蒂宁娜(А. Латынина)说:"新的自由的十年是第一个日落的十年……现在另外一些人在哭泣:其实以前的书报检查制度更有意思一些。"②拉蒂宁娜这席话道出了当代俄罗斯文坛纷繁杂乱状态,也道出了一名评论家的感慨和无奈。持有类似论调的还有加尔科夫斯基(Д. Галковский),他在小说《没有尽头的死胡同》(Бесконечный тупик)中写道:"文学作为一种神话,作为思考世界的方式和占有世界的方式消失了。文学最后的残骸正在我们眼前消失。"还有一些人对世纪末的俄罗斯文学发展状态持有折中观点,比如评论家罗德娘斯卡娅认为,90 年代以来的文学是"不好不坏的文学",这是一个"书的世界,自给自足的文化生产,没有任何外来的能量"③。

　　我们认为,20 世纪末的俄罗斯文化和文学是俄罗斯精神文明发展史中的一个阶段,是各种因素发展的必然结果。世纪末俄罗斯文化和文学中的混乱意味着自由,多元意味着宽容,开放意味着吸收。因此,我们所看到的世纪末文化图景是一个缺点与优点并存,污点与色彩同在的彩绘图。世纪末文学创作者的水准高低不一,作品质量

---

① Немзер А. Замечательное десятилетие: О русской прозе 90-х годов // Новый мир. 2000. №1.

② Латынина А. Сумерки культуры //Литературная газета. 21 ноября 2001 г.

③ Роднянская И. Гамбургский ежик в тумане // Новый мир. 2001. №3.

良莠不齐,但不可否认出现了不少优秀的文学范例。文艺界对各种创作形式、题材、体裁、风格、文体兼容并收的开放态度,不仅使俄罗斯文艺摆脱了一元意识形态的桎梏,也使今天的俄罗斯文学和文化成为最活跃、最富有审美意义和最值得研究的对象之一。世纪末的俄罗斯文化和文学正如世纪初那样经历着蓬勃发展,但它是否能取得继"黄金时代"和"白银时代"之后的辉煌成就,还需要时间的洗练。我们相信,"真正的艺术作品具有永恒的生命力,它不会因为诞生它的时代或社会环境发生变迁而失去其魅力。"①

第二节 俄罗斯后现代主义文学

一、产生与发展

如同古典主义、感伤主义、浪漫主义、现实主义、现代主义等各种"主义"一样,后现代主义最早并非起源于俄罗斯,而是法国和美国。俄罗斯后现代主义作为"欧美后现代主义的一种变体"②,首先是全球化大潮的产物。抛开西方后现代主义思潮而孤立地谈论俄罗斯后现代主义难免会显得一知半解,因此起笔之前,我们有必要先了解一下西方后现代主义。

20世纪,最受全世界文艺界关注和争论的莫过于现代主义和后现代主义两大文艺思潮。但什么是后现代主义,什么是后现代主义文学,这些问题到现在仍旧悬而未决。在西方,关于后现代主义存在的分歧主要涉及它的起始时间、它与现代主义的关系以及它的实质等问题。

---

① 李毓榛:《编写20世纪俄罗斯文学史的思考》,载《国外文学》2000年第1期(总第77期),第114页。

② Скоропанова И. С. Русская постмодернистская литература. М.: Флинта: Наука, 2004. C.70.

　　一般认为,"后现代主义"这一术语最早来源于西班牙诗人费德利科·奥尼斯(F. Onis)的《西班牙暨美洲诗选》(1934)。达德莱·麦茨(D. Fitts)在《当代拉美诗选》(1942)中也使用过它。在他们看来,现代主义文学中已隐含着对自身进行反拨的倾向,这种倾向被他们称为"后现代主义"。20世纪60年代,这个术语开始广泛使用,首先是在建筑学中,然后迅速波及绘画、音乐、文学、文艺学、美学、哲学、社会学以及自然科学等领域。

　　关于后现代主义与现代主义的关系,主要观点认为,后现代主义是对现代主义的延续和发展,同时也是对现代主义的颠覆、否定和超越。我们完全赞同这种观点。从构词角度来看,"后现代主义"(постмодернизм)一词由前缀"后"(пост)和词干"现代主义"(модернизм)两部分构成。"后"用在"现代主义"之前,表达的是"某种东西继现代主义之后来临"的意思,因此从构词的角度来看,后现代主义应该发生在现代主义之后且欲将抛弃现代主义。但事实并非如此。如果新词"后现代主义"与旧词"现代主义"之间没有依附关系,则"后"就失去了它在新词中的意义,因此,后现代主义与现代主义之间必定有着复杂而微妙的关系,而不仅仅是先后关系①。实际上,正如所有带"后"的概念(后工业社会,后殖民主义,后结构主义等)一样,后现代主义是在现代主义的基础上发展起来的,它不是完全独立于现代主义的全新思潮,也不是现代主义的末期,而是现代主义的一个组成部分。它是指一切都要随着时间的推进而前行,要敢于超越和创新。

　　但后现代主义的出现本身就意味着现代主义将要被颠覆和否定。孕育于现代主义的后现代主义最终成了现代主义的掘墓人,这与现代主义的理论基础及西方文化传统有着直接关系。发源于古希腊罗马的西方文化自古以来就崇尚理性、关注人的主体性地位。逻格斯中心主义和以人为本的理念始终是西方文化的终极关怀。尤其是现代主义,它是伴随着对封建主义的批判、对资本主义工业文明的

---

　　① Эпштейн М. Н. Постмодерн в русской литературе：Учеб. Пособие для вузов. М.：Высш. шк., 2005. С.462.

支持而出现的社会思潮,因此它对理性和技术的崇尚、对人的个性的弘扬到了无以复加的地步。但20世纪的人类社会,理性高扬、自然科学昌盛的同时,人与社会的矛盾、人与自然的对立等问题日益显露。当人们经历了惨痛的两次世界大战,面临着自然环境的严重污染,时刻遭受着核爆炸的威胁,忙不迭地被迫接受巨大信息流的冲击时,对无限发展的科学技术和自身过度的理性带来的结果也越来越失望和恐惧。于是其中一些人,尤其是哲学家、思想家和艺术家,开始对历史、道德、科学的局限性及西方传统的价值观进行反思。结果走上了反对包括现代主义的很多西方传统之路。后现代主义正是在这种背景下于20世纪50、60年代兴起于西方的。

关于后现代主义的实质,普遍观点认为,它的内涵复杂而宽泛。它首先是哲学上的一种世界观,这种世界观避免"绝对价值、坚实的认识论基础、总体政治眼光、关于历史的宏大理论和'封闭的'概念体系"①。毫无疑问,这种世界观是怀疑的、开放的、相对主义的、多元论的,赞美分裂而不是协调,提倡破碎而不是整体,崇尚异质而不是单一,它甚至把自我也看成是多面的、流动的、临时的、没有任何实质性整一的。其次,后现代主义是一种文化状态、文化思潮和文化运动。"在这种状态下,人们承认自己知识的局限性,习惯于断裂、冲突、悖论和安于自己的定域性。"②最后,后现代主义还是一次精神、思想和生活的革命。不管人们是否承认有这样一个主义存在,也不管人们对它采取什么样的态度,后现代主义以其批判性和创造性相结合的精神,不仅在人文社会科学各学科中迅速传布,而且也渗透到社会文化生活的各个领域,迫使人们不得不重新思考有关西方社会和文化的各种重大问题。因此,"在西方社会和文化发展史上,这可以说是启蒙运动之后最深刻的一次精神革命、思想革命和生活革命"③。

与古典主义、感伤主义、浪漫主义、现实主义等文学思潮不同,后

---

① 〔英〕特里·伊格尔顿:《致中国读者》,载周宪、许钧主编:《后现代主义的幻想》,商务印书馆2000年版。

② 〔美〕大卫·雷·格里芬:《后现代宗教》,孙慕天译,中国城市出版社2003年版,译者序第3页。

③ 高宣扬:《后现代论》,中国人民大学出版社2005年版,前言第2页。

现代主义文学既没有固定的作家群体,也不存在这样或那样的纲领和宣言,因此文学理论界对后现代主义文学的起源、意义、代表作家作品等还没有统一的定论,但对后现代主义文学的创作理念、美学原则都有一些共识。在创作理念上,后现代主义文学视现代主义为"艺术中过时的、封闭的潮流",试图克服现代主义中的"小资个性,封闭的主观主义,纯粹的表现主义,形而上的及修辞上的实验,精英性,复杂性等"①。后现代主义文学反对现代主义文学中的二元论,告别了单一意识形态,抛弃了超级叙事,推出没有中心的多元论。在美学上,后现代主义恢复了与经典和传统的联系,有意识地融合了各种无法兼容的美学风格,对古典主义、浪漫主义、现实主义、先锋主义、现代主义等文学思潮和流派的美学理念兼容并收,从而开创了崭新的多元化的美学风格。但后现代主义不像先锋主义那样煞费心机追求艺术风格的创新,不膜拜"为艺术而艺术"的"纯真"境界,更没有对绝对真理的追求,因此在后现代主义文学中,精英与大众的对立消失,高雅与低俗同时登堂亮相,呈现出异彩缤纷的热闹局面。

后现代主义文学于50、60年代诞生于西方之后,以不同的方式、不同的速度蔓延至世界各个角落。不同的国家在学习和效仿西方后现代主义的同时,又受到本土文化的影响,从而产生了具有不同国家和民族特色的后现代主义变体。俄罗斯后现代主义文学就是在本文文化土壤中孕育成熟之时受西方现代主义文学的影响而兴起的,并最终发展成为西方后现代主义文学在东方的变体中最前卫、最先锋的一支②。因此,俄罗斯后现代主义文学"常常通过激进的、特别具有轰动效应的方式表达自己"③。

虽然俄罗斯后现代主义文学的产生深受西方后现代主义文学的影响,但它更是俄罗斯文学内部发展的结果,这一观点被中外众多学

---

① Эпштейн М. Н. Истоки и смысл русского постмодернизма//Звезда. 1996. №8. С.170.

② Скоропанова И. С. Русская постмодернистская литература. М.: Флинта: Наука, 2004. С.70.

③ Курицын В. Русский симлякр: К вопросу о транссексуальности // Литературная газета. 1994. 16 марта. № 11.

者认可。比如,中国学者刘文飞认为,俄罗斯后现代主义文学与白银时代文学有着渊源关系:"在 20 世纪的一头一尾,俄罗斯作家都在真诚地面对文学,潜心地进行文学实验,执著地捍卫文学的自由和自主,两代作家的态度和精神是具有相近和相同之处的。"①

但俄罗斯后现代主义文学具体是何时诞生的,这一点至今还存在争议,有多种说法。一说是 50、60 年代之交,标志是利昂诺佐夫流派(Лианозовская школа)②的出现,以及西尼亚夫斯基(А. Синявский)的《何谓社会主义现实主义?》(Что такое социалистический реализм?)③一文的发表。一说是 60、70 年代之交,标志是捷尔茨(А. Терц)④的《与普希金散步》(Прогулки с Пушкиным)、比托夫(А. Битов)的《普希金之家》(Пушкинский дом)、维涅·叶罗菲耶夫的《从莫斯科到彼图什基》(Москва—Петушки)三部后现代主义文学作品的出现。一说是 70、80 年代之交,标志是明显具有后现代主义诗学特征的观念主义(Концептуализм)和元现实主义(Метареализм)两大流派的诞生。还有一说是 80、90 年代,理由是只有此时后现代主义才真正融入俄罗斯文学创作界和批评界。后现代主义文学理论家爱泼斯坦(М. Эпштейн)则提出了最大胆的猜想:"如果说共产主义学说早在马克思之前就已经在俄罗斯存在了,那么后现代主义学说为什么不能早于德里达和博德里亚在俄罗斯存在呢?"⑤这一猜想显然认为后

---

① 刘文飞:《20 世纪俄罗斯文学的有机构成》,载《外国文学评论》2003 年第 3 期,第 14 页。

② 该流派是 20 世纪 50 年代苏联地下文学的一个诗歌流派,以诗人克罗皮夫尼茨基(Е. Кропивницкий)、弗谢·涅克拉索夫(Вс. Некрасов)、萨图诺夫斯基(Ян. Сатуновский)、霍林(И. Холин)、萨普吉尔(Г. Сапгир)等为代表。他们继承先锋派的创新风格,探索出"原始主义"的美学原则,其创作完全不同于苏联官方文艺。详见 Кулаков В. Лианозовская школа:(История одной поэтической группы) // Вопросы литературы. 1991. №3.

③ 在这篇文章中,西尼亚夫斯基对苏维埃时期一统文坛的社会主义现实主义进行了质疑,揭露了这一文学流派为官方意识形态服务的本质。

④ 捷尔茨是西尼亚夫斯基的文学笔名。

⑤ Эпштейн М. Истоки и смысл русского постмодернизма // Звезда. 1996. №8. С. 167.

现代主义在俄罗斯的诞生早于西方。爱泼斯坦还认为,俄罗斯后来只不过借用了从西方传来的"后现代主义"这一术语而已,在这之前被称为"共产主义"。为了证明俄罗斯的后现代主义与共产主义具有同样的本质,爱泼斯坦总结出它们之间的九大相似元素:第一,都制造(或伪造)超现实;第二,都具有个性受制于各种无意识机制的决定论和批判现代主义的退化论;第三,都反现代主义;第四,都批评形而上学;第五,在意识形态上都是折中的;第六,都具有美学折中主义的特点;第七,都富含引文;第八,都消除了精英和大众之间的界限;第九,都是后历史主义的和乌托邦的。最后得出结论:共产主义是尚未成熟的、野蛮的后现代主义,是早期后现代主义[①]。爱泼斯坦的观点颇具创新性和前沿性,他对共产主义与后现代主义的相似元素分析得很具体,但其中有些地方失之偏颇,有为了得出两者的相似性而牵强附会之嫌。比如,在谈到两者在意识形态上都是折中的这一点时,爱泼斯坦对后现代主义抛弃宏大的超叙述、转向思想折中和碎片化的分析是中肯的。但他认为,共产主义在俄罗斯由于吸收了启蒙思想、民粹主义思想、托尔斯泰主义思想、斯拉夫派思想、宇宙论思想等不再是纯粹的共产主义,而是意识形态折中化的共产主义。对于这一点我们不敢苟同,因为这些都只是共产主义在俄罗斯面临的具体国情和语境而已,这种变异在任何国家都会发生,而不只是俄罗斯。

　　关于俄罗斯后现代主义文学的鼻祖和第一部后现代主义文学作品的问题也始终存在争议。有人认为曼德尔施塔姆是俄罗斯后现代主义文学的鼻祖。有人说布尔加科夫的《大师与玛格丽特》是第一部后现代主义文学作品。也有人将《与普希金散步》、《普希金之家》和《从莫斯科到彼图什基》称为俄罗斯后现代主义文学的始祖之作[②]。还有人将第一的殊荣赋予纳博科夫的《洛丽塔》(Лолита)和《天赋》(Дар)。有人甚至认为俄罗斯后现代主义始于普希金的《叶甫盖

　　① Эпштейн М. Постмодерн в русской литературе: Учеб. Пособие для вузов. М.: Высш. шк., 2005. С. 67-92.

　　② Богданова О. Постмодернизм в контексте современной русской литературы. СПб., 2004. С. 35.

尼·奥涅金》(*Евгений Онегин*)或彼得大帝建造圣彼得堡时①。

上述说法各有各的道理。但我们比较赞同俄罗斯后现代主义文学晚于西方后现代主义文学的说法,也就是说,俄罗斯后现代主义文学的产生应不早于 50 年代。不过,我们要强调的是,尽管俄罗斯后现代主义文学深受西方后现代主义文学的影响,但作为一种在俄罗斯本土广为流行的文学思潮和现象,它的产生绝对不可能仅仅是外部因素使然,而是内因为主、外因促进的结果。实际上,俄罗斯国内的文化和文学本身存在合适的土壤和气候,才使得外来火种刚落入俄罗斯大地就发展成燎原之势。

使西方后现代主义的星火在俄罗斯变成燎原之火的内部因素有很多,总体上可以分为两大方面。一方面是苏维埃官方 50—80 年代采取的政治和文化政策,其中主要指赫鲁晓夫执政期间的"解冻"政策和戈尔巴乔夫执政期间的改革政策。另一方面是 50—80 年代出现的各种社会和文艺现象,主要包括持不同政见文化现象、地下文学和海外文学现象。这两方面并不孤立或对立,而是具有因果联系。具体来讲,第一方面是第二方面的原因,第二方面是第一方面在具体领域内的表现。与这些促成因素对立的,恰恰是整个苏维埃政权 74 年间的阻碍因素。

从十月革命胜利到 50 年代中期之前,新生的苏维埃国家制度基本上排除了其他思想的干扰,一心一意建设苏维埃文化。苏维埃政权不断加强对文艺创作的意识形态控制,将文艺创作由 10、20 年代的多元化态势人为地演变成社会主义现实主义独霸文坛的一元化局面。国家文化政策由最初对不同风格、流派和创作方法的容忍到后来的禁止、封杀甚至迫害,对西方的态度也由 20 年代允许部分接触到最后完全禁止。可以说,50 年代之前的苏维埃社会政治和文化氛围与后来的后现代主义风格是完全背道而驰的。斯大林去世后不久,苏联国内开始实行"解冻"政策,国家对文艺创作的意识形态控制出现了些许松动。在相对的自由之风影响下,苏联文艺界出现了短

---

① Эпштейн М. Постмодерн в русской литературе: Учеб. Пособие для вузов. М.: Высш. шк., 2005. С. 3.

暂的活跃和繁荣景象。部分 20、30 年代被禁作品开始得到承认和出版,一些曾经遭到排斥、镇压和"清洗"的作家得到平反。另外,文艺界不仅出现了对本国白银时代文学创作遗产的关注和兴趣,而且译介了部分西方哲学、美学、文学、电影等领域内的经典著作,这类精神遗产对现实的非理性思考、对生活的假定性表达以及优雅高超的书写模式都对当时及后来的文艺创作者产生了巨大的影响。

正是在"解冻"之风的影响下,50 年代中期至 60 年代初,苏联国内出现了一些新的文学团体,比如"最年轻的天才协会"(СМОГ)①、利昂诺佐夫流派、切尔特科夫诗人小组(группа Л. Черткова)等。这些文学团体效仿 20、30 年代俄罗斯先锋派在文学语言和形式方面的试验,内容上呼吁破除权威、解除理性、追求精神自由,表达出全新的世界观和价值观。这些文学团体成员的文学创作为俄罗斯后现代主义文学的形成作出了重大贡献。但新文学团体一开始就表现出个人利益高于国家和阶级利益、个人思想的自由高于官方意识形态的束缚之立场,这必然触犯了苏联当局的统治和利益,因此它们被官方视为洪水猛兽而遭到禁止。

"解冻"很快结束,取而代之的是更为紧缩的文艺政策,很多创作上反传统的作家和文艺团体只能转入"地下",通过地下出版物(самиздат)或海外出版物(тамиздат)的形式传播自己的作品。地下出版物和海外出版物多是反官方意识形态的作品,因此被官方禁止出版。其中的一部分继续在国内以手抄本形式或以打字机打印形式流传,从而形成地下文学现象,另外一部分流出苏联国境在国外出版发表,形成海外文学现象。地下文学和海外文学主要由文艺作品组成,也包括一些文学杂志、报纸、丛刊和论文集等,如当时名噪一时的文学丛刊《大都会》等。

----

① "最年轻的天才协会"(缩写:СМОГ,全称:Самое Молодое Общество Гениев)是1965 年根据古巴诺夫(Л. Губанов)的倡议组建的诗歌小组。其成员主要是莫斯科大学人文学科的大学生,包括阿列尼科夫(В. Алейников)、库布拉诺夫斯基(Ю. Кублановский)、萨沙·索科洛夫(Саша Соколов)、米·索科洛夫(М. Соколов)、谢达科娃(О. Седакова)、巴西洛娃(А. Басилова)等。主要诗学特征是,追求诗歌形式和意义的"原始主义"详见 Сны о СМОГе // Новое литературное обозрение. 1996. №20.

作为"解冻"时期的产物，还有一种与地下文学和海外文学现象既有联系又有区别的现象——持不同政见现象（диссиденство）。这一现象的主要构成者是持不同政见者（диссиденты）。"持不同政见者"本来是一个宗教术语，指在国教是天主教和新教的国家里出现的不坚持国家主流信仰的教徒，他们也被称为"思想不一致者"（инакомыслящий）。50 年代末，这一术语开始用于称呼那些参加反苏维埃极权主义体制运动的人，这些人主张人的权利和自由，反对迫害异端，因此又被称作"人权捍卫者"（правозащитники）[①]。苏维埃持不同政见者的首次大规模运动发生在 1965 年 12 月 5 日。当时，持不同政见者在莫斯科普希金广场打着捍卫人权、尊重人权的旗号举行示威游行，要求对作家西尼亚夫斯基和丹尼埃尔（Ю. Даниэль）进行公开审判，这一天被史学界认为是苏联人权运动的开始[②]。之后，持不同政见者活跃在苏联社会文化生活各个领域，与官方公开对抗，并形成了主要的两大派别：一个是以索尔仁尼琴、萨法列维奇（И. Сафаревич）、奥古尔佐夫（И. Огурцов）、奥希波夫（В. Осипов）和鲍罗金（Л. Бородин）等人为代表的自由主义—土壤派（либеральное почвенническое направление）；另一个是以历史学家梅德韦杰夫兄弟（Р. Медведев, Ж. Медведев）及物理学家萨哈罗夫（А. Сахаров）为代表的社会主义—民主主义派（социал-демократическое направление）。自由主义—土壤派的核心主张是民族性的爱国主义（национальный патриотизм），呼吁恢复俄罗斯文化传统，维护艺术创作方法的多元化，坚持用文化艺术创作反映苏维埃社会的种种弊端和阴暗面。社会主义—民主主义派认为，苏联现存的很多社会政治体系方面的不足都是斯大林主义导致的，是对马克思列宁主义的歪曲，因此他们的任务是"清理社会主义"，希望在苏联建立一种民主形式的社会主义。除了这两大派别，还有很多散布的或采取个人行动的持不同政见者。不管什么领域的持不同政见

---

① 参见俄罗斯《大百科词典》（Большой энциклопедический словарь）中的"Диссиденты"词条。

② 任光宣：《俄罗斯文化十五讲》，北京大学出版社 2007 年版，第 278 页。

者,也不管什么形式的持不同政见者,他们都拒绝把苏维埃文化理想化,要求对文化进行全方位的立体评价。随着时间的推移,持不同政见运动由最初的争取自由和人权,发展到明显的反苏倾向。

很多持不同政见者也是苏维埃时期地下文学或海外文学的主导者,比如西尼亚夫斯基、索尔仁尼琴、布罗茨基。反过来,地下文学尤其是海外文学的发展促进了持不同政见运动,为一部分持不同政见者提供了运动组织和基地。因此说,它们是紧密联系、密切相关的,都反苏维埃官方文化,都为后现代主义文学在俄罗斯的传播奠定了思想和文化基础。但地下文学和海外文学以及围绕它们构成的文化主要在文艺创作领域,而持不同政见运动涉及的领域更宽广,不仅涉及文艺领域,还涉及包括政治、经济和思想等其他领域。

对俄罗斯后现代主义文学的产生和发展有过影响的内部因素还有很多。俄罗斯研究者波格丹诺娃在其专著《当代俄罗斯文学语境中的后现代主义》中提到,苏维埃官方文学中的战争文学、集中营文学、农村文学、历史小说、城市小说及40岁作家创作对俄罗斯后现代主义也产生过影响[①]。我们赞成她的部分分析和观点,比如索尔仁尼琴的集中营小说《伊万·杰尼索维奇的一天》对后现代主义文学的影响。但她把城市文学代表特里丰诺夫(Ю. Трифонов)的《交换》(Обмен)也纳入对后现代主义文学构成影响的作品之列,有些牵强附会。另外,她把马卡宁、基列耶夫、金、库尔恰特金(А. Курчаткин)等"四十岁一代"作家与上述文学流派并列,这本身就犯了划分标准的错误。其实,与其说是这些文学流派,不如说是其中某些作品的主人公流露出来的一些情绪和追求对后现代主义文学产生了影响,这种情绪正是或浓或淡的反苏维埃情绪,这种追求正是对人的自由和权利的追求。

50—80 年代的持不同政见运动、地下文学和海外文学、"回归文学"中10、20、30、40 年代创作的很多作品,都体现了这样的情绪和追求,它们都是影响俄罗斯后现代主义产生和发展的重要因素。正因

---

① Богданова О. В. Постмодернизм в контексте современной русской литературы. СПб. , 2004. С. 22-26.

为如此,我们说,后现代主义在俄罗斯产生和发展的关键原因是内部的,而非外部的。也正因为它们,60、70 年代之交诞生了俄罗斯最早一批后现代主义文学作品。反官方文艺思潮和社会运动不仅滋生了后现代主义,还为它的成长提供了源源不断的养料。70 年代初,非官方文艺中出现的观念主义运动,对后现代主义在俄罗斯的最终形成具有关键的意义。以诗人普里戈夫、弗谢·涅克拉索夫等为代表的观念主义文艺创作者,在创作中主动消解主流意识形态,颠覆等级差别,表现出相对主义和怀疑主义的世界观,这些特点正是后现代主义思潮最根本的特征。尽管后现代主义文学从诞生之日起就被划入了被禁文学之列,但由于创作者们坚持不懈地默默开拓和创新,后现代主义文学不仅没有死亡,反而于 70 年代末、80 年代初在体裁上开始扩充,除了涌现出大量的后现代主义小说,还出现了彼特鲁舍夫斯卡娅等人的后现代主义剧作品。

1985 年,随着苏联国内以"新思维"、"公开化"和"民主化"为标志的改革时期的开始,后现代主义文学在"回归文学"浪潮中从"地下"浮出"地面",开始光明正大地登上苏联文坛。《乌拉尔》(*Урал*)、《达乌加瓦》(*Даугава*)、《泉源》(*Родник*)等杂志开辟专栏,发表先锋主义和后现代主义风格的作品,于是维涅·叶罗菲耶夫、萨沙·索科洛夫(С. Соколов)、普里戈夫、鲁宾斯坦、弗谢·涅克拉索夫、卡扎科夫(В. Казаков)、奥·谢达科娃(О. Седакова)等一系列后现代主义作家和诗人的名字首次出现在合法刊物上。与此同时,文学批评界也开始关注这种新的诗学和创作方法,比如丘普里宁(С. Чупринин)的《异样文学》、叶·波波夫(Е. Попов)的《可以有其他方案》、爱泼斯坦的《元隐喻:80 年代诗歌中的新倾向》等评论性文章先后发表。紧接着,《消息》(*Весть*)丛刊于 1988 年刊登了维涅·叶罗菲耶夫的史诗性小说《从莫斯科到彼图什基》,《新世界》于 1988 年刊载了比托夫的小说《普希金之家》,《十月》分别于 1989 年和 1990 年发表了萨沙·索科洛夫的小说《傻子学校》(*Школа для дураков*)和《巴利桑德里亚》(*Палисандрия*)。这些早期作品的公开发表掀起了后现代主义文学热潮。随之衍生的是,后现代主义文学丛刊《镜子》(*Зеркало*)于 1989 年创刊。

随着后现代主义作家和作品在文坛越来越引人注目,文学批评界在90年代初掀起了关于后现代主义文学在当代俄罗斯文学进程中之地位的大讨论。不过,当时的很多大讨论并没有对俄罗斯后现代主义文学有本质的认识,而只流于表面的理论性争论。1990年6月4日,维克多·叶罗菲耶夫的《追悼苏维埃文学》一文的发表为类似的讨论暂时画上了句号。在文章中,叶罗菲耶夫将苏维埃文学划分为三大流派——半官方文学(официозная литература)、农村文学(деревенская литература)和自由主义文学(либеральная литература)。他认为,随着以上三大流派的不断发展、分化和退化,苏维埃文学已逐渐成为历史,取而代之的是新文学,或者说是异样文学(другая／альтернативная литература)。新文学打破时空界限而准备与任何形式的文化对话,克服对世界的狭窄看法而将其创作建立在世界艺术的基础上,以美学而非社会功能为己任,是真正的文学①。叶罗菲耶夫这里所言的新文学,其实就是90年代初以现代主义和后现代主义为主导的当代俄罗斯文学。

1991年苏联的解体,最终为后现代主义文学扫除了一切发展障碍。后现代主义文学不仅在新时期的俄罗斯文坛获得了合法地位,而且迎来了发展中的春天。后现代主义作家群体不断壮大,除了以前隐藏于地下文学中的后现代主义作家作品回归外,新时期涌现出大量新的后现代主义作家和诗人,比如基比罗夫(Т. Кибиров)、科罗廖夫(А. Королёв)、科尔吉亚(В. Коркия)、雅尔克维奇(И. Яркевич)、加尔科夫斯基、多勃雷宁(А. Добрынин)、佩列文、索罗金、贝格(М. Берг)、沙罗夫(В. Шаров)、帕尔希科夫、米·希什金(М. Шишкин)等。一些之前属于现实主义的作家也在某些作品中借鉴后现代主义创作手法,创作出了优秀的后现代主义作品,比如马卡宁、伊斯坎德尔(Ф. Искандер)、加夫里洛夫(А. Гаврилов)、米·哈里托诺夫(М. Харитонов)、沃兹涅先斯基、利普金(С. Липкин)、达维多夫(Ю. Давыдов)等。出现了一批专门研究俄罗斯

---

① Ерофеев В. Поминки по советской литературе // Литературная газета. 1990. 4 июля.

及西方后现代主义文学的理论家和批评家,比如爱泼斯坦、库里岑、格尼斯、格罗伊斯(Б. Гройс)、利波维茨基、伊利因(П. Ильин)等。很多著名的西方后现代主义哲学家的作品被翻译成俄语在俄罗斯出版,比如巴特、德勒兹、伽塔默尔、福克、德里达等人的作品。众多文学杂志积极支持现代主义和后现代主义文学作品的发表,其中不仅有诸如《旗》(1931—)一类的老派文学杂志,还有众多新成立的文学杂志和丛刊,比如《独奏》(Соло, 1990—)、《新文学评论》(1992—)、《射手》(Стрелец, 1984—1999)等。这些杂志当中,虽然有很多成立不久就停刊了,比如《人文基金》(Гуманитарный фонд, 1989—1994)、《世纪末》(Конец века, 1991—1993)、《普希金》(Пушкин, 1997—1998)等,但它们对后现代主义文学的传播和发展起到了不可忽视的作用。

上述文学事实一方面证明了地下文学的合法化,另一方面也证明了后现代主义文学在当时已成为一股不可小觑的文学思潮。1990年春,高尔基文学院举行了主题为《后现代主义与我们》的研讨会,之后报刊上宣扬后现代主义的文章明显增多,后现代主义文学也开始在俄罗斯广泛传播开来。

俄罗斯后现代主义文学从 20 世纪 50 年代末诞生到现在,已经走过了半个多世纪的历程。对于一种文学思潮来说,半个世纪的发展历程并不算长,却足以证明其存在的现实性和合理性。学界不少研究者对这半个世纪的历程进行了阶段性划分并说明每个阶段的特征。比如,斯卡罗潘诺娃将俄罗斯后现代主义的发展历程划分为三个阶段:60 年代末—70 年代初为形成期;70 年代末—80 年代为确立期;80 年代末—90 年代为合法化时期[①]。波格丹诺娃对斯卡罗潘诺娃的前两个阶段与第三个阶段的划分标准不同提出质疑,并在此基础上提供了按照两种不同标准而得出的两种不同划分方法。第一种是按照合法化与否的标准,将其划分为地下文学阶段和合法化阶段两大阶段。第二种以后现代主义文学的发展特点为标准,将其划分

---

① Скоропанова И. С. Русская постмодернистская литература. М.: Флинта: Наука, 2004. С.71.

为三个阶段:50 年代末—60 年代为后现代主义思潮在当代文化中开始形成期;60 年代末—80 年代中期为形成和确立期;80—90 年代乃至 21 世纪前 10 年为繁荣期。波格丹诺娃甚至还提出了自己的第三种划分:50 年代末—80 年代中期为后现代主义思潮的形成期(与地下文学时期一致);80 年代中期—21 世纪是其确立和繁荣期(与合法化阶段一致)①。我们倾向于波格丹诺娃的第二种划分法,即按照俄罗斯后现代主义文学的发展特点将其划分为三个阶段。实际上,我们以上的论述也是按照这样的顺序进行的。但需要指出的是,对于后现代主义这样一种尚未完结、还在不断发展中的思潮来讲,目前所有的划分都具有假定性和相对性,都是研究者们试图进行体系化研究的尝试。

90 年代中期开始,随着俄罗斯国内社会局势逐渐稳定,加上世界后现代主义逐渐失去了昔日的强劲发展势头,后现代主义文学在俄罗斯经历了前半期的繁荣之后,在后半期开始呈现出降速发展态势,这种状态一直持续到新千年。于是,一度有人预言:"后现代主义正在走向无。"②但也有一些研究者始终看好这种文学思潮,其中最典型的是伊万诺娃(Н. Иванова),她从 20 世纪 90 年代至今所发表的文章中,对俄罗斯后现代主义文学一贯持有正面立场。对于这种文学在新世纪的发展状况,她乐观地预言:后现代主义将继续与其他流派并驾齐驱,继续促进各种文学思潮和流派之间的相互影响和融合,且新的后现代主义艺术现象将在挑战、对立和融合的复杂体系中诞生③。

---

① Богданова О. В. Постмодернизм в контексте современной русской литературы. СПб. , 2004. С. 19.

② Лейдерман Н. Л. , Липовецкий М. Н. Современная русская литература. В 3 кн. Кн. I. М. : УРСС, 2001. С. 218.

③ Иванова Н. Ускользающая современность. Русская литература XX-XXI веков: от "внекомплектной" к постсоветской, а теперь и всемирной // Вопросы литературы. 2007. №3.

二、主要表现形式

后现代主义作家之间风格迥异,都不愿在创作上效仿他人或者被他人效仿。另外,由于后现代主义本身提倡多元化、去中心,所以俄罗斯后现代主义文学内部分支流派众多,各种思潮杂芜。研究者们很难将所有作家划归到具体的某一流派中,即使有一些研究者这么做了,他们之间的理论体系也有矛盾之处,比如,根据列依捷尔曼和利波维茨基的划分,俄罗斯后现代主义文学的主要表现形式分为观念主义和新巴洛克(Необарроко)两大派[1]。爱泼斯坦认为俄罗斯后现代主义文学的主要形式是元现实主义、观念主义和后卫派(Арьергард)[2]。涅珐金娜总结出莫斯科观念主义和反社会主义现实主义(Соц-арт)[3]两大主要形式[4]。伊万诺娃则认为主要包括反社会主义现实主义、观念主义、元隐喻主义(Метаметафоризм)、新感伤主义(Новый сентиментализм)等形式[5]。无论何种观点,都自有其道

---

① Лейдерман Н. Л. , Липовецкий М. Н. Современная русская литература. Кн. 2. М. , 2001. С. 423.

② Эпштейн М. Н. Постмодерн в русской литературе:Учеб. Пособие для вузов. М. : Высш. шк. , 2005. С. 127.

③ 对于"Соц-арт"这一术语,中国学界目前没有固定的翻译。在陆谷孙教授主编的《英汉大词典》中,将这一词条(Sots)翻译成"苏刺艺术",并将其解释为"一种持不同政见的讽刺社会主义现实主义风格的苏维埃艺术形式"(参见《英汉大词典》,上海译文出版社2007年版,第1922页)。吴泽霖教授将其翻译成"社会主义现实主义大众文艺",解释为"20世纪后20—30年间俄国造型艺术中一种大众性的以调侃苏联政治宣传为题材的流派"(参见《俄罗斯后现代主义文学与俄罗斯民族文化传统》,载于《外国文学评论》2004年第3期,第56页)。郑永旺教授的翻译与吴泽霖相近,即"社会主义现实主义的大众艺术"(参见《游戏·禅宗·后现代》,人民文学出版社2006年版,第5页)。我们将其翻译成"反社会主义现实主义",主要考虑到这一文学流派的发生根源和本质是讽刺社会主义现实主义。

④ Нефагина Г. Л. Русская проза второй половины 80-х — начала 90-х годов XX века. Минск,1997.

⑤ Иванова Н. Ускользающая современность. Русская литература XX-XXI веков: от "внекомплектной" к постсоветской, а теперь и всемирной // Вопросы литературы. 2007. №3.

理和体系,以下主要综合介绍各个流派的具体内容,没有孰是孰非之分。

观念主义①。观念主义也称莫斯科观念主义(Московский концептуализм),它是20世纪60年代末、70年代初由莫斯科一群艺术家和文学家发起的创作运动。起初,"这一运动既没有统一的组织形式,也没有任何成立宣言和共同的美学纲领"②。"观念主义"这一术语出自鲍·格罗伊斯1979年发表于巴黎杂志 A-Я 上的《莫斯科浪漫观念主义》(Московский романтический концептуализм)一文,该文专门介绍了这一文艺运动。岁月流逝,"浪漫"二字没有经受住时间的考验,而"莫斯科观念主义"这一术语却存活了下来,并为该运动的很多代表们所接受。

莫斯科观念主义最早来源于西方观念艺术。西方观念艺术于20世纪60年代诞生于美国先锋派造型艺术,然后传播至意大利、德国、东欧、日本、拉美乃至俄罗斯。"观念主义"这一术语首先让人联想到"概念"、"观念"、"思想"等与现象相比位于第二性的东西。的确,"观念主义中占首要地位的是观念,即事物、现象和艺术作品的形式逻辑思想,它可以是口头表达的思想,也可以是文字记载下来的方案"③。"观念主义是思想的艺术,与其说艺术家创作和展示的是艺术作品,不如说是某种艺术策略和观念。"④用我们的话简而概之,观念主义就是用口头或文字表达的关于创作某一文艺作品的构思过程。

观念主义要求创作者首先关注的不是作品本身,也不是观念本身,而是形成作品或观念的思维过程。除此之外,还要求创作者关注读者或观众的接受情景和过程。对观念主义艺术家来说,情景与文本同样重要,因此观念主义代表人物之一弗谢·涅克拉索夫把观念

---

① 对这个术语,目前国内没有统一翻译,有的翻译成"概念主义"。

② Солодов Ю. Невольник речи // Кузнецкий край. 1999. 26 окт. № 121.

③ Культурология XX века: Словарь / Гл. ред. А. Я. Левит. СПб.: Университетская книга, 1997. С. 196.

④ Литературная энциклопедия терминов и понятий/Под ред. А. Н. Николюкина. М., 2003. С. 394.

主义也称为"情景主义"（Контекстуализм）。也就是说，艺术不再被当作作品来接受，而被理解为事件或者情景。这样，创作的目的就是为了表达思想意识、分析接受机制以及思维活动过程①。为了达到上述目的，观念主义艺术家们使用各种创作手段和方法。其中，最主要的方法就是创造出接受情景，比如观念主义画家的画可以是照片，是文本复印件，是电报，是一系列数字、复制画或图形，甚至可以是一个手势等。不管什么形式，目的都是为了更好地让观众理解画的内容以及创作这幅画的思维过程。

观念主义在艺术形式创新上很像先锋派，但两者有着本质的不同。观念主义并不真正关注艺术形式本身，而只关注艺术形式出现的条件；不注重文本本身，而注重文本产生的情景。总之，作品的外在形式完全丧失了意义，甚至"连作品本身都消失了"②。比如观念主义画家卡巴科夫（И. Кабаков）的画册里是没有任何痕迹的画页，他的画展则是没有任何作品的展厅。画家之所以给参观者展示空白画册或举办没有画的画展，目的是要求参观者通过自我反省用分析法和心理法对待这些"作品"。在欣赏这样的"作品"的过程中，创作者和观众之间的传统关系发生了变化，不是前者主导后者，而是后者被赋予了主动权，后者有了更多的机会表现出主观能动性和创造性。尽管作品中没有文本，却可以在情景中看见文本的痕迹，因此，观念主义在西方又被称为"解构物质艺术"（дематериальное искусство）、"思想艺术"（искусство как идея）、"后物质艺术"（постпредмедное искусство）等。

莫斯科观念主义于20世纪60年代末、70年代初形成于苏联非官方文艺中。最初主要是一些画家和诗人参加这场文艺运动，后来逐渐扩展到文学创作领域。主要成就体现在诗歌创作方面，早期代表诗人有弗谢·涅克拉索夫、萨图诺夫斯基、普里戈夫、鲁宾斯坦、莫纳斯蒂尔斯基（А. Монастырский）。90年代新出现的诗人有基比罗夫、甘德列夫斯基（С. Гандлевский）、艾森贝格（М. Айзенберг）、诺维科夫（Д.

---

① Айзенберг М. Взгляд на свободного художника. М. , 1997. С. 128.

② Теория литературы. Том Ⅳ. Литературный процесс. М. , 2001. С.341.

Новиков)和科瓦利(В. Коваль)等。观念主义小说的典型代表是作家索罗金,另外一些作家的部分作品也具有观念主义的特征,比如叶·波波夫的《神的眼睛》(*Глаз божий*)、维克多·叶罗菲耶夫的《致母亲信》(*Письмо к матери*)、《袖珍启示录》(*Карманный апокалипсис*)和《别尔嘉耶夫》(*Бердяев*),另外还包括加夫里洛夫、加列耶夫(З. Гареев)、拜托夫(Н. Байтов)、雅尔克维奇等作家的部分作品。绘画界的早期代表是卡巴科夫和布拉托夫(Э. Булатов),后来加入的有瓦西里耶夫(О. Васильев)、奥尔洛夫(Б. Орлов)和索科夫(Л. Соков)等。

观念主义者的基本出发点是反对和扫除所有形式的意识形态(政治的,宗教的,文化的等)对人的操纵。正如爱泼斯坦所言,观念主义"与断绝和扼杀一切鲜活事物并欺骗人们继续相信其真实性的意识形态对立"[1]。观念主义者不相信有现实的存在,认为所有的现实都是由人的意识编制出的谎言,所以观念主义者最钟爱的创作主题是虚空。他们常常通过对现实的讽刺性模仿揭示现实的无意义,达到否定现实、解构所有形式的意识形态之目的。

语言是观念主义者最常用的解构武器。观念主义者经常将各种不同文化的语言交织使用:从俄罗斯经典文学语言到社会主义现实主义文学语言,从权威的官方语言到诸如黑话和骂娘话等各种"边缘"语言。正是通过杂糅不同风格的语言,观念主义者展示所有语言的共性:都是各种文化意识形成的神话,都存在话语霸权,都旨在强加给读者关于世界和真理的认识。

在创作形式上,观念主义者将后现代主义文学的文本思想发挥到极致,甚至为了文本而文本。他们的创作形式可以是口号、标语、通知,甚至是没有任何文字的空白纸张。于是出现了鲁宾斯坦的卡片诗,卡巴科夫的版画诗,皮沃瓦罗夫(В. Пивоваров)的图表诗等。

在叙事方式上,观念主义者避免个人主观评价,他们宁愿引用他人话语来隐匿自己的声音和身份,于是作品中经常出现众声喧哗的

---

[1]　Эпштейн М. Вера и образ. Религиозное бессознательное в русской культуре XX века. Tenafly, 1994. С. 58.

场面,呈现出无主体(或者说多主体)、无作者的后现代叙事模式。

反社会主义现实主义。观念主义是俄罗斯后现代主义文学中规模最大的一个流派,这个流派再次分流,其中最大的一个分支就是反社会主义现实主义①。该分支形成于 70 年代中期。发起人是画家克马尔(В. Комар)和梅拉米德(А. Меламид)。代表作家有布拉托夫、奥尔洛夫、列别杰夫(Р. Лебедев)、布鲁斯金(Г. Брускин)和索罗金等。

从名称上看,反社会主义现实主义是社会主义现实主义的对立面,实际上并不完全是这样,前者与后者具有既对立又不可分割的关系。一方面,反社会主义现实主义与社会主义现实主义的创作宗旨和目的不同,甚至可以说是对立的。社会主义现实主义是 1934 年被苏维埃官方确立的唯一正确的创作方法和批评原则,从一开始就被赋予了官方意识形态,是苏维埃官方意识和文化的宣传者,它的奠基人是高尔基。反社会主义现实主义的思想奠基人是西尼亚夫斯基,他在《何谓社会主义现实主义》一文中揭露了社会主义现实主义的内部矛盾。可以说,西尼亚夫斯基的这篇小品文不仅否定了社会主义现实主义,而且正是利用这个平台构建了另外一种新的诗学,即反社会主义现实主义②。反社会主义现实主义的创作宗旨和目标是要暴露苏维埃现实的种种矛盾、弊端和阴暗面,甚至对苏维埃体制下现实的真实性都产生质疑,认为所谓的现实不过是苏维埃政权根据自己的需要伪造的超现实而已。因此,反社会主义现实主义长期以来处于地下文艺之列。

另一方面,反社会主义现实主义与现实主义有直接关联,没有社会主义现实主义就没有反社会主义现实主义。这是因为,反社会主义现实主义主要利用社会主义现实主义作为构建自己文本的第一手

---

① 列依捷尔曼和利波维茨基在《当代俄罗斯文学》一书中,爱泼斯坦在《俄罗斯文学中的后现代》一书中,都认为这一流派属于观念主义的一个分支。而涅珐金娜却将它单独划分出来,认为它与观念主义都在一个层面上属于后现代主义文学,尽管也承认它是从观念主义中衍生出来的一个分支。

② Эпштейн М. Н. Постмодерн в русской литературе: Учеб. Пособие для вузов. М. : Высш. шк. , 2005. С. 329.

素材。社会主义现实主义文本中的主题、思想、语言甚至人物形象等所有元素，都是反社会主义现实主义所关注的对象，也是被继续使用的对象。反社会主义现实主义也正是利用社会主义现实主义文本中的一切因素，反过来游戏官方语言，讽刺官方意识形态和文化。比如在反社会主义现实主义两位奠基人克马尔和梅拉米德的画作中，出现诸如"我们的目标是共产主义"之类的口号。

普里戈夫的诗作《警察》(*Милицанер*)①，索罗金的小说《定额》(*Норма*)、《玛丽娜的第三十次爱情》(*Тридцатая любовь Мирины*)和《工厂工会会议》(*Заседание завкома*)等都属于典型的反社会主义现实主义文学作品。乍一看，这些作品中的人物性格、矛盾冲突、主人公及其语言完全是社会主义现实主义文学的翻版，酷似社会主义现实主义文学的风格，但随着继续阅读和深入理解，作品给读者留下的第一印象就会被颠覆。以索罗金的短篇小说《工厂工会会议》为例，小说的标题首先让读者联想起 70 年代初苏维埃作家格利曼(А. Гельман)的剧作《党委会议》(*Заседание парткома*)。小说一开始看似讲述的是发生在苏维埃一个工厂内的事情。社会主义现实主义文学的所有特征在这里展现无遗：严肃公正的老同志们坐在铺着红呢子的桌旁审问酒鬼懒汉，墙上挂着列宁肖像。小说中的其他人物也都是劳动积极分子、老兵、队长、青年突击手、清洁工和正在彩排的爱好古典乐的警察等。小说中还出现了社会主义现实主义文学中常见的字眼，比如"工厂效益"等。但是，正当小说情节按照社会主义现实主义文学的逻辑思维发展时，警察突然钻出来疯狂地叫喊"Прорубоно"(该词意义无法从任何一部工具书上查明)。自此，所有人开始抽搐，嘴里胡乱喊着一些没有任何逻辑和联系的话语，小说也由此变得荒诞不经、情节混乱，失去了原来的连贯性。索罗金正是通过最初对社会主义现实主义文学的模仿，尔后以荒诞的内容、断裂的情节和支离破碎的语言展示苏维埃意识形态的荒诞性，从而达到解构官方意识形态和一切陈规陋习的目的。

---

① 俄文"警察"一词的正确写法是"милиционер"，普里戈夫故意将其写成"милицанер"，表达了诗人对严肃正经的苏维埃社会主义警察的调侃和讽刺。

　　新巴洛克派。列依捷尔曼和利波维茨基认为,新巴洛克派是俄罗斯后现代主义文学中继观念主义之后的第二大流派。新巴洛克派"由于与16—18世纪欧美艺术中的巴洛克风格相近,故而称作新巴洛克"①。新巴洛克派将世界理解为文本,将事物看成符号,从而用符号学的态度来对待现实。新巴洛克派的开山之作被认为是萨沙·索科洛夫的小说《巴利桑德里亚》(1985年)。

　　根据意大利学者卡拉布列泽(Омар Калабрезе)的观点,新巴洛克派的主要特征有五点②。第一是重复的诗学手法。这种重复不是简单的、有规则的重复,而是重复中夹杂着不规则和独特性。这样的重复一方面打破了中心主义和一元论,另一方面创造出不规则的节奏和新的意义。维涅·叶罗菲耶夫的《从莫斯科到彼图什基》就是使用重复手法的典型例证,小说的章节以主人公经过的火车站站名命名,但在站与站之间主人公的思想却在不断地变化。第二是过度美学,即将各种所描写的事物和现象延伸到极限甚至畸形化。比如瓦·阿克肖诺夫和阿列什克夫斯基(Ю. Алешковский)描写的人物身材通常是肥硕的,萨沙·索科洛夫在《巴利桑德里亚》中将人物和叙事人都进行丑化甚至畸形化,诗人布罗茨基和作家叶·波波夫则分别擅长写长诗句和长篇幅文字。第三是关注细节和片断。新巴洛克派的作品经常由细节构成,托尔斯塔雅的创作就属于这一类型。第四是混乱感,即将性质完全不同的文本拼凑成文本,从而赋予作品无形的形状。比如,比托夫的小说《普希金之家》,萨沙·索科洛夫的小说《狗和狼之间》(Между собакой и волком),叶·波波夫的小说《美好生活》(Прекрастность жизни),加尔科夫斯基的小说《没有尽头的死胡同》,别兹罗德内(М. Безродный)的小说《引文完》(Конец цитаты),以及基比罗夫的抒情诗和鲁宾斯坦的卡片诗等。第五是无法解决的矛盾冲突。这些矛盾冲突经常构成"死结"或"迷宫",并

---

　　① 王宗琥:《俄罗斯的后现代主义文学》,载金亚娜主编:《俄语语言文学研究·文学卷》,人民文学出版社2002年版,第320页。

　　② 转引自 Лейдерман Н. Л. , Липовецкий М. Н. Современная русская литература. Кн. 2. М. , 2001. С. 424。

且作者的创作乐趣在于营造这些"死结"或"迷宫",读者阅读的享受也在于寻找解开"死结"和走出"迷宫"的出路。佩列文的大部分作品都善于营造"迷宫",设置"骗局"。

新巴洛克派在很多方面与包括反社会主义现实主义的观念主义是截然相反的。观念主义倾向于哈尔姆斯(Д. Хармс)的传统,而新巴洛克派却遵循纳博科夫的美学原则。观念主义用语言形象体系替换作者形象,而新巴洛克派则善于打造作者的神话。观念主义擅长解除权威文化语言甚至整个语言体系的神话,而新巴洛克派却恰恰喜欢在文化废墟和片段上重建神话。总之可以说,观念主义比较接近先锋派,而新巴洛克则比较接近"崇高现代主义"。

但是,由于观念主义和新巴洛克派都形成于"解冻"时代末期,并在以后的发展过程中并行于地下文艺中,而且都反对充满意识形态的语言,都企图继承白银时代的文学传统,所以两派之间不存在不可跨越的界限和鸿沟。有时一部作品可能是两派风格的融合,比如维涅·叶罗菲耶夫的《从莫斯科到彼图什基》。有时一个作家既属于观念主义,也属于新巴洛克派,比如佩列文和基比罗夫。

元现实主义。元现实主义是爱泼斯坦划分出的一种后现代主义文学分支①。元现实主义又称元隐喻主义,因为它是在隐喻的基础上发展起来的文学创作方法。元现实主义非常关注元现实(метареалия)。所谓的"元现实"就是指隐喻所揭示的现实。前缀"元"(мета)附加在"现实"(реалия)之前,表示这是众多现实中的一种。由此可见,元现实主义不仅仅是一种文学创作风格和流派,而且是一种多元化的世界观,这一点正好符合后现代主义文学的基本原则。

"元现实主义"这一术语出现于 1982 年 12 月,是超现实主义者们(гиперреалисты)一起讨论如何超越经典现实主义的过程中产生的一个概念。作为一种风格流派和理论概念,元现实主义正式形成于 1983 年 6 月 8 日。在当天举行的诗人晚会上,一些人试图将它与

①　Эпштейн М. Н. Постмодерн в русской литературе: Учеб. Пособие для вузов. М. : Высш. шк. , 2005. С. 127.

观念主义进行区分而阐述了这一流派的风格和理论。

在爱泼斯坦看来,元现实主义和观念主义是完全对立的。这种对立体现在,两派面临相同的任务时采用的手法完全不同。元现实主义和观念主义共同面临的任务有两个:一是使词语脱离其惯用的、固定的、虚假的意义,二是赋予词语全新的多种意义和完整意义。为了解决上述任务,观念主义借助散乱的文字和破碎的语言来展示我们用以理解世界的词汇是多么衰弱和陈旧,而元现实主义却通过构建庞大结实的语言结构探寻出语言的多义性并赋予事物意义。另外,"元现实主义没有为了破坏而破坏的激情,它不仅仅在名称上而且在创作上保持了与现实主义的联系"①,因此它关注爱情、生命、死亡、光明、历史、自然等永恒主题及其原型。而观念主义恰恰相反,它竭力揭示所有价值符号的虚假性,因此它关注当下的、转瞬即逝的主题,关注日常生活、低俗文化及大众意识等。不难看出,元现实主义追求完整性,而观念主义却钟情于分裂和破碎。

最彻底、最极端的元现实主义者当属女诗人奥·谢达科娃,她的诗歌始终涉及永恒主题及其原型。另外一些典型的元现实主义诗人有日丹诺夫、帕尔希科夫、叶廖缅科、库季克(И. Кутик)等。绘画方面的元现实主义者有德布斯基(Е. Дыбский)、舍尔曼(З. Шерман)、戈尔(Е. Гор)、莫尔克夫尼科夫(Б. Морковников)、采德里克(А. Цедрик)等。

尽管我们上文重点论述了观念主义、反社会主义现实主义、新巴洛克派、元现实主义四种后现代主义文学形式和流派,但这并不意味着后现代主义文学只包含这些流派和现象。实际上,构成俄罗斯后现代主义文学的分支还有很多,因为"后现代主义是作为'总体美学形式'出现的,不仅仅是某一小组、思潮或风格流派,而是各种各样风格之间的相互关系"②。缺少了任何一个组成流派和现象,俄罗斯后

---

① 郑体武主编:《俄罗斯文学史》(下册),上海外语教育出版社 2008 年版,第 345 页。

② Эпштейн М. Н. Постмодерн в русской литературе:Учеб. Пособие для вузов. М. : Высш. шк. , 2005. С. 127.

现代主义文学都是不完整的。而且,无论何种流派、何种形式的后现代主义,它们本身都充满了不稳定元素和自由开放精神,都在与其他流派的对立、吸收和交融中不断发展变化。

后现代主义作家风格迥异,他们中并非所有人都可以划归到以上的某一流派和形式中。而且,对于同一作家,不同理论家和批评家的划分也有可能不同。按照涅珐金娜的观点,可以总体上将俄罗斯后现代主义文学划分成两大类。其一是和俄罗斯经典文学传统紧密联系的作品。这类作品通常从历史和当下的时代中汲取养料,关注哲学、宗教、道德等问题,例如比托夫的《普希金之家》,维涅·叶罗菲耶夫的《从莫斯科到彼图什基》都属于这一类作品。其二是采用西方后现代主义文学模式创作的作品。这类作品以解构和颠覆为宗旨,典型的例子是加尔科夫斯基的《没有尽头的死胡同》。但值得注意的是,西方后现代主义文学一般不关注道德问题,作品"没有任何肯定、批判、评价,没有好恶,原则上反心理分析,注重现实的混乱性"①,但俄罗斯后现代主义文学中的西方模式作品,尽管作家对事物也不做任何评价,但永远逃离不了伦理道德问题。

三、地位、影响和命运

后现代主义对俄罗斯的影响如同对其他国家一样非同一般,因为它不仅仅是一种文学思潮,还涉及其他学科领域,甚至发展成为一种世界观和看待事物的方法。但后现代主义在俄罗斯遭遇了激烈争论,这种争论在文艺界体现尤为明显。

一方面,我们看到,俄罗斯很多文艺批评家、文化学家、作家等都不愿意接受这种新思潮和新方法,甚至进行贬损、讽刺和攻击。比如,文化学家巴特金(Л. Баткин)认为,后现代主义无法完成将俄罗斯文化与世界文化一体化并形成另一套文学创作价值的使命②。文

---

① Берг М. О литературной борьбе // Октябрь. 1993. №2. C. 189.
② Баткин Л. О постмодернизме и "постмодернизме" // Октябрь. 1996. №8. C. 180.

学评论家柳德（В. Лютый）将后现代主义称为"魔鬼的诡计"，"撒旦的蹄子"，认为"后现代主义是存在结束的文学，是存在的最后时刻的文学，是缺失基督教信仰的无底深渊"①。著名作家索尔仁尼琴将后现代主义看成危险的文化现象："后现代主义哲学将现代世界拆到完全意识形态化的结构，拆到世界观的解体，拆到缺乏任何可以理解的思想，拆到没有生机而只有一些物体和思想在散发腐烂味的坟墓状态。"②持有与他类似观点的俄罗斯作家还有阿斯塔菲耶夫、叶基莫夫等。

与上述否定评价相反的是，另外一些人肯定后现代主义给俄罗斯文学艺术带来的积极作用和影响。比如，库里岑曾在90年代赞扬说："今天的后现代主义是当代文化中最活跃、最富于审美、最有现实意义的一部分，在其优秀的范例中确实有优秀的文学。"③雅尔克维奇认为大家应该感谢后现代主义，因为"它鲜明而强烈地映射出了俄罗斯文化的诸多矛盾"④。爱泼斯坦也积极肯定后现代主义与俄罗斯传统文化之间的联系："后现代主义恢复了艺术与整个经典的和古老的传统之间的联系，并通过有意识地融合不同历史时期互不相容的风格而达到艺术效果。"⑤斯捷潘扬（К. Степанян）将俄罗斯后现代主义置于世界文化背景中来理解："后现代主义是20世纪后三分之一时间里世界文化和文学的主要思潮之一，它反映了人类思维的宗教、哲学和美学发展的重要阶段。"⑥

---

① Лютый В. Козье копытце（Еще раз о постмодернизме）// Наш современник. 2001. №1. С.277.

② 转引自 Иванова Н. Ускользающая современность. Русская литература XX-XXI веков: от "внекомплектной" к постсоветской, а теперь и всемирной // Вопросы литературы. 2007. №3。

③ Курицын В. Постмодернизм: новая первобытная культура // Новый мир. 1992. №2.

④ Яркевич И. Литература, эстетика, свобода и другие（инвещи）// Вестник новой литературы. СПб., 1993. №5. С. 252.

⑤ Эпштейн М. Истоки и смысл русского постмодернизма // Звезда. 1996. №8. С. 180.

⑥ Степанян К. Постмодернизм — боль и забота наша // Вопросы литературы. 1998. №5. С. 32

后现代主义文学艺术在俄罗斯的确存在,众多的作家和作品就是最好的证明,这一点我们首先要承认,而不应当像一些极端的批评家一样质疑它的存在。黑格尔曾说:"凡是合乎理性的东西都是现实的,凡是现实的东西都是合乎理性的。"因此,后现代主义文学艺术现象作为一种合乎理性的存在,它的地位和作用应当得到我们客观公正的评价。

后现代主义在俄罗斯的出现是社会政治、经济、文化等内部因素发展的必然结果,也是受国际后现代主义外部因素影响的产物。我们赞同一种观点,说后现代主义"是众多文化传统过时的符号,是很多理想和价值观耗尽的符号,是文化疲惫的符号,也是探寻如何走出死胡同的征兆"[①]。俄罗斯后现代主义文学的出现,对传统价值观和文学创作理念既是破坏又是更新。它的基本原则和出发点是多元化的价值观,正是这种开放的心态使得俄罗斯文学在世纪末又经历了繁荣。但是,在这个过程中它又表现出对其他文学流派和思潮不可容忍的侵略性,无形中形成了以自我为中心的一元论。它痛恨并解构一元意识形态和霸权,这一点与明确要求文艺创作意识形态化的文学思潮相比,无疑是一大进步,然而宣扬这一创作理念的过程本身又是一场轰轰烈烈的意识形态宣传运动,形成了"新的侵蚀性意识形态"[②]。它为了解构而否定一切,为了创新而游戏一切,甚至对俄罗斯历史和文化传统、现代生活和习俗、民族和个人命运等都以游戏和轻视的态度对待,这些行为含有病态特征,因此有人称"后现代主义是疲惫的文化游戏,是全面的讽刺"[③]。它坚持无所不能的美学原则,的确产生了很多优秀作家作品,比如维涅·叶罗菲耶夫,维克多·叶罗菲耶夫,普里戈夫,佩列文,索罗金等,这些作家能够在轻松嬉笑中驾驭严肃问题,能够自由地运用各种文化语言。但与此同时,二流、三流甚至不入流的作家作品也登上文学殿堂,其中不乏赶时髦、出风

① Ермолин Е. Примадонны постмодерна, или Эстетика огородного контекста // Континент. 1995. №84. С.417.

② Чижова Е. Новая агрессивная идеология // Вопросы литературы. 2003. Янв. -Февр. С.90.

③ Новиков В. Все может случиться // Общая газета. 1996. №49. С.4.

头、哗众取宠的作家,也不乏以市场和销售为定位的作品。后现代主义文学尝试各种语言创新和艺术手法试验,并被其他文学思潮和流派借鉴,给文学创作带来了新气象、新思维和新的艺术空间。然而其中的一些试验,例如对性、肉体和欲望采取自然主义式的描写手法,无疑是在制造文字垃圾。

后现代主义文学在俄罗斯经历了 20 世纪 90 年代前半期的繁荣后,从 90 年代中期延缓了发展的步伐,21 世纪更是开始走下坡路。90 年代前半期活跃在文坛上的后现代主义作家和诗人尽管仍旧在创作,但出成果的速度和劲度远不及先前。一大批作家开始理智地撤出"游戏",重新将探索的目光转向现实主义,于是俄罗斯学界出现了关于俄罗斯后现代主义文学死亡的说法。显然,这种说法过于极端。21 世纪,后现代主义不仅成为一些作家固定的风格,比如佩列文、索罗金、马卡宁、沙罗夫、科罗廖夫、希什金等,而且还传承到新生代作家的创作中,比如"80 后"作家佐贝尔(О. Зоберн)。

新世纪的后现代主义文学表现出了新的发展趋向,即吸收、融合现实主义的手法,克服自身过度的游戏和荒诞色彩。新生代后现代主义作家与先前的后现代主义作家创作也有了很大不同,其中最大的不同体现在:与现实的联系更加紧密,摈弃 20 世纪 90 年代的后现代主义对时髦和另类的盲目追求、对彻底的性革命和毫无限制的自由的崇尚、对游戏和解构的过度偏爱,而是选择逐渐回归伦理和传统,重新开始阐释人与宇宙、自然之间的关系,重新拾起宗教、哲学、创作、爱情等永恒的创作命题。有人正确地指出:"年轻文学中的后现代主义创作问题被现实主义的生活创作问题取代,后现代主义文学在为人的生存而战,而不再是为了风格的生存而战。"①

以新生代作家佐贝尔的创作为例。他的作品重在制造文本氛围而非塑造情节,重在描写人物的精神和意识活动而非实际行动,重在客观陈述过程而非强加观点给读者,再加上他书中的主人公形象多具象征性、模糊性和不确定性,因此他的创作从本质上讲属

---

① Пустовая В. Диптих // Континент. 2005. №125.

于后现代主义范畴。但佐贝尔的创作内容、风格和手法都与 20 世纪的后现代主义有所不同。20 世纪的后现代主义大多有解构苏维埃倾向，作家常在苏维埃社会现实的基础上进行荒诞的虚拟重构，全面甚至过度运用游戏、夸张、反讽、词语的多义性等手法，因而这些作品大多呈现出与现实极为不同的怪诞风格。而佐贝尔的创作内容"完全失去了对过去的反射"①，与苏维埃现实无关，只涉及新时代主人公的现实生活。在风格上，除了早期作品《陷落》（Провал）和《静静的杰里科》（Тихий Иерихон）含有较强的虚构成分外，其他作品都比较贴近生活，因此佐贝尔有"日常生活故事的搜集者"②之称。在文学手法上，佐贝尔使用游戏手法的同时克服了全面游戏原则，使用夸张手法的同时克服了荒诞不经，运用反讽的同时表现出"新的真诚"，利用词语多义性的同时将文本构建得清晰可读。因此，有人认为佐贝尔的风格接近"新感伤主义"，称佐贝尔是"带有人的面貌的后现代主义者"③。有人甚至将佐贝尔的创作归为"新现实主义"④。以上这些观点都说明了佐贝尔的文学创作与现实的紧密联系。

但是，后现代主义文学思潮是否完全会被新一轮的现实主义文学浪潮取代？俄罗斯文学批评家巴辛斯基说了一句充满辩证哲理的话："俄罗斯现实主义在今天已经不可能了，但缺少现实主义，俄罗斯文学是不可能的。"⑤巴辛斯基的这句话表明，虽然现实主义会在未来文坛继续存在和发展，但它不可能再具有昔日的霸主地位。其实，不光是现实主义，任何一种文学思潮和流派都不可能在未来的俄罗斯文坛占据霸主地位，这正是后现代主义文学产生的重大影响之一。所以，我们比较赞同俄罗斯研究者季明娜（С. Тимина）的观点：俄罗斯后现代主义在 21 世纪初作为一种特殊的文学思潮已经完结，但绝

---

① Пустовая В. Диптих // Континент. 2005. №125.

② Дьякова К. Слушайте музыку эволюции // Новый Мир. 2008. №8.

③ Сергей Чередниченко. Постмодернист с человеческим лицом // Вопросы литературы, 2010. №5.

④ Пустовая В. Пораженцы и преображены // Октябрь. 2005. №5.

⑤ Басинский П. Неманифест // Октябрь. 1998. №3.

对不能据此说它已经死亡,实际上,后现代主义文学内部各种独立的
流派开始相互渗透、克服自我封闭,从而感受并确认着新的模式,并
不断动摇着大众意识的陈规①。

① Тимина С. И. Современная русская литература（1990-е. гг. — начало XXI в.）.
СПб. : Филологический факультет СПбГУ; М. : Издательский центр《Академия》, 2010.
С. 68.

第二章 佩列文创作中的现实图景

俄罗斯文学自古以来就关注现实,关注国计民生大事,关注民族精神和思想、道德伦理等精神层面的现实。很多俄罗斯作家兼有文学家、哲学家、思想家甚至革命家等多重身份。18 世纪的平民知识分子拉吉舍夫(А. Радищев),19 世纪前半叶的贵族革命先驱十二月党人以及他们思想的继承者普希金(А. Пушкин)、果戈理(Н. Гоголь)、赫尔岑(А. Герцен)和别林斯基(В. Белинский),19 世纪后半叶的陀思妥耶夫斯基、托尔斯泰(Л. Толстой)、车尔尼雪夫斯基(Н. Чернышевский)、杜勃罗留波夫(Н. Добролюбов)和契诃夫(А. Чехов)等,无不是他们所处时代新文学的发起者、新思想的变革者和传播者。所以,"阅读文学文本,特别是俄国文学作品,首先要读出的是社会、历史、哲学、政治、伦理、道德和其他具体、生动、丰富的文化内容,这些表现社会与人生的最鲜活生动的样态。没有这个前提,单纯用时空结构、符号体系剖析人物的构成,用框架结构命题来阐明形象体系,空侃泛论民族的心理与性格结构……很难掂量出文学批评建设意义上的推进价值"①。俄罗斯文学作品自古以来具有的社会责任感、道德感和思想性,在后现代主义作家佩列文的作品中也无一例外地有着淋漓尽致的传承和体现,正因为如此,有评论家称佩列文为"第二个陀思妥耶夫斯基"②。

从现实的角度看,佩列文的四部小说《恰巴耶夫与普斯托塔》、《奥蒙·拉》、《昆虫的生活》和《"百事"一代》总体上构成了 20 世纪

---

① 张建华:《关于文学文本与文学批评话语的思考》,载王立业主编:《洛特曼学术思想研究》,黑龙江人民出版社 2006 年版,第 259 页。

② Умбрашко Д. Пелевин и Достоевский на уроке литературы. < http://www. pelevin. info/pelevin_136_0. html >

俄罗斯社会历史文化发展图景:十月革命及国内战争图景(《恰巴耶夫与普斯托塔》中 20 世纪初时空)——苏维埃体制下的现实图景(《奥蒙·拉》)——苏联解体后的当代俄罗斯现实图景(《恰巴耶夫与普斯托塔》中 20 世纪末时空,《昆虫的生活》,《"百事"一代》)。四部小说文本字里行间流露出作者对整个 20 世纪俄罗斯社会历史的虚无主义态度:对十月革命的怀疑和反思,对苏联现实的厌恶和批判,对当代俄罗斯现实的困惑与解构。佩列文的现实观是后现代模式的,在他的眼里,所谓的现实都是意识的产物,因而是虚假的、混乱的、无序的。

第一节　十月革命后的现实图景

1917 年发生在俄国大地上的革命,一直以来被认为是开创了人类历史新纪元的伟大事件,因为它使得在一个占地球六分之一的土地上开始建设社会主义,也为整个资本主义世界经受的改造提供了样板。

在苏联解体之前的大半个世纪里,我们所接受的关于俄国十月革命的看法与上述溢美之词紧密联系在一起。但 1991 年苏联解体之后,俄罗斯思想界掀起了对十月革命的反思热潮:十月革命是 20 世纪的重大事件,还是悲剧性的错误? 反思的结果竟然是,俄罗斯学界多数人认为"十月革命只是俄罗斯知识分子强加在俄罗斯头上的一次残酷的社会实践"①。这种观点虽然过于偏颇,但它真实地反映了当代俄罗斯人对十月革命在俄罗斯历史上的意义的反思。

对"红色十月"的反思不仅是俄罗斯思想界的一大热点,而且也成为俄罗斯后现代主义文学的一大写作主题。俄罗斯外省作家米·哈里托诺夫的长篇小说《命运线,或米拉舍维奇的小箱子》(*Линии*

---

① 刘淑春等主编:《"十月"的选择——90 年代国外学者论十月革命》,中央编译出版社 1997 年版,第 74 页。

судьбы, или сундучок Милашевича），将十月革命前后的社会生活通过主人公米拉舍维奇记录在糖果纸上的个人经历反映出来。作为一名俄国旧知识分子，他内心曾呼唤过革命，也曾冒着生命危险帮参加革命的同学送小箱子。但十月革命带给他的是妻离子散和九年监牢的遭遇。他居住的小城斯托尔别涅兹，昔日的宁静与祥和也被革命打破，不仅物价飞涨、物资匮乏，而且处处骚动不安，到处是群众集会、爆炸枪杀。经历了一连串人生变故后，米拉舍维奇认识到革命的破坏性和欺骗性，带着重逢后患病的妻子到外省过起了隐居生活。小说通过夸张、狂欢等手法描写了十月革命发生在外省小城的情景，并通过米拉舍维奇革命前后心态的巨大变化，表达了知识分子对十月革命的反思。

　　侨居瑞士的当代俄罗斯作家米·希什金的《爱神草》（*Венерин Волос*）也有对十月革命反思的因素，这种反思通过女主人公——百岁老人伊萨贝拉的日记透视出来。伊萨贝拉出身于贵族之家，1905年革命破坏了她天真烂漫的童年，一战使情窦初开的她永远地失去了初恋爱人阿廖沙，十月革命和紧接着的国内战争不仅使她家破人亡，而且将周围的人分成"红的"和"白的"两大类，世界充满了无休止的战争和不尽的仇恨。与革命和仇恨形成鲜明对比的是，伊萨贝拉坚持用歌声和爱去感化生命，她说："如果美和爱对于这个时代来说并不和谐，那么应该去爱，去成为美的，故意和这时代对着干。"①小说通过经历了人生悲剧的普通人伊萨贝拉满怀爱和美的心，反衬出20世纪初发生在俄国大地上的种种破坏和悲剧。

　　十月革命在上述后现代主义小说中呈现混乱、无序的特征，暴力、流血、牺牲和死亡是作家描写十月革命的通用词，夸张、狂欢、反讽等手法是书写十月革命的惯用方式。佩列文在长篇小说《恰巴耶夫与普斯托塔》中也表达了类似的思想和主题。

　　小说以主人公彼得找寻真正的现实、探询人生意义的心路历程为主线，在20世纪初和20世纪末两大时空展开情节，既有对当代俄

―――――――――
　　① 〔俄〕米哈伊尔·希什金：《爱神草》，吴嘉佑、吴泽霖译，人民文学出版社2007年版，第334页。

罗斯现实的种种隐喻,也表达了俄国知识分子对十月革命的重新审视。在世纪初的时空里,彼得是一位来自彼得堡的后现代诗人,他爱思考现实,喜欢追问人生的意义。十月革命胜利后,他因诗歌涉嫌反新政权遭追捕,从彼得堡逃到莫斯科。小说开篇通过彼得的视角、以第一人称的叙事口吻描写了彼得逃亡途中的所见、所闻和所思。正在庆祝革命胜利一周年的莫斯科大街小巷混乱不堪、鱼龙混杂。这里有像彼得一样诚惶诚恐、生怕警察盘查而谨小慎微的人,也有为革命胜利激昂演讲的人群,还有喝得醉醺醺的士兵,甚至有精神失常的人。

每个人对待革命和新政权的态度截然不同,他们的情绪和生活方式也迥然相异。彼得一类旧俄时代遗留下来的知识分子,并不清楚革命到底带来了什么,但凭着直觉感到背后"隐藏着一张恶魔般的面孔"①,甚至感到了死亡的威胁。与彼得尴尬紧张的生存境遇形成鲜明对比的是他在大街上偶遇的儿时伙伴冯·埃尔年。这位革命前的吸毒狂,革命后摇身一变成为契卡工作人员,抢占了立宪派人富丽堂皇的家,配备了毛瑟枪和汽车。对这种发生在一夜之间的荒唐变化,连埃尔年自己都深为感慨:"生活就是剧院,这是人人皆知的事实,只是很少有人提及,在这个剧院里,每天都在上演新的剧本。"②

彼得将自己的遭遇无所忌讳地向老相识倾诉,却招来杀身之祸。结果,在两人的搏斗中埃尔年被彼得杀死。没有任何证件的彼得为了生存下去,冒充埃尔年的身份开始了真真假假的双重生活,也更多地了解了他前所未知的世界。

彼得与前来接应埃尔年的党内工作者巴尔博林和热尔布诺夫到酒吧宣传党的路线,目睹了混乱怪诞的狂欢场景。舞台上,怀有复仇心理的人扮成演员借刀杀人。舞台下,各色人等麻痹自我逃避现实,有的滥用毒品,有的津津有味地品尝着人肉馅饼,连著名作家阿·托尔斯泰(А. Толстой)和勃留索夫(В. Брюсов)也醉成一摊烂泥。整个世界善恶不分,一片混沌,红军战士甚至趁机抢占女戏子。这里作

---

① Пелевин В. О. Чапаев и Пустота. М. : Изд-во Вагриус, 2004. С. 11.

② Там же, С. 13.

者用夸张、怪诞的方式描绘了混乱无序、荒唐可笑的十月革命胜利图景,通过酒吧里的颓废者和复仇者们表达了对"红色革命"的看法:它为少数投机分子带来了洋车洋房、为所欲为的权力和资格,而给大多数人制造了混乱与迷惘。

随着小说情节的发展,彼得认识了红军将领恰巴耶夫并成为他的政委,然后跟随他目睹了红军内部及群众的种种荒诞行为。恰巴耶夫每到一处,总是被人群羡慕的眼光追逐着,被他们虔诚而热烈的呼声包围着,即使恰巴耶夫在演讲时胡言乱语,讲话毫无意义,照样会赢得群众的阵阵掌声。显而易见,群众完全被英雄的意识所操纵。小说中,唯有善于思考的彼得对发生的一切持有怀疑态度,他朦朦胧胧感到一切的荒唐,但并不确定自己的认识是否正确,更无力改变这种状况,甚至自己也渐渐成为受恰巴耶夫意识操纵的一员,跟随他上了前线。

彼得在战役中脑部受伤,两个月后清醒过来。此时,红军已经取得了战争的胜利,康复后的彼得陪同恰巴耶夫参加了红军战士的庆功会。结果他又看到了荒唐的场景:一切都颠倒过来了,平日拥护爱戴恰巴耶夫的红军士兵和纺织工人一转眼就变成了造反者,他们在富尔曼诺夫的带领下追击恰巴耶夫。面对造反士兵的枪炮追击,恰巴耶夫的追随者科托夫斯基军官决定去法国巴黎逃避战乱、保全自我,而恰巴耶夫则带领留下来的安娜和彼得逃亡至乌拉尔河边,最后跳入河中。

小说中所描写的十月革命及国内战争现实是混乱的、狂欢的、怪诞的。这些现实的发生如此没有理由和根据,我们不能不怀疑它们的真实性。佩列文正是要通过怪诞和荒唐来揭示"英雄意识制造伪现实"的过程。不难看出,佩列文对十月革命的观点与哈里托诺夫、希什金等后现代主义作家一样,都是怀疑的、否定的。但佩列文与他们的不同之处在于,他将十月革命及后来的国内战争归结为一部分人的个人意识强加给大部分人的伪造物。这一结论通过群众对恰巴耶夫的反应和作为得到证明。无论是群众对恰巴耶夫的拥护还是后来的造反,都毫无理由,唯一的解释是群众的意识受到他人的控制。在彼得看来,这是一群乌合之众,受到恰巴耶夫英雄精神鼓舞的时候,可以为他赴汤蹈火、出生入死,而当受到富尔曼诺夫的挑拨离间后,又可以听从他的意识控制,反过来将革命的枪口对准恰巴耶夫。大众的行为就是这样完全被个别人的意识所操纵的。佩列文借彼得的视角对发生在 20 世纪 10—20 年代的历史事件进行了反思,他以嘲讽的语调,狂欢和怪诞的手法,嬉戏超然的态度表达了自己的立场,达到了解构历史现实之目的,揭示了意识对人的操纵和摆布。

第二节　苏维埃体制下的现实图景

《恰巴耶夫与普斯托塔》主要反映了十月革命至国内战争期间的历史现实,揭露了个人意识尤其是英雄意识对大众行为的操纵,颠覆了半个多世纪以来人们对十月革命的赞歌。《奥蒙·拉》则对十月革命的产物——苏联体制进行了反思和解构,揭露了国家意识形态对大众行为的影响与控制。这一点大部分国内外研究者都承认,比如俄罗斯评论家古巴诺夫(B. Губанов)曾撰文说:"佩列文写作这部作品的任务之一是企图揭示苏维埃存在的极权主义体制,小说的中心形象——太空就是共产主义。"[①]中国研究者宋秀梅也曾在文章中说,这部小说的真正意图"不是抹杀苏联的宇航成就,而是用夸张和荒诞来抨击苏联社会生活各个方面的浮夸、弄虚作假和将一切政治化的错误做法"[②]。的确,正是在苏维埃国家意识形态的灌输下,主人公奥蒙从小产生了建功立业的想法,正是在苏维埃极权主义势力的威逼下,奥蒙等飞行学员不得不走上一条"壮烈牺牲"的英雄之路。

小说的开始,小男孩奥蒙产生了一个梦想——长大后成为宇航员。心中产生各种梦想,是每个人在童年时代都会经历的最正常、最

---

① Губанов В. Анализ романа Виктора Пелевина 《Омон Ра》. < http://pelevin. nov. ru/slati/o guba/1. html >

② 宋秀梅:《密切关注现实人生的后现代主义家——维克多·佩列文》,载金亚娜主编:《俄语语言文学研究·文学卷》,人民文学出版社 2002 年版,第 359 页。

自然、最美好的事。但奥蒙的梦想不是自发的,而是受到官方对宇航事业的宣传和英雄思想的灌输产生的,比如摆放在儿童广场上的木制飞机模型,有关宇航英雄的电影和歌曲,国民经济成果展览上的宇航成就展等。官方的这些措施看似随意实则有心,既是对苏维埃国家实力和光明未来的宣传,也是用国家意识对大众意识尤其是孩童意识进行控制的方式。官方正是通过潜移默化的方式对每一个苏维埃人从出生开始就进行意识形态灌输,以保证他们今后不知不觉地沿着官方意识形态规划好的方向发展。毫无辨别能力的小男孩正是在国家意识形态潜移默化的影响下,才产生了当宇航英雄的理想。

但是,再无辨别能力的人也能感觉到苏维埃国家过分强烈的意识形态压力。刚刚结束七年级课程的奥蒙怀着提前体验宇航员生活的美好心情参加了"火箭"夏令营,但在那里初次感受了"后来成为实质的一切"①。夏令营里的一切都围绕苏维埃国家和宇航飞行主题进行:一日三餐食用的通心粉做成象征苏维埃国家的五角星形状;从食堂天花板上吊下来的纸糊宇宙飞船上写满了"苏维埃社会主义共和国联盟"字样;夏令营驻扎地附近的小路上处处是宣传画,上面画的是吹着铜喇叭戴着小红旗的工人、腰间挂着锣鼓歌唱社会主义国家的新型农民、巨幅列宁像、穿着宇航员制服的少先队员、坐在飞行舱里即将起飞的宇航员等。无处不在的意识形态灌输并没有让小奥蒙欢欣鼓舞,相反带给他的是淡淡的忧伤:"飞船就挂在我们的桌前,飞船上的锡箔纸迎着橙黄色的夕阳闪闪发光,让我突然想起了远方黑暗的隧道里闪烁的地铁探照灯。不知道为什么,我突然有点忧伤。"②

忧伤既是小奥蒙面对意识形态压力产生的无意识心理反射,也是一种不祥之兆。尤其是小奥蒙由飞船模型在夕阳下发出的光联想到地铁里的探照灯,为小说的最后奥蒙被迫在地下驾驶地铁进行宇航飞行秀埋下了伏笔,做了铺垫。

这种忧伤很快就转化为被欺骗的感觉和失望。与奥蒙一起参加

① Пелевин В. Омон Ра, Жёлтая стрела. М. : Изд-во Вагриус, 2004. С. 20.
② Там же, С. 22.

夏令营的米佳,出于对宇宙飞船的好奇和热爱禁不住偷偷把食堂里的一只飞船拆开,却发现里面是一个纸糊的凳子,上面坐着一个纸糊的飞行员。不难想象,一颗纯真的心灵看到事实真相时的失望之情和被欺骗的感觉,他将真相告诉了奥蒙。

苏维埃国家制造的骗局第一次被揭穿,而揭穿者必然受到惩罚。7月的暑热里,两个小男孩戴着防毒面具,先被踹几脚,然后按照老师规定的时间在铺着油布的走廊里来回爬行。这与其说是生理上的惩罚,不如说是精神上的恐吓,它向所有人示威:苏维埃的国家利益高于一切,即使是谎言和骗局,谁也不能去揭穿,否则就要遭受惩罚。

第一次明白了欺骗,第一次体验了苏维埃国家的强权,第一次受到肉体的伤害,纯真的孩童心灵随之发生了扭曲和变形,奥蒙生平第一次喝酒。当然,这次心灵的异变还有一个更为重要的原因:奥蒙看见一本杂志中漂亮的美国飞机照片与苏维埃国家对美国宇航事业的贬低和诋毁不符。奥蒙明白了,这又是一场欺骗。在酒精的作用下,奥蒙觉得整个国家,整个生活是肮脏的。

想到自己坐在这个满是唾沫、里面散发着污水坑般恶臭味的小房间里,我突然反感起来。反感自己刚刚喝了一个脏杯子里的波尔图葡萄酒;反感自己正生活于其中的整个国家是由许多吐沫乱飞、里面散发着污水坑般恶臭味的小房间构成;反感自己刚刚喝了波尔图葡萄酒。我生气,最主要是因为这些臭气熏天的小屋子里闪烁着的无数灯火每到傍晚就会攫住我的灵魂,命运之神带着我飞过傍晚首都上高高的窗户。尤其让我感到生气的是与杂志上那个红色飞行器的比较。①

带着懵懵懂懂的理想,奥蒙和米佳半信半疑地踏进了飞行学校的大门。他们没有想到,从此踏上的是一条不归路,正如《“百事”一代》中的塔塔尔斯基踏入商界的不归路一样。但相对于前者,后者似乎更为幸运一些,毕竟塔塔尔斯基的一切选择都是心甘情愿的,也没有为此献出最宝贵的生命。而前者,生命的权利从踏进飞行学校大

---

① Пелевин В. Омон Ра, Жёлтая стрела. М. : Изд-во Вагриус, 2004. C.36.

门的那一刻起被剥夺了。更为荒唐的是,这一切都是打着建设苏维埃国家宇航事业的幌子进行的。

如果说奥蒙进入飞行学校之前的一切不好猜测都只是感觉,那么进入飞行学校后所经历的一切都证明了这种感觉。抵达飞行学校那一天的天气就暗示了后来发生的一切不幸:"我们下公交车后,天空正下着令人不愉快的斜雨,非常寒冷。"①

奥蒙进入飞行学校面临的第一件事情就是被"洗脑"。在选拔飞行员的面试中,考官提出的是诸如"什么是苏维埃宇航员"、"如果祖国需要献出生命该怎么办"的问题,而回答"一切按照惯例"的学员算通过了考试。在与教官的见面会上,上校和少校向学员们鼓吹他们肩负的重大责任,称现在是战前时代,说飞行学校"培养的不仅仅是飞行员,而首先是真正的人"②。

学校对学员进行心理上的意识形态灌输后,接着对其进行生理上的控制:趁所有学员入睡后,截断他们的双肢。奥蒙儿时关于宇航员的美好想象在这一刻彻底破灭了,取而代之的是残酷丑陋的现实。这里不是"戴着闪亮头盔"、英俊潇洒的宇航员,而是缺胳膊少腿的残疾人。更为残酷的是,奥蒙等人已经不能不去"建功立业"了,因为即使活着回去,他们也无法拥有正常人的心理:"你知道那个从床上起来就要依靠拐杖迈出第一步的是什么东西吗?"③

奥蒙和米佳等通过了初步考验的学员被送到了莫斯科飞行培训中心。即使已经通过了生理的和心理的考验,在这里他们还要被关在幽闭的屋子里与飞行英雄和领导进行单独谈话。在各位飞行领导的软硬兼施下,奥蒙和米佳等学员最终接受了飞行任务,并开始进行飞行培训。他们甚至逐渐习惯了训练的日子,对未来的命运也漠然了:"'死亡'在我的生命里就像早已挂在墙上写满记忆的日记簿——我知道,它还在原地,但我的目光从来不去看它。"④直到一

---

① Пелевин В. Омон Ра, Жёлтая стрела. М.: Изд-во Вагриус, 2004. С. 40.
② Там же, С. 47.
③ Там же, С. 70.
④ Там же, С. 92.

天,奥蒙等学员要在"真正的"登月船中进行模拟飞行时,他们才感到
死亡的来临并产生了恐惧感。但此时,一切想退缩或不服从命令的
人必定要被铲除。米佳被秘密枪决,日本飞行员遭到严刑毒打。所
有的人只能全心全意为苏维埃国家建功立业,就连狗也被穿上"带有
少将肩章的浅绿色军装,胸前挂着两个列宁勋章"①。学员们即将赴
死也不能摆脱苏维埃官方意识形态的束缚和控制。飞行前,他们在
飞行指挥的带领下到列宁墓前带走一块这里的泥土。

　　飞行似乎真正进行了,其他学员在飞行过程中都按照计划依次
脱离"飞船"牺牲了,只有负责驾驶"飞船"的奥蒙最终"登月",并在
"月球空间站"插上了苏维埃大旗。完成了飞行任务的奥蒙应该按照
计划开枪结束自己的生命,但有趣的是,手枪里的子弹竟然是冒牌
货,奥蒙自杀未遂。但更令他惊奇的是,竟然有人来专门刺杀他。逃
脱了追杀的奥蒙突然发现,原来宇航飞行根本就没有发生过,而只是
一场骗局:飞行前,奥蒙等人的食物中被投放了安眠药,他们熟睡后
被偷偷放置在地铁列车中。清醒后的学员们看见黑漆漆的一片,以
为已经抵达茫茫宇宙,于是按照飞行指挥的指示完成每一个动作。
而官方用摄像机拍下整个虚假的过程,人为制造一次登月秀,以此来
欺骗大众、愚弄国际社会。为了保证谎言不被揭穿,秘密不被泄漏,
所有学员完成任务后必须自杀。奥蒙自杀未遂时,官方就专门派人
和狗追杀。

　　这就是宇航飞行的真相,不过真相到最后一刻才被揭示。不难
看出,佩列文使用了欺骗读者预期的手法。同样的"欺骗"发生在其
他小说中。比如,《昆虫的生活》中的主人公看似具有人的生活和思
维方式,实际上却是昆虫。《黄箭》的空间似乎发生在人的日常生活
中,但读过几页后才明白,一切都发生在火车中。《尼卡》仿佛是在讲
述男女恋人之间的故事,结果小说最后揭示,这是男主人公和他养的
猫之间的故事。

　　在《奥蒙·拉》中,佩列文以丰富的想象仿造了一个怪诞的苏维
埃时空,借用苏维埃社会中的一些现实材料,添加上自己的虚构,构

---

① Пелевин В. Омон Ра, Жёлтая стрела. М. : Изд-во Вагриус, 2004, С. 134.

筑起一部反乌托邦作品,以此讽刺苏维埃国家意识形态和极权主义体制。小说看似描写的是发生在苏联宇航事业中的人和事,但作者只是利用宇航飞行这一具体事件,展示苏维埃国家夸大、粉饰一切现实的做法,同时揭露极权主义体制下普通人不自由的生存状态。小说中的宇宙空间并不存在,它只是苏维埃官方意识诞生的产物,作家以此隐喻:苏维埃政权曾经向国民许诺的美好未来只是一个主观唯心主义的臆想,是官方的政治谎言。而这个巨大谎言的目的,正是为了让每一个苏维埃人沿着官方设定的目标和轨迹向前,变成国家意识形态的奴仆,成为极权主义体制的牺牲品。小说层层深入,如剥春笋般撕掉了苏维埃国家意识形态伪装的面孔,暴露出其欺骗性本质和极权特征。

　佩列文作为一名后现代主义作家,其作品中描写的苏维埃现实有其真实的一面,但更多的是虚构和夸张,表现出一位后现代主义者重新审视苏维埃历史的姿态。我们知道,1922 年诞生的苏维埃社会主义联盟曾经创造过辉煌的成就。它在贫穷落后的废墟上建起了社会主义,并在短期内从农业国变为工业国,大力发展重工业,增强军事力量,与美国对抗,改变了世界格局。但是,这些建设成就的背后隐藏着无数政治和经济体制上的弊端与问题。高度集中的计划经济体制强调发展重工业的同时却忽视了关系民生的轻工业发展,并使经济发展僵化,挫伤了劳动者的积极性和主动性。高度集权的政治体制形成了领袖个人集权制和终身制,尤其是造成了极权主义势力的诞生。而严格统一的思想意识形态则以牺牲人的个性为基础,导致了教条主义盛行和思维僵化。这种高度集中的经济、政治、思想文化体制,尽管坚持了某些社会主义的基本原理,但在各方面都存在弊端和缺陷,对历史发展产生了消极影响。

　1991 年苏联的解体,正是苏维埃体制内各种弊端最终爆发的结果。当代很多哲学家、思想家和政治家在回顾和反思这一段历史时,对斯大林及其后来的接班人所进行的社会主义建设事业进行了过于犀利的批判。比如,哲学家鲍罗金(Е. Т. Бородин)认为,"斯大林现象作为一种社会现象,是特殊的国家垄断资本主义,或者是一定发展阶段的亚洲式的资本主义。"①曾任俄罗斯总统办公厅主任的菲拉托夫(С. Я. Филатов)将苏联时期的政治归结为极权统治,说它的实质与德国希特勒和意大利墨索里尼的法西斯专政并无二致,并强调苏联这种极权专制比20世纪任何其他专制的影响力更深远,时间更长久:"20世纪的历史经历了许多极权主义的试验……就其时间之长久、影响之深刻和后果之严重来说,没有一个实验可以和布尔什维克在俄国的实验相比。布尔什维克的实验是整个人类近代史持续时间最长、最激进的社会实验。"②哲学家拉宾(Н. И. Лапин)从哲学的角度对苏维埃极权主义进行了深入分析,认为它的基础是人的全面异化。这种异化有七个层次的表现。第一是国家管理权利的异化,即绝大多数居民被排在对国家的管理之外。第二是商品价格的异化,即与其价值严重背离,由各级官僚决定。第三是农民与土地的异化,即强制性的农业集体化使得农民与他们的产品分离了。第四是生产结构与居民的需要的相异化,即国民经济不再以满足居民的需要为目的,而只是为了自身的不断扩大再生产。第五是真实的信息与人们的异化,即人们的自我意识不见了,代之以被异化了的意识形态。第六是广大群众的自由和丰富多彩的个性,甚至作为最好价值的生命与他们异化了。第七是越来越多的社会劳动领域异化于法律结构之外,贿赂、腐败盛行。这七种异化集中起来看,就是苏维埃国家有一种凌驾于个人之上的力量,个人只能依附于它③。

　　无论是当代俄罗斯学者还是作家佩列文,他们对苏维埃历史和社会的重新审视都只是他们的个人观点和态度。我们在看待曾经是所有社会主义国家的典范和榜样的苏联时,应该采取客观而公正的态度。苏联体制固然有着不完善的一面,其极权专制过分强调国家和集体利益,忽视个人利益、压制个性,但不可否认的事实是,它曾将一个落后的俄国带到了世界前列,使一个饱受战争和侵略的民族获

---

　　① 转引自安启念:《俄罗斯向何处去——苏联解体后的俄罗斯哲学》,中国人民大学出版社2003年版,第266页。

　　② 同上书,第245页。

　　③ 同上书,第266—267页。

得了尊严和生存的权利,并在国际舞台上发挥了应有的作用。

第三节 当代俄罗斯国家发展道路的选择图景

美国式的西方发展道路的流产

俄罗斯地跨欧亚大陆,这决定了它的发展必然要受东西方强国的巨大影响,东西方问题是千年来一直困扰俄罗斯人的一大难题,正如学者别拉波利斯基(А. Белопольский)所言:"两种世界观,东方的世界观和西方的世界观,相互之间的斗争,是贯穿于全部俄国历史或者全部俄罗斯历史的红线。"①俄罗斯各个时代的思想家和哲学家们都对这一问题进行过专门的论述,比如 19 世纪的恰达耶夫(П. Чаадаев)、霍米雅科夫(А. Хомяков)、基列耶夫斯基(И. Киреевский)、别林斯基、阿克萨科夫(К. Аксаков)、列昂季耶夫(К. Леонтьев),20 世纪的卡列耶夫(Н. Кареев)、索洛维约夫(Вл. Соловьёв)、拉甫罗夫(П. Лавров)、伊万诺夫(В. Иванов)、特鲁别茨科伊(Е. Трубецкой)、别尔嘉耶夫(Н. Бердяев)、弗兰克(С. Франк)等。俄罗斯不少大作家,比如普希金、果戈理、陀思妥耶夫斯基、丘特切夫(Ф. Тютчев)和布尔加科夫等,也通过自己的作品表达了对这一问题的深思。俄罗斯历代改革者和统治者们更是前赴后继地探寻适合俄罗斯的发展方向和道路:18 世纪初开始的彼得大帝改革,19 世纪 60 年代亚历山大二世改革,20 世纪初斯托雷平改革和列宁领导的十月革命,以及始于 20 世纪 80 年代延续至今的戈尔巴乔夫—叶利钦—普京—梅德韦杰夫改革。但一个令人遗憾的事实是,千年来困扰俄罗斯的东西方问题至今都没有得到圆满的解答。究其原因,主要是这个问题本身的复杂性。一方面,"拜占庭文化给了罗

---

① 转引自安启念:《俄罗斯向何处去——苏联解体后的俄罗斯哲学》,中国人民大学出版社 2003 年版,第 254 页。

斯基督教精神的性质"①，俄罗斯文化中含有西方因素。另一方面，俄罗斯直到 10 世纪末才真正走上文明发展道路，它与西方相比的落后性毋庸置疑。因此，在每一个重要的历史关头，在整个现代化历程中，俄罗斯都会紧张地东张西望。

公元 988 年，基辅大公弗拉基米尔从拜占庭引进基督教并将其定为国教。从那时起，俄罗斯似乎被纳入了欧洲大家庭。但好景不长，公元 1054 年基督教分裂成西方罗马天主教和拜占庭东正教两部分，16 世纪新教又从天主教中脱颖而出，从此拜占庭文化成为具有浓厚东方色彩的封建文化，俄国也自然远离了欧洲文明的主体。

17 世纪末 18 世纪初，以沙皇彼得一世为代表的一些有识之士清醒地体察到了俄国落后的状况，毅然抛弃守旧自大、闭塞因循的传统，仿效西方先进的经济、文化制度，实施自上而下的重大变革。彼得一世改革最可贵也最成功的地方在于，他通过改革打破了俄罗斯人长期形成的闭塞守旧的思维方式和价值观念，为封闭的俄罗斯文化注入了新鲜的成分。但由于改革主要侧重于社会文化方面，没有实行全盘西化政策，而且目的也是为了进一步加强农奴制和沙皇专制制度，所以只能说它"改变了俄国国家的历史发展方向，从此俄罗斯开始了自己漫长的西化历程"②。彼得一世改革成为俄国现代化之旅的开端，他的后继者叶卡捷琳娜二世、亚历山大二世等继续深入改革。可以说，整个 18 世纪的俄国史都是向西方学习的历史。

从彼得改革开始，随着西方文化的传入，俄罗斯民族自我意识逐渐崛起，这导致了 19 世纪"俄国与西方"问题的凸显。"十二月党人"运动是以革命的方式走西方立宪文明的一次尝试。而十几年之后开始的"西方派"和"斯拉夫派"之争，更是关于俄国发展道路的争论。尽管当时这两大思想派别都反对农奴制和专制制度，都主张改变俄罗斯落后贫穷的现状，但前者认为俄罗斯应当走西方国家的发

---

① 〔俄〕德·谢·利哈乔夫：《解读俄罗斯》，吴晓都等译，北京大学出版社 2003 年版，第 21 页。

② 刘祖熙：《改革和革命：俄国现代化研究(1861—1917)》，北京大学出版社 2000 年版，第 352 页。

展道路,后者认为应退回到彼得改革之前未受西方文明感染的俄罗斯。两派之争不仅在当时没有胜负结果,而且一直持续到今日。19世纪40年代,俄国出现了利用欧洲空想社会主义解决社会矛盾的尝试,赫尔岑成为这次尝试的代表者。之后又出现了以车尔尼雪夫斯基为代表的平民知识分子运动,这场运动主张通过农民革命推翻农奴制和沙皇专制制度,建立村社社会主义。19世纪60、70年代,民粹主义继承了赫尔岑和车尔尼雪夫斯基的思想和实践成果,强调俄国村社和劳动合作的独特性,把村社作为社会主义的基础,突出知识分子的作用,宣传个人恐怖活动,鼓吹唯心史观。

　　19世纪末20世纪初,资本主义在俄国有了长足发展,1905年爆发了资产阶级革命。之后,1905年至1911年之间,斯托雷平开始进行土地改革,但由于他从根本上是一名强有力的君主主义者,绝对忠于沙皇,所以这场改革最终造成了沙皇俄国政体主导下的社会转型的死结。

　　在历史的关键时刻,为了摆脱地主资产阶级制度的危机,摆脱战争和破坏,列宁提出变资产阶级革命为无产阶级革命的重大历史性课题。因此,十月革命无疑是以列宁为首的现代化改革的一大举措,是"俄国不同于西欧的走向现代工业文明道路的方案"①。它也成为俄国由西向东扭转发展方向的伟大尝试。别拉波利斯基认为,正是东方和西方两种世界观的长期斗争导致了布尔什维克革命,且"这场革命以鲜血染成的扫帚把西方思想的全部表现都扫到一边并确立了东方式的秩序"②。别拉波利斯基的观点不无道理。

　　十月革命的胜利及苏维埃社会主义国家的建立,似乎一劳永逸地解决了东西方问题。20世纪的大半个世纪里,这个国家主体上按照东方的模式发展。但90年代苏联的解体,又使俄罗斯人再次面临东西方道路选择问题。俄罗斯思想界、哲学界、文艺界等各个领域的

---

①　刘淑春等主编:《"十月"的选择——90年代国外学者论十月革命》,中央编译出版社1997年版,第74页。

②　转引自安启念:《俄罗斯向何处去——苏联解体后的俄罗斯哲学》,中国人民大学出版社2003年版,第254页。

思考者们都不断反思这一问题。甚至有学者认为,"20 世纪 90 年代初苏联的失败,从深层来看不仅仅是或者主要不是社会主义的失败,而是俄罗斯社会发展东方道路的失败"①。这种说法有一定的道理。早在 80 年代中期开始,戈尔巴乔夫提出"新思维",从西方引进"公开"和"民主",打算创建"人道的民主的社会主义","争取达到社会新的质的状态"。显而易见,戈尔巴乔夫的这些举措实质就是号召国民告别东方,走西方发展道路。

社会发展方向上的剧烈变化不仅引发了新一轮的西方派和斯拉夫派之争(80 年代末文坛出现的自由派和传统派之争就是一大表现),而且导致了苏联解体。苏联的解体让国民顷刻之间丧失了民族定位,失去了自我认同感。一些人出现了对欧美顶礼膜拜的心理,一切以西方为标准;另外一些人则坚持俄罗斯民族特色,倾向于东方式的发展道路;更多的人摇摆于东西方之间,茫然不知所措。

作为一名当代作家,佩列文立足于当代俄罗斯现实,对东西方问题进行了思考,这些思考在《恰巴耶夫与普斯托塔》、《"百事"一代》和《昆虫的生活》中都有不同程度的反映,其中《恰巴耶夫与普斯托塔》首当其冲。评论家科热夫尼科娃(М. Кожевникова)曾在一篇文章中说,佩列文在这部小说中非常聪明地关注到了几个很敏锐的话题——俄罗斯与西方的问题,俄罗斯与东方的问题②。

《恰巴耶夫与普斯托塔》中的所有人物形象中,马利亚③的价值观取向最接近西方。他是彼得在精神病院认识的一位年轻病人,颇具女性气质,是个同性恋。他发疯的原因与他的西方价值观取向和性取向有着直接的关系。生活在混乱的当代俄罗斯社会中的马利亚希望逃离无助的现实,突然间他感悟到一个办法,即两枚婚戒、一个未婚夫和一次炼金术式的婚姻。不久,果然从雾中出现了美国电影明星施瓦辛格,马利亚对他一见倾心,愿意随他而去。同样是同性恋

① 转引自安启念:《俄罗斯向何处去——苏联解体后的俄罗斯哲学》,中国人民大学出版社 2003 年版,第 268 页。

② Кожевникова М. Буддизм в зеркале современной культуры: освоение или присвоение? <http://pelevin. nov. ru/stati/o-buddh/1. html>

③ Мария 本来是女孩名,这里却赋予男性,讽刺其同性恋取向。

的施瓦辛格却将马利亚戏弄了一番。两人一起进行高空飞行游戏，施瓦辛格将马利亚安排在机翼上，自己却坐进驾驶舱内。骑在机翼上的马利亚虽然惊恐万分，但为了讨"白马王子"的欢心，壮着胆子、冒着生命危险将游戏进行到底。他被这场突如其来的"爱情"冲昏了头脑，骑在机翼上时，他紧握机身上的天线，并将其想象成坐在机舱中这个令他沉醉的美男子的阳物，幻想着如何与他做爱。不料天线突然折断，马利亚摔倒，悬挂在机身边缘。眼看就要掉下去了，马利亚惊恐地趴在窗外求救，但他不仅没有得到施瓦辛格的救援，反而看见他摘下眼镜露出令人难以置信的两副面孔：一方面，施瓦辛格的左眼表情丰富，透露出生机和力量，显示出热爱子女、认可同性恋、相信民主和犹太基督教信仰的表情；另一方面，他的右眼是连接着许多电线的空洞，向外射着强烈的红光。看见悬挂在窗外的马利亚，施瓦辛格冷漠地说："你被击中了！"听到这句话，彻底绝望的马利亚从机顶摔下来，撞到奥斯坦基诺电视塔上，随后被送进了精神病院。

小说中的这个片段以半虚半实、夸张兼讽刺的手法，描写了一个崇拜西方的俄罗斯年轻人被美国未婚夫要弄的悲喜剧故事。马利亚的结局同样发生在《昆虫的生活》中的娜塔莎身上。娜塔莎是一只苍蝇，但同小说中其他昆虫一样，具有人的思维和行为。它的价值观和追求与马利亚如出一辙，而且也遇到了一位来自美国的白马王子——蚊子山姆。山姆此次俄罗斯之行的目的是，与俄罗斯蚊子阿诺尔德和阿尔图尔合作调查俄罗斯血液市场，然后准备在俄投资。山姆精力充沛，体格强健，有着"运动员一样自信的动作"[①]。它曾到墨西哥、日本、加拿大、中国和非洲等世界各地提取血液样品。年轻漂亮的苍蝇娜塔莎邂逅山姆后，将它看成实现自己美国梦的途径，于是用自己的姿色去勾引它，甚至献出自己的身体。但精明的山姆只是将娜塔莎当作娱乐对象，它采集完血液样品后，准备抛弃娜塔莎回国。虚荣的娜塔莎着急地准备追随山姆，却被一家餐厅桌上的粘蝇纸牢牢粘住，它不仅没有实现自己的出国梦，还丢了性命。

俄罗斯苍蝇娜塔莎和美国蚊子山姆的爱情故事是马利亚和施瓦

---

① Пелевин В. О. Жизнь насекомых. М. : Изд-во Вагриус, 2004. С.10.

辛格的翻版,只不过一个是异性恋,一个是同性恋。生活在迷茫中的马利亚和娜塔莎,由于在现状中看不见未来的曙光,便希望与来自美国的未婚夫举行一场炼金术式的婚姻改变自己的生活和命运。炼金术是古时候将贱金属变为黄金的一种方法,后来经常被用来指"相反或相关的一对事物结合在一起产生一种新的更宝贵的实体的转变"①。男性和女性的结合就是其中重要的一种。卡尔·荣格在一篇关于15世纪炼金术的论文《玫瑰园》中,图文并茂地阐释了炼金术的含义,其中他以国王和王后以及他们相对应的太阳和月亮形象的结合为例,阐释了对立双方结合后,一方的品质与另一方品质相互渗透,结果变成一个单一的存在的实质。根据荣格的阐释,男女炼金术般的结合,既是肉体的结合,也是精神的结合。但是,佩列文两部小说中炼金术式的结合或者催生出了怪胎(小说中的施瓦辛格与马利亚完成游戏后离奇地怀孕了),或者完全是一个骗局,导致死亡结局。

马利亚和娜塔莎对美国未婚夫炼金术婚姻幻想的破灭,如同解体后的俄罗斯与美国政治联姻希望的落空。众所周知,从80年代中后期戈尔巴乔夫改革开始,苏联掀起了学习西方的热潮,苏美关系开始从对抗走向缓和,从对话走向合作,甚至建立了新的伙伴关系。苏联解体之初,俄罗斯西化倾向越演越烈。"很多人天真地相信,美国的今天就是俄罗斯的明天,只要走西化的道路。用美国模式改造俄罗斯社会,俄罗斯的前途就一片光明。"②叶利钦—盖达尔政府选择了西方社会政治经济制度模式,从1992年1月开始实行"休克疗法"的自由主义经济改革。这个方案试图依靠西方大规模的经济援助和贷款,对俄罗斯经济进行全面改造。在对外政策上,俄罗斯采取更加向西倾斜的政策,以争取西方对自己实行第二次世界大战后"马歇尔计划"式的援助,早日加入"西方文明世界的大家庭",建立"从温哥华到符拉迪沃斯克托的欧洲—大洋洲大家庭"。而美国"正好抓住

---

① 〔美〕阿瑟·科尔曼、莉比·科尔曼:《父亲:神话与角色的转变》,刘文成、王军译,东方出版社1998年版,第59页。

② 安启念:《俄罗斯向何处去——苏联解体后的俄罗斯哲学》,中国人民大学出版社2003年版,第5页。

这一历史机会，引导俄罗斯继续保持'西方化'改革方向，促使其脱胎换骨，不再成为能够挑战美国的竞争对手，从而确保美国的战略利益"[1]。

但是，俄罗斯不仅没有得到美国等西方国家许诺的援助，反而遭受了西方商品的倾销和伴随而来的文化入侵，这种潜在的侵略在《"百事"一代》中体现得尤为明显。小说第八章《静静的港湾》中有一个片段，其中主人公塔塔尔斯基从一名文学青年变成广告商业大军中的一员后，经常与广告界的人打交道，他认识的一个广告词作者谢廖扎常常装扮成西方广告人，但谢廖扎并不清楚真正的西方广告人是什么模样，所以弄得既不像美国人，也不像俄罗斯人，最终别人对他的印象是："这是一个令人感动的俄国人，是一个几乎绝种的俄国人。"[2]这个片断塑造了当代俄罗斯广告界一个崇尚西方文化的代表，他对西方盲目崇拜和模仿，导致自己成了四不像的怪胎。这样的结局也酷似解体后的俄罗斯盲目效仿西方后的怪异状态。西化改革不仅使得这个曾经的发达国家沦为第三世界之列，国际地位一落千丈，而且在许多问题上沦为西方国家的"小伙计"。俄罗斯走美国式的西方发展道路的尝试惨痛地胎死腹中。

日本式的东方发展道路的失败

西化的尝试流产后，俄罗斯上上下下重新思考道路的选择问题。一批改革家们从西方的极端摇摆回东方的极端，将亚洲最发达的日本国当作自己的效仿目标和偶像。但日本式的东方道路能否解救俄罗斯？《恰巴耶夫与普斯托塔》中的另外一个故事片段给予了否定的回答。

小说第六章描写的是俄罗斯酒鬼谢尔久克和日本商人川端之间的商业故事。谢尔久克是彼得在精神病院认识的另一位病友，他因为酗酒且在酒后大谈宗教、幻想等一些不着边际的事而被送进精神病院。在医院接受颈箍式治疗时，谢尔久克疼痛地大喊大叫。彼得

---

[1]　张蕴岭主编：《伙伴还是对手》，社会科学文献出版社 2001 年版，第 314 页。

[2]　Пелевин В. О. Generation "П". М. : Изд-во Вагриус, 2004. C. 114.

在恍惚中似乎看见了谢尔久克的过去，便以第三人称的叙事视角讲述了自己关于谢尔久克的梦幻。在彼得的梦中，谢尔久克乘坐地铁前往迪纳摩站，他看见地铁里的邻座正在阅读名叫《日本军国主义》的书。书的内容主要讲军国主义的日本国里子女对父母、臣对君、公民对国家应尽的义务和责任，这让谢尔久克从内心深处对日本公民的崇高献身精神充满敬佩之情，他不禁发出感慨，日本人"之所以过着正常的生活，是因为他们总是牢记自己的责任和义务，而不像我们这样没完没了地喝酒"①。

《日本军国主义》一书勾起了谢尔久克对俄罗斯国内外现实的思考，却引发了内心的无限失落。于是出了地铁后，谢尔久克就去喝酒，想一醉方休。在酒精的作用下，谢尔久克更是思绪万千。他想起无忧无虑的少年时代和激情燃烧的大学时代，感慨今日时光流逝、岁月蹉跎。他喝着西方式包装却是俄罗斯口味的葡萄酒，联想到当前改革的实质"并未触及俄罗斯生活的根本，只是表面轰轰烈烈而已"②。他看见满大街的麦当劳标志，对比俄罗斯学习美国的失败，心中顿生愤恨之情。最后当他看见日本的吉普车时，再次对这个经历了原子弹劫难仍能雄踞一方的东方之国产生了无限的敬仰，认为俄罗斯应该联日反美。

> 日本人，这是一个伟大的民族！请想想看，给他们投了两颗原子弹，占了他们四个岛，他们居然活下来了……我们为何只盯着美国呢？美国对我们有个屁用？应该向日本学习，我们毕竟是近邻。这是上帝的旨意。他们也应该跟我们友好，我们可以合力搞垮美国。③

好运似乎专门垂青谢尔久克，正当他有这个想法时，报纸上就出现了日本"平清盛集团公司"莫斯科分公司招聘员工的信息。谢尔久

① Пелевин В. О. Чапаев и Пустота. М. : Изд-во Вагриус, 2004. С. 194.

② Там же, С. 196.

③ Там же, С. 197. 别洛维日森林位于白俄罗斯西南部，距离明斯克340公里。1991年12月8日，白俄罗斯、俄罗斯、乌克兰三国首脑在该地的维斯库利别墅签署协议，成立独联体国家，苏联解体。1992年，联合国教科文组织将其列入世界文化遗产名录。

克满怀着对日本的崇敬之情去应聘。到达面试的地点后,他发现实际情况与自己的想象有天壤之别,"严重锈腐的铁栅栏"、杂草丛生人烟稀少的空地看起来"像是很久以前被炸毁的一个工业区"①。

不过谢尔久克没有就此停止对日本的幻想,他仍旧去参加面试。面试的过程很特别。负责人川端先请他品尝日本传统烧酒,接着让他评价日本传统版画。得到满意的回答后,川端宣布谢尔久克被录用了。谢尔久克兴奋无比,川端借机批判俄罗斯感染了西方实用主义,大肆宣扬日本古代高明的选官制和虚无的宗教观,最后的结论是,"俄罗斯人最需要的是与东方进行炼金术式的婚姻","俄罗斯人灵魂深处的虚空与日本人灵魂深处的虚空是一样的"②。

为了加强谢尔久克对他以及日本国的信任,川端建议再买点烧酒为俄罗斯"迪纳摩"足球队加油助威。在烧酒店,川端顺便买了一把精美的剑。回来后,川端招来几个日本妓女供谢尔久克寻欢作乐,并把这比喻成俄、日炼金术婚姻。一切完了之后,川端才告诉谢尔久克真相:原来公司要招聘的是一名日本武士的职位,工作简单,年薪丰厚,唯一的条件是与公司同生死、共存亡。面对优厚的待遇,谢尔久克毫不犹豫地答应了。后来公司破产了,谢尔久克被要求以武士的身份剖腹向日本天皇谢罪,他无法逃避,被迫剖腹。

谢尔久克在日本公司的遭遇与解体后的俄、日关系极为相似。俄罗斯与东方强国日本的关系一直比较微妙。1905 年,俄国因为同日本争夺中国东北和朝鲜而大动干戈,日俄战争爆发,结果以俄罗斯的失败告终,俄国承认朝鲜是日本的势力范围,把辽东半岛、南满铁路的租借权和库页岛转让给日本。直到第二次世界大战,俄罗斯人民终于报了一箭之仇。从第二次世界大战结束到苏联解体之前,俄日关系一直因为领土争端而不冷不热,走过了相当长的坎坷道路。叶利钦上台后,首先选择的是依赖美国等西方国家振兴俄罗斯,但事实证明此路行不通。总结了西化失败的教训后,叶利钦认识到,正是西方国家在阻挠俄罗斯成为正在形成的多极世界中有影响的中心之

---

① Пелевин В. О. Чапаев и Пустота. М. : Изд-во Вагриус, 2004. С. 200.

② Там же, С. 214.

一,所以转而推行"全方位"外交战略,并提出将新亚太战略作为其重要组成部分。日本在这个战略中无疑占有重要地位,这不仅是因为俄、日僵持关系不利于俄罗斯向东方拓展,而且也因为日本在二战后发展成当今世界的一极。叶利钦意识到,俄罗斯尚无力单独与超级大国美国抗衡,所以极力想改善同日本的关系,这样不仅"能够确立一个东方外交的前沿阵地,还有望借助于日本的力量同美国和其他大国相周旋,这对提高俄罗斯的国际地位仍不失为有效途径之一"①。

此外,俄罗斯还期望在经济上得到日本的支持,以尽快恢复和发展自己的综合国力。日本拥有充足的资金和先进的技术,这对俄罗斯来说是最短缺的。所以,俄罗斯在短短的几年内就结束了同日本长达近一个世纪的不冷不热的状态,两国关系在 20 世纪末迅速升温,《莫斯科宣言》和《东京宣言》将俄日关系确立为"建设性伙伴关系"。

结束冷战关系后,俄罗斯想利用日本先进技术和充足资金发展自己的愿望似乎指日可待。但日本的帮助是有目的、附条件的。其目的就是利用俄罗斯丰富的自然资源解决日本国内资源短缺问题,而附加的条件则是从俄罗斯那里收回"北方四岛"②,这种条件对于俄罗斯来说,无异于小说中的谢尔久克被要求剖腹。因此,俄罗斯曾经幻想的东方模式的发展道路又陷入了死胡同。

佩列文小说中的故事,是对当代俄罗斯发展道路选择问题的隐喻。故事的结局或者是主人公发疯(马利亚、谢尔久克),或者是主人公死亡(娜塔莎),作家以悲剧的结尾隐喻了东方和西方发展模式的尝试在俄罗斯的流产和失败。作家以后现代主义作家的立场,表达了对东方和西方道路的否定态度。这种否定态度,源于俄罗斯千年来现代化改革的失败,源于对当代俄罗斯发展方向的迷惘,表达了作家对俄罗斯现状的关照,具有深刻的现实意义。

---

① 张蕴岭主编:《伙伴还是对手》,社会科学文献出版社 2001 年版,第 360 页。
② 指"捉择、国后、色丹、齿舞"四岛,俄称"南千页岛"。

第四节　当代俄罗斯民族精神和思想图景

俄罗斯民族精神和思想问题也有千年历史了。它的开端可以追溯到 11 世纪,标志是大主教伊拉利昂(Иларион)的《法律与神恩讲话》(Слово о законе и благодати)的出现。这部宗教文学作品认为,俄罗斯作为一个基督教国家应在世界范围内占有一席之地。这是俄罗斯民族自我意识萌生的表现。从那时起到现在的千年发展中,俄罗斯民族意识有过高潮也有过低谷。13 世纪,罗斯人沦于蒙古鞑靼人统治之下,民族意识受到严重压制,但 1380 年库里科沃战役的胜利,使得俄罗斯民族意识再次高涨。正是在这种高涨的民族意识的鼓舞下,罗斯人赶走了鞑靼人,并于 16 世纪初建立了统一的俄罗斯国家,随之形成的是俄罗斯宗教救世主降临的观念。17—18 世纪,彼得开始的现代化改革,使得欧洲主义和西方化观念在俄罗斯诞生,俄罗斯民族意识再次显现出强大生机和力量。19 世纪 30—40 年代,俄罗斯民族思想飞跃发展,这主要归功于恰达耶夫、别林斯基、赫尔岑等一代精神领袖的活动和学说。20 世纪初白银时代,由于大批宗教唯心主义思想家和哲学家的探索和阐释,俄罗斯思想纷呈异彩。十月革命胜利后,新建的苏维埃政权对俄罗斯思想进行了新的阐释,这种思想体系一直维持到苏维埃政权瓦解前夕。苏联的解体,使俄罗斯思想面临巨大的危机,民族意识滑入低谷。

在千年的历史发展中,俄罗斯民族思想不断演变、更新、恢复。按照英国学者卡瑟琳·丹克斯的观点,千年的俄罗斯国家意识形态总体上包括官方的民族主义原则和马列主义意识形态两种。这里的官方民族主义又包括东正教、专制和民族主义三要素[①]。丹克斯的观点基本上概括了俄罗斯思想的千年发展史,其中可以把民族主义看

① 〔英〕卡瑟琳·丹克斯:《转型中的俄罗斯政治与社会》,欧阳景根译,华夏出版社 2003 年版,第 71 页。

成是从古罗斯到苏维埃政权建立之前的民族思想,把马列主义看成是苏维埃时期的民族思想。另外一个值得注意的事实是,俄罗斯现代化过程"总是伴有思想统一方面的危机"①。这种危机在 20 世纪末的现代化改革中表现得尤为明显。80 年代中期开始的戈尔巴乔夫改革,将西化当作俄罗斯发展的主要方向和目标,使得马列主义信仰和民族主义原则在俄罗斯国家思潮中退居边缘,最终导致了苏联的解体。

苏联的解体,使得苏维埃人已经习惯的世界图景发生了急剧变化。苏联几十年的发展期间,苏维埃公民曾经有过无比骄傲的民族自豪感,认为自己是先进思想的先驱者和体现者,是伟大的社会变革者和参加者。反法西斯战争的胜利,战后经济的重建和恢复,都加强了苏联人民对自己国家的信心。而国家在工业、科技、教育等各个领域取得的成就,不仅使这个农业大国一跃而成世界强国,而且大大提高了人民的生活水平和福利。但解体后的俄罗斯国家,突然丧失了维持人们正常生活的社会福利,出现了史无前例的贫困,加上私有化的进行使物质和财富分配不均,社会经济发展出现严重分裂,结果"俄罗斯社会失去安定,国家与民族认同以及和谐的主要源泉之一——社会平等感——被扭曲了"②。在不断高涨的反西化声中,形形色色的民族思想重新被提起,其中有斯拉夫主义,西方主义,共产主义等。当代俄罗斯思想家巴塔洛夫(Э. Баталов)有感于此说,俄罗斯人陷入了深刻的思想危机,迫切需要回答"我们是谁? 我们在重建的世界中处于什么位置? 俄罗斯有没有特殊的历史使命? 如果有,是什么? 我们在生活和政治活动中应当以什么样的价值为指导?"③

民族精神的深刻危机使俄罗斯思想界和哲学界掀起了新一轮的大讨论和艰难探索。其中当代俄罗斯哲学家梅茹耶夫(B. Межуев)

---

① Поляков Л. Путь России в современность. Модернизация как деархаизация. М. ,1998. C. 25.

② 〔美〕安德鲁·库钦斯:《俄罗斯在崛起吗?》,沈建译,新华出版社 2004 年版,第162 页。

③ 〔俄〕Э. 巴塔洛夫:《用什么来填充思想真空?》,载《自由思想》1996 年第 11 期。

的观点和主张引起了广泛注意。梅茹耶夫反对俄罗斯西化倾向，坚持走俄罗斯传统文化道路，认为俄罗斯民族思想只能到俄罗斯传统文化中去找寻。为了证明自己的观点，梅茹耶夫首先从反面论证了西方文化的局限性，说西方历史证明，西方文化无力完成在全球范围内把不同的人和不同的民族团结在一起的任务，因为西方工业文明片面的、无节制的发展，导致了新的野蛮，带来了新的危险。在证明了西方文化和工业文明的缺点后，梅茹耶夫提出了自己关于俄罗斯民族思想的设想："不仅为自己生活，而且是为他人生活；把任何一个民族的存在目的和意义视为自己的目的和意义；以最大限度的自由，摆脱个人在物资上的自私和民族利己主义的自由，作为人际关系的指导原则，可以说这就是俄罗斯为自己寻找并且试图作为自己与外部世界交往的原则的民族思想。"① 不难看出，梅茹耶夫的民族思想强调俄罗斯公民个人利益和自由的同时，也关注公民的奉献精神和开阔的国际视野，表现了新时期俄罗斯知识分子对民族思想的新理想和新期望。

俄罗斯国内思想混乱、民族精神缺失的局面，对国家的团结稳定无疑是严重的障碍，因此新时期的俄罗斯政治家和统治者们急于进行民族思想建设工作。1996 年，叶利钦总统向俄罗斯科学院学者们提出为俄罗斯制定意识形态的任务，要求他们一年之内研究并确定民族思想。不过俄罗斯学者认为，叶利钦总统所谓的民族思想实际上"讲的就是国家意识形态"②。2000 年，普京任职俄罗斯总统后，立刻表现出对俄罗斯思想的关注和探索。他在上台伊始的演讲《千年之交的俄罗斯》中，明确了自己对新时期俄罗斯民族思想的定义，这就是"爱国主义、强国意识和国家的作用"③。虽然作为政治家的叶利钦和普京所阐述的俄罗斯民族思想，与作为哲学家和思想家的梅茹耶夫的期望有着鲜明的不同，但他们之间却有一个相同点，即都提倡

---

① 〔俄〕B. 梅茹耶夫：《论民族思想》，载《哲学问题》1997 第 12 期。

② 〔俄〕安德兰尼克·米格拉尼扬：《俄罗斯现代化与公民社会》，徐葵等译，新华出版社 2003 年版，第 278 页。

③ 普京：《千年之交的俄罗斯》，载《独立报》1999 年 12 月 30 日。

俄罗斯民族自古以来的民族团结精神。

但是,无论是俄罗斯知识分子,还是俄罗斯国家、政府对民族思想的探索,都不可能在短期内有结果。这一方面是因为,俄罗斯知识分子阶层传统地在意识形态上具有高度的受雇性和对抗性,如今又明显地表现出分散性和道德心理上的压抑性,因此很难期待在他们中间出现强大有力的意识形态运动,也不可能期待他们在基本的思想原则、世界观和政治目标上达成共识;另一方面是因为,当代俄罗斯缺乏强有力的国家机制,而且整个俄罗斯社会已经疲倦,都只关注私人生活,忙于对付生计问题,显然在近期内不可能完成重塑民族思想的重任①。

佩列文的长篇小说《"百事"一代》对20世纪末俄罗斯民族思想和精神危机进行了生动的反映。危机主要通过知识分子塔塔尔斯基在新时代的精神蜕变过程来展示。塔塔尔斯基是生在红旗下、长在红旗下的一代,也是亲身经历苏俄变迁的一代。少年时代,他因为不想参军而报考了技术学院。21岁时他偶尔读到的帕斯捷尔纳克的诗作,唤醒了他内心深处的文学潜质。从那时起,塔塔尔斯基开始写诗作赋,后来进入文学院学习,但由于未能通过诗歌系的考试而只能从事翻译苏联各民族语言的工作。他憧憬的未来理想生活模式是:白天在空荡荡的教室里进行逐字逐句的翻译工作,晚上钟情于自己的诗歌创作。但苏联的解体打破了他这个简单而美好的生活计划,他无法从事翻译工作而只剩下文学创作。一次,塔塔尔斯基路过商店的橱窗时,看见一双皮质优良、做工精细的俄式皮鞋落满尘埃,被随意丢放在一堆色彩艳丽、样式新奇的土耳其旧货中。触景生情的塔塔尔斯基不由感慨,他所坚持的文学梦想就像这一双过时的俄式皮鞋,早已不符合商业化的时代需求,甚至显得荒唐可笑。这次偶然的经历和感触使这位文学青年心中那唯一的、可怜的、苍白的理想轰然倒下。

塔塔尔斯基决定弃笔从商。初入现实社会,他才发现,"原来,他

---

① 〔俄〕安德兰尼克·米格拉尼扬:《俄罗斯现代化与公民社会》,徐葵等译,新华出版社2003年版,第283—284页。

对身边这个近几年才出现的世界一无所知"①。社会贫富分化严重，富豪和新贵涌现的同时乞丐急剧增加。车臣人进驻莫斯科横行霸道，私藏武器。强盗和黑社会势力猖獗，处处发生暗杀和死亡事件。生意场上尔虞我诈，不惜出卖良心来获取利润。甚至政治领域也发生了巨大变化："电视上展现的还是那几张脸，近二十年里，他们已让所有的人感到恶心。如今他们所说的，恰好是他们从前所攻击的东西，只不过说得更大胆了、更坚定了、更激进了。"②这种"东西"正是西方自由主义。

　　满腹狐疑的塔塔尔斯基焦虑的首先是自己的生存问题。他没有任何关系，只好在离家不远的一个车臣黑手党的售货车里当售货员。这样的工作虽然很简单，却不太令塔塔尔斯基满意，一方面售货车里的环境差，另一方面是时刻担心遭到土匪抢劫。这样的工作干了一年左右，直到有一天以前的文学院同学莫尔科文凑巧来买香烟。老同学的偶遇改变了塔塔尔斯基的命运，从此他跟随莫尔科文为广告客户写广告词。初次成功使塔塔尔斯基欣喜若狂，巨额的物质利益让他越来越觉得从商是正确的选择。以后又经历了数次坎坷后，塔塔尔斯基最终获得了梦寐以求的成功，成为广告界首富和第一掌权者。但与此同时，他的精神也发生了蜕变，从钟情于诗歌和理想的文学青年彻底变成了市场经济主义者和物质主义者，他宁愿以丧失人格为代价充当女神伊什塔尔的人间丈夫，以此获取"任何想象力所及的机会"③。

　　小说不仅通过塔塔尔斯基的个人命运展示俄罗斯知识分子在新时代的精神危机，而且还通过他以及其他人物对现实事件和现象的评价反映俄罗斯社会普遍存在的精神危机。比如小说第七章中，塔塔尔斯基从自己喝完的空酒瓶联想到共产主义意识形态的耗尽、历史上流血事件的无意义，并把刚刚过去的革命称为"温柔的革命"④。

---

① Пелевин В. О. Generation "П". М. : Изд-во Вагриус, 2004. C. 18.

② Там же.

③ Там же, C. 357.

④ Там же, C. 120.

　　俄罗斯民族思想丧失之时,西方价值观和文化伴随着商品的涌入乘虚而入。小说通过广告经理人普金①之口,揭示了这一社会状况:"苏维埃人几乎什么也不生产了。可是人们总要吃饭穿衣吧？这就是说,西方的商品很快就会被运到这里来。与此同时,一场广告的浪潮也席卷而来。"②

　　西化思潮必定会在俄罗斯遭到阻力和反对,尤其是伪斯拉夫主义的反对。塔塔尔斯基在写作"雪碧"广告词时想到了这一点。

> 首先必须意识到,俄罗斯当前的局势不会存在很久。在不久的将来将会出现大部分生活必需品的全面短缺,金融的崩溃,严重的社会动荡,最终导致军事专制。未来的专制将会置政治和经济计划于不顾,试图利用民族主义口号;伪斯拉夫主义风格将成为占统治地位的国家美学。③

　　但是,伪斯拉夫主义并不能成为新时代的俄罗斯民族思想。俄罗斯仍旧苦恼于民族思想的探索,这一点也通过塔塔尔斯基之口说了出来。

> 大众媒体中早已在大张旗鼓地渲染,必须用某种健康的、民族的东西来对抗美国的流行文化和洞穴自由主义的恶劣影响。问题就在于这"某种东西"到底在哪里。在不可让外人所知的内部评论中,我们可以确认,它是根本不存在的。④

　　广告是《"百事"一代》中的一大内容。广告不仅仅是对某种商品的宣传,它的背后还隐藏着各种各样的现实和文化价值观。因此,面对西方商品的涌入以及铺天盖地的广告,与塔塔尔斯基一样同为广告商业大军一员的沃夫契克点破了国际广告背后的文化和思想侵略。

---

　　① "普金(Пугин)"这一名称显然是对俄罗斯头号政治人物普京(Путин)的讽刺性模仿。

　　② Пелевин В. О. Generation "П". М.：Изд-во Вагриус, 2004. С. 38.

　　③ Там же, С. 40.

　　④ Там же, С. 245.

我们的民族商业步入了国际舞台。那个舞台上挤满了各式各样的钱——车臣的,美国的,哥伦比亚的,这你也知道。如果你只将它们当钱看,那它们就全都是一模一样的。但是,在每一种钱的背后,实际上都有一种民族思想。从前我们有过正教、专制制度和民粹制度,后来又有了这么个共产主义。可是现在,在共产主义结束后,除了金钱之外,却没有了任何思想。①

俄罗斯民族思想和民族精神的丧失,不仅导致了外来民族从经济、文化、思想上的入侵,甚至导致俄罗斯自身国际形象的衰退和国民地位的下降。沃夫契克在美国做出租车司机时,就亲身体会了这种受凌辱、被侮辱的感觉。

在那边,他们不把我们当人看,好像我们全都是粪土,是野兽。也就是说,当你在什么"希尔顿"包下整整一层楼,他们当然会排着队向你大献殷勤。但是,如果你到了某个宴会厅,或者一个交际场合,他们就会把你当成猴子看。②

沃夫契克在美国的经历让他体验到俄罗斯从一个世界强国沦为第三世界国家的悲哀。而美国之所以把俄罗斯人当猴子看待,除了俄罗斯经济实力下降这一原因外,更多的则是因为俄罗斯民族精神丧失,一切以美国为标准,失去了民族文化和内涵:"这都是因为,我们上了他们的寄宿学校。我们看着他们的电影,开着他们的车,我们甚至靠他们养活。我们自己出产的东西,如果你认真想一想,就只剩下钱了。"③

俄罗斯国际地位的下降在《昆虫的生活》中也有反映。比如小说的第五章,傲慢的美国蚊子山姆对俄罗斯苍蝇娜塔莎说:"瞧瞧,如果先写出'第三罗马',再将单词'罗马'字母顺序颠倒一下,就非常有趣。按照正常的字母顺序读是'第三罗马',按照颠倒的字母顺序读

---

①　Пелевин В. O. Generation "П". М. : Изд-во Вагриус, 2004. 212.

②　Там же, С. 210.

③　Там же.

是'第三世界'。"①显然,佩列文在这里使用了文字游戏②,讽刺今日俄罗斯的衰败。的确,自公元 988 年罗斯从拜占庭帝国引进基督教信仰以来,一直将自己视为强大的拜占庭帝国的后裔而雄心勃勃地发展自己。随着两个基督教国家——罗马帝国和拜占庭帝国的崩溃和灭亡,16 世纪初的莫斯科公国自称是继罗马和君士坦丁堡之后的"第三罗马",是基督教信仰的延续者和保护者,将永远屹立于世界。在"第三罗马"思想的鼓舞下,1547 年莫斯科大公伊凡四世称帝,建立统一的中央集权国家。统一后的俄罗斯,自诩为东正教的中心,负有弥赛亚使命,要担负起拯救整个世界的重任。由此,世界强国的目标和大国情节被深深植入俄国统治者甚至普通百姓心目之中,成为永恒不变的追求。但是,苏联的解体不仅粉碎了"第三罗马帝国"的梦想,甚至使国家沦为第三世界之列。

面对美国人的讽刺,一心想去美国的娜塔莎宁愿忍受人格侮辱而不做反应。但在美国遭受了歧视的沃夫契克既愤恨不平,又对往日充满怀念之情。

> 可是他们以为,我们是文化上的落后种族!就像非洲的傻瓜一样,你明白吗?似乎我们都是金钱动物。是些猪猡或公牛。可是要知道,我们是俄罗斯啊!甚至连想一想都觉得可怕!一个伟大的国家啊!③

沃夫契克的抱怨一方面体现了俄罗斯人对现状的悲愤和怨恨,另一方面仍旧表现出俄罗斯人盲目自大的民族心理。这种民族自大心理自古以来闻名于世,曾表现为视莫斯科为第三罗马的救世主心理,以及各种各样的大国沙文主义、民族主义等极端思想。如今,即使今日的俄罗斯已经处于水深火热之中,一些俄罗斯人仍旧陶醉于曾经的辉煌中,不愿直面惨淡的现实。

面对变化了的世界,塔塔尔斯基成功地转型了,而另外一部小说

---

① Пелевин В. О. Жизнь насекомых. М. : Изд-во Вагриус, 2004. С. 99.
② 俄文中的"第三罗马"为"Третий Рим",如果将 Рим(罗马)中的字母顺序颠倒就成了 третий мир(第三世界)。
③ Пелевин В. О. Generation "П". М. : Изд-во Вагриус, 2004. С. 211.

的主人公彼得·普斯托塔却因为无法适应社会的变化而患上精神和人格的二重分裂症。在精神病院里，医生铁木尔·铁木尔维奇苦口婆心地给彼得分析他患病的原因。

> 您正好属于这样一代人，你们本该生活在一种社会文化模式中，结果却生活在全然不同的另一种模式中……于是便产生了严重的内心冲突。不过您可以聊以自慰的是，碰上这种情况的不只您一人。就连我自己也有类似问题。①

无论是塔塔尔斯基的精神蜕变还是彼得的精神分裂，都反映了当代俄罗斯青年在 20 世纪末的社会巨变中遭遇的艰难生存境遇和悲剧性命运。难怪在《恰巴耶夫与普斯托塔》中，男爵荣格尔恩"把这个惶恐不安、物欲横流、毫无思想、毫无出路的世界比作精神病院"②。老一辈苏维埃学者季诺维也夫（А. Зиновьев）也对新一代俄罗斯年轻人表示深深的同情："在可以预见的未来，业已开始的、俄罗斯历史上的后苏联时期的俄罗斯青年的命运已经被决定……今天的俄罗斯青年是在全面崩溃、思想和心理陷入混沌状态、对未来缺乏信心、价值体系崩溃、俄罗斯民族退化的条件下，进入自己的时代的。这是一个无法不正视的现实。"③

第五节　当代俄罗斯芸芸众生的价值观图景

20 世纪 80 年代俄罗斯不成功的改革及随后的苏联解体，最大的受害者是广大民众。通货膨胀使他们的工资和存款一夜之间变得如同废纸，老年人的退休金微乎其微而且经常迟发，成年人失业率急剧上升，青少年酗酒、吸毒、犯罪。各种各样的社会问题产生的同时，国

---

① Пелевин В. О. Чапаев и Пустота. М. : Изд-во Вагриус, 2004. С. 49.

② Там же, С. 336.

③ 〔俄〕亚历山大·季诺维也夫：《俄罗斯共产主义的悲剧》，侯爱君等译，新华出版社 2004 年版，第 303 页。

家和政府削减社会福利和补贴,从而导致了整个国家人口平均寿命持续下降。自杀现象、工业事故、婴儿死亡率急剧上升,霍乱、白喉、痢疾、肺炎、性病等也呈上升趋势。整个俄罗斯国家的自然环境和人文环境同处于历史低谷期。新时期的俄罗斯民众在经历了期盼、失望、绝望和痛苦之后,不得不在现实的夹缝中寻求自我生存和发展的方式。于是,不同的人有了不同的生活之道,出现了不同的价值观。

在小说《昆虫的生活》中,佩列文将当代俄罗斯人变形成七种昆虫,将人的语言和环境变成昆虫的语言和环境,真实地再现了当代俄罗斯社会芸芸众生的生活画面和价值观。其中有为了个人私利而与国外谋利者狼狈为奸损害国家利益和资源的投机商人(蚊子阿诺尔德和阿尔图尔),有本分地维护传统但只关注物质生活而没有精神追求的普通人(屎壳郎父子),有"为了活着而活着"的平庸生活代表者(蚂蚁玛丽娜),有不甘平凡的生活而企图利用他人满足自己物质欲望的"俄罗斯美女"(苍蝇娜塔莎),有佛教"虚空"思想的探讨者和践行者(蛾子米佳和吉玛),也有消极冷漠整日沉湎于毒品和麻醉剂的"垮掉的一代"(臭虫马克西姆和尼基塔),还有狂热追逐留洋梦的俄罗斯年轻人(蝉儿谢廖扎)。

蝉儿谢廖扎和苍蝇娜塔莎:西方价值观的追求者和献身者

小说中的蝉儿谢廖扎在一个夏日的傍晚从卵中孵化出来,然后从树枝掉落到地上,开始了独立生活。看见树上的蝉儿穿着漂亮的羽翼骄傲地高歌时,谢廖扎"发誓一定要挖出一条通往外面的通道"①,变成树枝上的一员。但它深知,要化蛹成蝉,必须经过多年的地下挖土工作,才能爬出地面,攀上树枝。

谢廖扎漫无目的地度过童年后,就开始了漫长的挖土工作。多年以来,谢廖扎坚持不懈,严于律己,甚至不惜将自己每天的生活过成一个模式:先站在窗前忧伤地凝视一会外面热闹的世界,然后开始挖土,只在周末偶尔用伏特加犒劳一下自己,和朋友们谈谈心。它甚至用极强的意志力遏制住自己作为一个"男性"对女人的渴望。总

---

① Пелевин В. О. Жизнь насекомых. М. : Изд-во Вагриус, 2004. С. 242.

之,谢廖扎将所有的时间和精力都用来实现目标。

谢廖扎就这样渐渐地挖出了一条长长的隧道,但它从来不扭头看自己已经取得的成绩,它害怕自己会自满而停止奋斗的步伐。谢廖扎处处小心谨慎,不希望别的昆虫知道自己挖土的事,因为怕它们知道后效仿它、与它竞争。不过它已猜到,大家都在挖土,只是彼此隐瞒而已。在挖土的过程中,谢廖扎甚至遇见了它们。不过,它们不像它那样精力集中、勇往直前,而是不紧不慢、无精打采地挖土,看起来没有什么大的追求。谢廖扎曾经有一段时间受到它们的影响而放慢挖土速度,学会享受生活:他蓄起了胡子,开始对周围的人和事产生兴趣。谢廖扎甚至觉得,生活其实不需要挖土就已经很美了。但是有一天,当谢廖扎与它们聚在一起喝酒的时候,突然听它们说自己变成了它们中的一员——蟑螂,谢廖扎感到伤心,因为它从小的梦想是走出地下飞到高枝,成为羽翼丰满、歌喉美丽的蝉儿,却没想到自己变成了蟑螂。谢廖扎去找老朋友格里莎倾诉痛苦,并商量如何继续生活。谢廖扎听从朋友的建议,改变了挖土方向和路线,利用智慧逃脱了警察的盘查,最终获得了美国的邀请函。

到了向往之地纽约后,谢廖扎并没有停止奋斗的脚步,而是继续辛勤劳动。它找到了工作,每天精力充沛地忙到下班。尽管获得的第一笔收入远比它意料的少,但它没有气馁,仍旧对生活充满微笑和自信。谢廖扎凭着自己的努力买了房子、汽车,甚至蓄起胡子展现自己的个性。后来,一只母蝉成了谢廖扎在美国唯一亲近的女人,但在它的提醒下,谢廖扎才发现自己头发已经花白。于是它继续挖土,最终爬出了地面。但当谢廖扎环顾四周,才发现生命又回到了起点:树枝还是它曾经从上面掉下来的树枝,时间还是夏天无风的傍晚。而谢廖扎飞上枝头后不久,生命就要走到尽头。

佩列文以蝉儿谢廖扎为面具,描写了将自己的人生目标和价值观定位为追求西方富裕物质生活的一类俄罗斯年轻人。这类人从小立志离开俄罗斯,去令人艳羡的西方国家。在他们的眼里,西方是自由和富裕的象征。也许他们中的一些人像谢廖扎一样,最终通过自己的奋斗实现了梦想,拥有了理想中的物质生活,但最终也像谢廖扎一样,生活中的一切都因为这个唯一的目标而失去了本应有的精彩和乐趣,就连找亲近的女人,也只是为了倾诉心底的积郁,而不是出自爱的本能。他们是物质上的富人,精神上的贫者。所以最后目标达到时,却发现原来一切不过如此,生命在毫无意义的忙碌中流逝。

苍蝇娜塔莎同谢廖扎一样,也是西方价值观的崇尚者和追求者。不过它不具备谢廖扎那样的奋斗精神,却多了一份虚荣。娜塔莎本来是蚂蚁出身,但从小就鄙视蚂蚁父母那样单调艰辛的劳动生活,后来不顾母亲玛丽娜的反对重新孵化成苍蝇,与天生的蚂蚁习俗断绝关系。遇到从美国来的蚊子山姆后,娜塔莎把未来美好生活的希望寄托于这位美国富商身上,并用自己的姿色和身体勾引山姆,希望它将自己带到大洋彼岸自由富裕的国度。但是,娜塔莎的引诱最终没能战胜精明的山姆,它的出国梦不仅没有如愿以偿,反而丢掉了自己的小命。

从蝉儿谢廖扎和苍蝇娜塔莎身上完全可以透视出当代俄罗斯男女青年不正常的价值观。他(她)们都在现实生活中寻找各种各样的契机,希望离开灾难深重的俄罗斯,去西方追逐物质上的满足和享受。结果,不管这种梦想成功与否,他(她)们的内心深处未必有真正的幸福感和满足感。

蚂蚁玛丽娜:庸俗生活价值观的体现者

与谢廖扎和娜塔莎这样的狂热追梦者不同的是蚂蚁玛丽娜,它的生活没有任何独特之处。结婚,生子,抚养子女,然后享受天伦之乐,玛丽娜似乎按照别人制定好的纲领路线生活,没有个性,没有追求。它的生活目标和任务就是遵循这一路线。尽管在某些不经意的时刻,它也能感受到内心深处对自我的呼唤,并想按照这种感觉行事,但它总能理智地控制自己,将自己拉回原来的生活轨道。比如,玛丽娜某天在岸边看到五彩缤纷的海报、听到传来的阵阵音乐声、欣赏着美丽的海浪、感觉到公蚁们对它苗条的身材投来热切的目光时,她产生了从未有过的美好感觉,但片刻的享受让它有了负罪感,"它突然有点隐隐约约地感到痛苦——是该做点什么的时候了。玛丽娜却怎么也不知道具体该做什么,直到注意到背后簌簌的响声,这才突

然明白——或者说是想起来了"①。玛丽娜想起来的事情是赶紧弄
掉自己那已经没有任何用处的翅膀。显然,作者在这里对玛丽娜的
忙碌不仅没有赞赏,反而进行了嘲讽,因为它要忙碌的事本身毫无意
义。玛丽娜还无意间撞进录像厅看了一场法国情爱电影,电影中的
情景勾起了它内心深处的本能和欲望,它甚至独自躺在床上想入非
非。但即使是电影中漂亮男人对女人无尽的温柔,也没有让玛丽娜
放弃"该做点什么"的念头。它拍拍自己沉浸在甜蜜幻想中的脑袋,
提醒自己"应该开始挖洞了"②。

与玛丽娜形影不离的是它的袋子。每当玛丽娜意识到自己该做
什么的时候,它总能在袋子里找到需要的工具。袋子也是通向神秘
王国的途径,每当饥饿的时候,玛丽娜总是先翻看自己的袋子,因为
"以前总是它解决了一切问题"③。

有趣的是,其他母蚂蚁与玛丽娜从穿着打扮到生活方式都一模一
样:"它们肩上搭拉着与玛丽娜一样的大袋子,穿着同样的牛仔裙和合
作社制作的短上衣、红色的尖头高跟鞋。"④所有母蚂蚁的生活和命运
甚至都是一样的,它们都无一例外地嫁给了拉风琴的军官,都忙着刨洞
而弄丢了鞋子和衣服,最后只好光着脚、裹着窗帘布去看戏。

> 几盏路灯照亮了沿岸的马路。路上走着几个行人——大部
> 分都是带着风琴的军官,有几个手里拉着裹着窗帘布的妻子
> ……所有军官的妻子和它(玛丽娜——笔者注)一样,都光
> 着脚。⑤

佩列文对母蚂蚁们的忙碌充满了嘲笑。它们忙碌一生却丧失了
自我,更不用说享受生活。而且,玛丽娜的忙碌并没有给它带来期望
的生活。丈夫在剧院门口的台阶上绊倒后荒唐离世,它含辛茹苦养
大的女儿娜塔莎却抛弃它与山姆私奔。玛丽娜最终只落得独自含泪

---

① Пелевин В. О. Жизнь насекомых. М. : Изд-во Вагриус, 2004. С. 54.
② Там же, С. 61.
③ Там же, С. 65.
④ Там же, С. 53.
⑤ Там же, С. 118.

等待女儿的归来,但它却不知道,连这个等待的希望都将落空,因为虚荣的女儿已经丢掉了性命。

　　小说对玛丽娜一生的描写,是对蚂蚁一生的现实过程的展现,又是对当代俄罗斯一些人庸俗生活的隐喻。这类人将生活的希望和意义寄托于他人,一旦他人辜负了自己的期望,生活就失去了目的和意义。所以说,这类人有意无意地生活于他人的意识控制之下。

蛾子米佳和吉玛:佛教超然价值观的践行者

　　米佳和吉玛是两只夜蛾子,它们代表着佛教式的超然价值观,这种价值观主要通过夜蛾吉玛训诫米佳的方式体现出来。

　　小说的开始,米佳向吉玛抱怨夜蛾永远生活在黑暗中的生存状态,说不管夜蛾还是蝴蝶,其本能都是飞向光明。吉玛向米佳解释,无论是夜蛾还是蝴蝶,其实都飞向黑暗;只有不去想是飞向光明还是黑暗时,才会真正飞向光明。吉玛的理由是,既然蝴蝶生活在白昼中,那么它的飞向就无所谓光明还是黑暗;夜蛾看似从黑暗中飞向光明,但由于各种光并不存在,所以仍旧是飞向黑暗。在吉玛看来,米佳所看到的光,无论是舞蹈广场上人为制造的灯光,还是由太阳光反射而来的月光,或是阳光本身,它们都是虚相,只是因缘凑合而有了现象;如果另外的因缘产生,就会形成另一种现象,所以不应该被其困扰、为其烦恼。吉玛在这里阐述的其实就是佛教中的"凡所有相,皆是虚妄"的思想。这是佛教的主要教义之一,即凡是所有一切的相,都是虚妄的,只有不去执著它,才会产生智慧。接着,米佳说自己感到有两个"我"存在,一个是真正、永恒的"我",这个"我"只想飞向光明;另一个是暂时、瞬间的"我",这个"我"也选择飞向光明,但在飞出前需要片刻黑暗。吉玛训诫米佳,不管哪一个"我",其作为飞蛾的生命本质就在于告别黑暗的瞬间,除了这个瞬间,什么都不存在。这里吉玛试图用"无我"的思想消解米佳的"自我"思想。"无我"也是佛教中的一大教义,指一切法都依因缘而生,彼此相互依存,并无"我"的恒常不变的实体与自我主宰的功能[1]。按照佛教的"无我"教

───────────

　　[1]　佛光星云:《佛教义理》,上海辞书出版社 2008 年版,第 54 页。

义,米佳的双重人格属于妄想,是基于对"自我"的错觉而形成的。吉玛用"飞蛾扑火"是其生命本质的道理,劝说米佳去除为自己设定的飞向光明的错误目标和执著。但米佳对此不以为然,它认为除了这个瞬间,还有昨天、今天和明天。吉玛则说,无论是昨天、今天还是明天,都只在意识到它们的时候才存在,其他一切皆是虚妄。为了让米佳明白这个道理,吉玛怂恿米佳到井下去看一看。结果,米佳在井下看见的是无限的虚空,于是它开始启悟。最后,在吉玛的引导下,米佳同自己的尸体进行了一场斗争。这一情节看似荒诞,却隐含着佛教的思想。从佛法的立场来看,"我"是由"物质"的身体和"精神"的心灵构成的。如果只有身体而没有精神,身体就如同死尸;如果脱离了物质的身体而仅有精神,精神就如同幽灵。米佳与自己的尸体斗争就是与"自我"的斗争,最后它战胜自己的尸体表示战胜了"自我",走向了"无我"的境界。因此,米佳最终获得了无上的自由和幸福——变成了晶莹剔透的萤火虫,自由自在地在黑暗中飞翔。

显然,小说中的吉玛是一个佛陀形象,充当了米佳的精神导师,引导米佳体悟"皆是虚妄"和"无我"的境界,认识到没有任何杂念地"扑火"就是奔向光明之理,从而使米佳摆脱生与死、光明与黑暗、"无我"与"自我"的矛盾和困惑,达到心灵的解脱和顿悟,获得真正的自由与幸福。

阿尔图尔和阿诺尔德:投机商人价值观的代表

与持有佛教"虚空"思想的蛾子米佳和吉玛相比,俄罗斯蚊子阿尔图尔和阿诺尔德是不择手段地追求物质利益的投机商代表。它们利用混乱的现实,联合串通美国蚊子山姆,吸取同胞血液,偷取国内资源。为了达到个人私利,它们在美国蚊子面前奴颜婢膝,尊严扫地,乃至助纣为虐,不仅帮助和引导它吸取同胞的血液,甚至知道山姆对娜塔莎的兴趣后,主动帮助它达到目的。

阿尔图尔和阿诺尔德尽力讨好山姆的原因,是想联合创办血液合资企业,获取巨额利润。山姆在它们的帮助下,不仅收集了足够多的血液样品,而且还享受了苍蝇娜塔莎的青春和美貌,然而却间接导致了阿尔图尔的老朋友阿尔契巴里特和娜塔莎的死亡。

不难看出,在蚊子阿尔图尔和阿诺尔德的面具下,隐藏着一批俄罗斯投机商人的真实面目。他们本身可能是流氓,无所事事,好吃懒做。在混乱的现实中他们不仅毫厘未损,而且还动"歪脑筋",利用混乱局面,追逐个人私利。它们为了个人利益甚至不惜损害国家和同胞的利益,与国外牟利者狼狈为奸,串通出卖国家资源,是俄罗斯新一代的投机商人。

屎壳郎父子:传统和"小家"利益的维护者

老屎壳郎一辈子以积攒屎粪为生,在年老力衰时,决定将人生的道理和生活经验传授给儿子小屎壳郎。看见脸色苍白的山姆时,老屎壳郎将其作为反面教材,教育儿子要辛勤劳动,否则将来会像山姆那样苟且偷生。接着,老屎壳郎将整个世界比喻成滚动的球,告诉儿子,人生的乐趣和意义就在于不停地积累财富,因为一个人只有在这个世界上拥有自我和财富后,才能推动这个球体,游刃有余地控制世界。父亲还教育儿子,要积极生活,主动掌控自己的心情。一天祸从天降,老屎壳郎不幸被路人踩死。小屎壳郎悲痛欲绝,但想起父亲的教导"眼泪不能减轻痛苦",就擦干眼泪开始独立生活。小屎壳郎遵循父亲的教诲,日复一日地积攒屎粪,滚动的小球越来越大。后来它梦见自己长大后结婚生子,也像父亲那样告诉儿女生活的真谛,和善地对待他们,并期望自己老去的时候能得到它们的照顾和关心,过着其乐融融的家庭生活。

老小屎壳郎的生活是对当代俄罗斯那些维护家庭和传统但目光短浅只关注小家利益的普通人的生活写照,他们一生的目的就是为自己和家人积累财富。尽管他们没有像蚊子阿尔图尔和阿诺尔德那样为了自己的利益损害他人和国家的利益,但他们只注重物质生活,没有任何思想和精神追求。他们蜷缩在像球体一样狭小的家庭圈子里,认为别人的事情和外面的世界与自己无关,这种明哲保身的生活态度和价值观实质是犬儒主义的表现,并不可取。

马克西姆和尼基塔：颓废文化代表和"垮掉的一代"的价值观体现者

马克西姆和尼基塔是两只大麻臭虫，在苍凉的现实中它们选择以贩卖毒品为生，自身也沉迷于毒品不能自拔。它们不仅嗜好吸毒、贩毒，而且喜欢整天空谈，谈论国内外政治、后现代主义艺术和哲学，直到贩卖毒品被警察发现而死于非命。

马克西姆和尼基塔是俄罗斯现实社会中甘于堕落和垮掉的一代。现实在他们的眼里是灰色的、令人绝望的死胡同，所以他们消极冷漠，沉湎于毒品和麻醉剂。他们没有勇气和力量像蝉儿谢廖扎那样去奋斗，又不愿像屎壳郎父子那样一点一滴积累财富。他们选择了极其危险却能暴富的行业，但由于自身无法抵挡各种诱惑，最终在危害别人的同时，也害了自己。

第三章　佩列文创作中的虚幻图景

作为一名后现代主义作家,佩列文对现实的态度和看法有很多与历史主义不能相容的片面性和极端性。正如解构主义理论陷入了虚无主义的困境而不得不虎头蛇尾地告退,佩列文在否定了俄罗斯20世纪的现实后也陷入了迷惘和困惑。他该怎样为自己的现实收场呢? 答案就在本章。

实际上,佩列文的创作不仅关注俄罗斯现实世界,而且注重营造虚幻世界。他对后者的关注甚至远远超过对前者的关注,他塑造后者的目的,恰恰是为了解构和颠覆前者。因为在佩列文的创作理念中,根本不存在真正的"现实",他笔下所谓的"现实",是他模仿苏联和后苏联现实生活的产物,也是对这些现实进行虚构的结果。

小说的虚构一般有两种,即"对现实的虚构和对虚构的虚构"①。对现实世界的虚构就是对第一世界的重组与改造。所有的小说文本都要面临"对现实的虚构"这一问题,否则就不成为小说,只不过虚构幅度大小有别而已,现实主义作家在虚构的同时尽量仿真。而另一类作家,不仅对现实进行虚构,还产生了对虚构进行虚构的"野心"。类似的作家相信,"真正的艺术作品不是看见的,也不是听到的,而是想象中的某种东西"②。

对虚构的虚构在浪漫主义小说中已经有所体现,但现代主义作家将其推向高峰,因为他们对虚构的理解有着坚实的理论支撑点:存在即虚构,因为存在是不真实的。这一点在拉美的小说家那里已经得到了广泛认可:拉美的一切,其本身就是虚构。博尔赫斯(Jorge

---

① 曹文轩:《小说门》,作家出版社 2002 年版,第 101 页。
② 〔英〕R·G·科林伍德:《艺术原理》,王至元、陈华中译,中国社会科学出版社1985 年版,第 146 页。

Borges）也直言，"现实的东西比想象的东西更古怪，因为想象的东西来自我们，而现实的东西却来自无限的想象……在现实的世界上，我们不知所向，我们会觉得它是一座迷宫，是一团混乱"①。

后现代主义作家不仅全盘接受了现代主义作家对虚构的阐释，并且将其发展到了极致，认为世界的形象是建立在文化内部联系的基础上的，文化成了唯一的现实，成了文学反映的对象。我们姑且把后现代主义文学中的文化现实称为"第二现实"，而把真正的现实世界称为"第一现实"，那么就会发现，在后现代主义文学作品中，作家更加关注的是第二现实，第二现实甚至"覆盖"了第一现实。这是由后现代主义者们"世界就是文本"的美学理念决定的。世界被理解成超级大文本，这个文本产生的意义可以创造生活，正如罗兰·巴特所言："作品创造意义，而意义照样又创造生活。"②这样，文学和现实之间的传统界限在后现代主义文学中彻底消除了。也就是说，后现代主义者不承认生活对美学的优先地位，相反，文化的意志和法则高于现实的意志和法则："不是文本按照世界的法则存在，而是世界按照文本的法则而存在。"③

在佩列文的创作世界里，对虚构的虚构和对现实的虚构互相交织、相互斗争，而且最终的结局都是虚构战胜了现实，现实被神秘化、虚幻化。这是因为，在佩列文的创作理念中，现实是虚幻的、不真实的、混乱的、不完美的，人应该逃离现实而不是与之妥协。

第一节　神话营造的虚幻图景

佩列文营造虚幻世界的首要手段是将东西方传统神话新用。传

---

① 〔阿根廷〕博尔赫斯：《我这样写我的短篇小说》，载《世界文论》编辑委员会编：《小说的艺术》，社会科学文献出版社 1995 年版，第 232 页。

② Барт Ролан. Избранные работы. Семиотика. Поэтика, М., 1989. С. 559.

③ Курицын В. Русский литературный постмодернизм. М., 2000. С. 227.

统神话是"关于神祇们的故事,是一种宗教性的叙述,它涉及宇宙起源、创世重大的事件,以及神祇们典型的行为"①。人类自诞生以来,神话总是伴随着人类的生活不断发展变化,艺术家们也每每从神话故事中汲取创作的养料和素材。尽管在历史各个发展时期,人类对艺术和神话之间的关系都有着自己独特的认识和表达,但总体上说,"文学与神话在结构层面和语义层面有着联系"②。结构层面表现在文学创作采用神话叙事模式,而语义层面主要指文学创作引入神话形象、主题或情节。由于人类各个历史时期的意识形态和美学需求不同,神话在文学中的体现程度也各不相同。按照俄罗斯学者马尔科夫(B. Марков)的观点,在世界文学发展史中,文学创作对神话的运用出现过三次浪潮。第一次出现在古希腊罗马文学中,主要是对神话情节进行直接的、形而上学的加工。第二次出现于18世纪末19世纪初的浪漫主义文学中。第三次出现于20世纪20—30年代,与俄国象征主义的创作理论和实践有着直接的关系,而且体现出对19世纪实证主义的反叛姿态,所以第三次浪潮也被称为"新神话思维"或"新神话主义"(неомифологизм)。

关于新神话主义的定义,俄罗斯学界目前已有相关阐述。在别洛古罗娃(С. Белокурова)主编的《文学术语词典》中,"新神话主义"被定义为"20世纪特有的一种文学创作思维形式,它采取特别的态度对待神话情节、形象和符号,因而与其说是复原了它们,不如说是输给了它们或者重新打造了它们,从而诞生出新的现代神话。"③鲁德涅夫(B. Руднев)在其主编的《20世纪文化词典》中,对新神话主义的理解是:不仅仅狭义上的神话,而且各种历史传说、日常神话、过去的文化历史现实以及著名的或不著名的文学文本都已成了"照亮"情节的神话,使文本充满影像和梦幻。另外,最主要的一点是,20世纪的文学文本自身也开始在结构上模仿神话,这种结构的模仿或

---

① 〔芬兰〕劳里·杭柯:《神话界定问题》,载阿兰·邓迪斯编:《西方神话学读本》,朝戈金等译,广西师范大学出版社2006年版,第61页。

② Ярошенко Л. В. Неомифологизм в литературе XX в. Уч-изд, 2002. С. 40.

③ Словарь литературоведческих терминов/ под редакцией С. П Белокуровой. < http://gramma.ru >

表现为时间的循环,或表现为现实与虚幻的游戏,或表现为文学文本语言模仿神话,从而导致各种各样的神、英雄以及类似于原始神话的主人公充满文学作品,有时作家甚至也打造出富有传统神话特点的关于自己的独特神话①。别洛古罗娃和鲁德涅夫关于新神话主义的阐述都说明,20 世纪文学创作对神话的运用有了本质的突破,作家们使用传统神话并不是为了恢复传统神话,而是为了利用它们达到自己文本的各种目的。

俄罗斯象征主义文学大师索洛古勃(Ф. Сологуб)开创了 20 世纪新神话思维创作的先河,扎米亚京(Е. Замятин)的《我们》(Мы)成为第一部运用新神话思维创作的反乌托邦小说。新神话思维不仅体现在 20 世纪初的现代主义文学创作中,甚至延续到后来苏联时期地下文学创作中。布尔加科夫的《大师与玛格丽特》,通过历史上的耶路撒冷、沃兰德的魔法王国以及耶稣主宰的道德王国等多条神话线索构建文本,成为新神话思维创作的新发展。纳博科夫的《斩首邀请》(Приглашение на казнь),塑造出用"语言的影子"创作出来的神话。普拉东诺夫的《地槽》(Котлован),以神话形式讲述"生活真谛"。而超前的存在主义诗人伊万诺夫(Г. Иванов),把神圣生活化、把生活神圣化的什梅廖夫(И. Шмелёв),屡遭磨难而不改对诗神眷恋的布罗茨基等诗人,在其诗歌创作中也尽显神话的特征。但是,20 世纪半个世纪多来的俄罗斯文学一直都处于苏维埃官方无神论思想的控制下,所以神话思维创作自然不会在官方文学中出现,而只存在于地下文学中。

20 世纪最伟大的欧美文学作品,无不浸透着新神话思维。奥匈帝国卡夫卡(Franz Kafka)运用"寻求"的神话母题,构建了象征 20 世纪西方人思想混乱的《城堡》。法兰西共和国普鲁斯特(Marcel Proust)那犹如"逆向的哥白尼式革命"的《追忆似水年华》,打造了一个关于人类"记忆"的神话。爱尔兰作家乔伊斯(James Joyce)则采用神话框架,将布卢姆的故事与荷马史诗《奥德赛》进行类比,创作了被

①　Словарь культуры XX века/ под редакцией В. Руднева. < http://lib. com. ru/ Moshkovl /CULTURE/RUDNEW/slowar. html >

称为 20 世纪"圣经"的《尤利西斯》。阿根廷作家博尔赫斯发挥超人的玄想,将"迷宫"作为图像、母题和结构,塑造出迷宫一样的《交叉小径的花园》。哥伦比亚作家马尔克斯(Gabriel Márquez)在他那引起了拉丁美洲"一场文学地震"的《百年孤独》中,更是融会交织了多个神话原型和线索。

用新神话思维创作的文本或采用传统神话中的人物形象,或引入两条甚至更多平行的神话情节线索,或模仿神话叙事和结构。无论何种形式,都是借助于传统神话对所反映对象进行的全新的神话解读。传统神话在新神话思维文本中具有阐释历史和现代事件的功能,因为传统神话"是原始人类'自然的',未经扭曲的文明意识的载体","是对原始英雄和原始事件的反映","是'集体无意识'的体现",同时也是"破解现代现象的万能密码"[1]。

将传统神话文本与新神话思维文本加以对比就不难发现:传统神话高于具体历史事件,与宇宙性和普遍性有关,建立在宇宙和人类的基础上,而新文学神话旨在塑造历史现实和日常生活现实,且宇宙性和普遍性以历史事实为基础[2]。也就是说,新神话思维文本利用传统神话来表达对现代问题和日常生活问题的关注。此外,新神话思维文本并不完全屈就于传统神话,更多的时候,它们水乳交融,甚至营造出游戏的效果。由于新神话思维文本总是关注现代生活和事件,因此与传统神话相比,统治人的超验力量不再是外部自然,而是由人自身所创造的文明。这样,新神话思维文本中表现出的世界观不再具有传统神话中那样的英雄色彩,而获得了悲剧色彩。传统神话中能给人类文明带来庇护和利益的神话人物形象在新神话主义文本中有可能变成缺乏道德和智慧的形象。另外,由于新神话思维的哲学基础是诸如胡塞尔(Edmund Husserl)现象学、海德格尔本体论、弗洛伊德和荣格心理分析学等众多 20 世纪的哲学理论和学说,因此新神话思维文本中洋溢着哲学思辨成分,尽显对形而上学问题、人类永恒话题的思考和探索。

---

① Ярошенко Л. В. Неомифологизм в литературе XX в. Уч-изд, 2002. С. 43.

② Там же, С. 42.

　　20 世纪末的俄罗斯文学延续和发展了开始于世纪初象征主义的新神话思维。这一文艺现象兴起的背后自然有其原因。首先,苏联解体使苏维埃时期统一的社会意识支柱丧失,苏维埃人由此"失去了对正面神话以及任何意识形态运动的信任"①。需要寻求新的风向标的民众将注意力转向了宗教和神话。其次,20 世纪发生在世界范围内的普遍危机,比如经济问题、威胁人类生存和安全的核武器问题等,都使人们意识到科学和理性的局限性,从而导致非理性的宗教意识复兴。再者,世纪末意识使得人们迫切寻找可以拯救自己那已经迷失了方向的精神家园,而神话所具有的概括性、一般性和宇宙性,再加上"永久回归"这一主题愈来愈成为人们在这个变幻多端的现代社会中的精神支柱。神话对周围世界非理性的阐述和它的反教条主义满足了人们培养新的、超验的心理需求。最后,神话是现代人逃避现实的一种手段,是麻醉神经的鸦片,它让人心醉神迷,在乌有乡里暂时忘却人生的疾苦。

　　俄罗斯研究者雅罗申科(Л. Ярошенко)将当代文学创作对新神话思维的运用划分为三种类型:其一是恢复思维深层的神话混合结构,即打破因果联系,将不同时空混合,塑造具有双重性或可以进行人神变形的主人公;其二是借用传统神话中的情节、主题形象,重造一个具有与传统神话相同风格和主题的变体;其三是作家自己打造独特的神话体系②。佩列文在其小说创作中,几乎运用了上述所有手法,要么自己书写关于现代生活的神话,要么通过原始神话的融合变形解构现代生活,要么借用已经存在的现代神话颠覆现代生活。

古埃及神话对苏维埃政治神话的颠覆

　　在小说《奥蒙·拉》中,佩列文借用传统埃及神话中象征自由和光明的拉神形象,营造了一个虚幻世界,颠覆了苏维埃国家政治神话。小说总共十五章,关于拉神的传统神话首次出现于小说的第九

---

　　①　Цыганов А. Мифология и роман Пелевина 《Чапаев и Пустота》. < http://pelevin. nov. ru/stati/o-myths/1. html >

　　②　Ярошенко Л. В. Неомифологизм в литературе XX в. Уч-изд, 2002. С. 44.

章,是主人公奥蒙回忆自己名字"拉"的来历时出现的。不过实际上,拉神早就出现在奥蒙的意识和生活中了,因为拉神是奥蒙在懵懂的童年时代阅读到的一个古埃及神话故事中的形象。奥蒙喜欢这个形象,并以拉神为自己命名。

古埃及传统神话中的拉神也叫太阳神,是众神之神,具有至高无上的地位和权力。他无所不在,无所不能。他的眼睛一只是太阳,一只是月亮。他制造了一切,人类就是从他的眼睛里诞生的。他既是天空之神,也是大地之神,所以他常变换成人,在人间走来走去。无论是天上的神还是地上的人,都对他充满了无限崇拜和忠诚①。年幼的奥蒙之所以喜欢并选择这个神作为自己的名字,一方面是小男孩的宇航员梦想使然,因为拉神"有鹰一样的脑袋,而飞行员、宇航员等英雄在广播里都被称作鹰"②。另一方面,这样的选择传达了奥蒙向往自由、追求正义的心理和情绪,因为拉神"白天照耀地球,乘着'芒哲特'帆船沿着天上的尼罗河漂流,晚上乘坐'米歇克杰特'帆船沿着地下的尼罗河下降到地狱,与黑暗势力作斗争,清晨又出现在地平线上"③。

小说中关于拉神的形象和寓意基本上符合传统神话,但佩列文利用这一神话的目的,不是为了恢复这个古老的埃及神话,而是用来作为苏维埃意识形态神话的反面参照物。传统神话和苏维埃意识形态神话的对立,犹如现实与理想的悖谬。表面上看来,这种对立和斗争的结果是,拉神神话输给了苏维埃意识形态神话,因为奥蒙被迫成了虚假的宇航飞行的牺牲品。但实际上,拉神神话最终颠覆了苏维埃意识形态神话,奥蒙从小到大的心智发展过程就是最好的证明:由最初对苏维埃官方意识的怀疑到逐渐仇视并漠视,最后和官方派来的追杀队斗争,逃脱死亡后又宁愿在地下列车里自由自在地前行,也

---

① 唐麒主编:《世界神话故事总集·亚洲、非洲卷》,时代文艺出版社 2004 年版,第405—410 页。

② Пелевин В. Омон Ра, Жёлтая стрела. М. : Изд-во Вагриус, 2004. С. 99.

③ Там же, С. 100.

不愿回到虚假的现实中来。

埃及传统神话的出现,也解释了奥蒙诸多理想产生的真正原因。原来,奥蒙从小的宇航员梦想并不是出自建功立业的愿望,而是对苏联体制和一元意识形态下现实的厌恶,对尘世生活的逃避,对自由的渴望和追求。

小说的最后,奥蒙驾驶着列车在地下毫无目标却自由自在地前行。无人知道列车开往哪里,其实也没有必要知道,因为奥蒙追求的正是无拘无束的自由状态。这样的结尾让我们想起了佩列文的短篇小说《黄箭》的结尾。主人公安德烈从象征死亡、没有任何意义的现实世界的列车中逃离出来,但作者却没有告诉读者,安德烈将要去什么地方。两部小说的结尾一样,主人公看似找到了"真正的现实",其实迈向了虚空,这正是小说通往神秘主义的手段。

古巴比伦神话对当代俄罗斯社会和人的解构

对传统神话人物的兴趣,还源于佩列文想展示当代人如何将自己打造成神话人物的兴趣,正如作家所言:"我感兴趣的是那些在现实生活中克隆自己的民间故事人物,而非我知之甚少的真正富人。"[①]在《"百事"一代》中,佩列文就塑造了一个民间故事类型的人物——从知识分子转变成俄罗斯新贵的当代青年塔塔尔斯基。为了达到这一目的,佩列文将古巴比伦神话融入塔塔尔斯基追名逐利的现实生活中,通过人与神的结合,营造出一幅幅虚幻图景,从而解构了物质压过精神、欲望超越极限的当代俄罗斯现实。

世界文明发源地之一的古巴比伦位于美索不达米亚平原,距今约有五千年的历史。古巴比伦城是世界上第一个城市,也是人类文明的摇篮。关于巴比伦后代流传有很多神话,小说中主要涉及两个古巴比伦神话,一个是关于巴别塔的神话,一个是关于女神伊什塔尔的神话。

巴别塔亦称"通天塔",源于《圣经》故事。据《旧约·创世记》记

---

① 转引自 Наринская А. Миром правит явная лажа // Эксперт. 1999. №11. C. 59。

载,挪亚的后裔向东迁徙,其中一群人走到示拿定居下来,决定修建一座城市和一座高冲云霄的塔,以便联络和聚集人群。大家群策群力,塔节节升高。上帝耶和华知道后非常震惊,担心他们今后无所不能,于是将他们的语言打乱,使他们无法沟通。不久,人心涣散,塔废弃不修。后来,希伯来语中的"巴比伦"一词与"混乱"同义,西方文学也常常用巴别塔来比喻"空想"或"混乱"①。

伊什塔尔是古巴比伦时期的一个女神,关于这个女神的传说有很多。一方面,她是古巴比伦的自然和丰收女神,也是古代农奴制国家亚述的战争女神。亚述国王要与敌对国进行战争,他带着祭品来到她的神殿,跪拜在她的神像面前,请求庇护。第二天战事中,伊什塔尔果然出现,帮助国王大获全胜②。另一方面,伊什塔尔是一个邪恶无情的女神,传说中她杀死了自己的儿子兼丈夫坦姆斯,然而由于坦姆斯是植物之神,他死后导致了自然灾害,于是伊什塔尔独闯冥界经历七重考验,最终带回了丈夫,将富饶和活力重新赐给人间。

佩列文在小说中将以上两个古巴比伦神话融入塔塔尔斯基的现实生活,使得小说中的现实事件亦实亦虚、亦真亦幻。塔塔尔斯基放弃自己的文学梦想后,进入广告商界。但他初入商界时,商路并非一帆风顺,接到的订单并不多,因为产品商们并不喜欢请他这样单枪匹马的人,而更愿意找广告公司。所以,他被迫去广告公司老板普金那里求职。普金为了测试塔塔尔斯基,给他布置了几项广告任务,其中之一就是为"议会"牌香烟写广告词。这一任务令塔塔尔斯基劳力伤神,他翻箱倒柜找各种有关俄罗斯议会的材料。资料没有找到,但在翻查资料的过程中,无意读到了关于女神伊什塔尔的三个谜语和女神挑选人间丈夫的故事。

当然,小说中描写的伊什塔尔神话和巴别塔神话与传统神话并不相同。佩列文在这部小说中没有照搬原始神话,而是将两个传统

---

① 文庸、乐峰、王继武主编:《基督教词典》(修订版),商务印书馆 2005 年版,第 29 页。

② 唐麒主编:《世界神话故事总集·亚洲、非洲卷》,时代文艺出版社 2004 年版,第 384—385 页。

神话杂糅、改写。小说中首次出现伊什塔尔神话是在第三章的结尾处。塔塔尔斯基在旧资料中看见了"巴比伦：三个迦勒底之谜"的词条。由于巴比伦（Вавилон）这个单词在资料中透过字母"О"可以辨认出一个被涂去的字母"Е"，这让塔塔尔斯基联想到自己的名字Вавилен（瓦维连）。这个名字是他出生时父亲赋予的，成年时被他改掉，因为伙伴们经常开玩笑，说他的名字与巴比伦城有关。如今，看见这个与自己的名字相似的词，塔塔尔斯基突然激动起来，觉得那已经被他淡忘了的神秘的巴比伦学说也许会在他的命运中发挥作用。于是，塔塔尔斯基饶有兴趣地翻阅了这个词条里面的内容，并在其中读到了伊什塔尔女神的故事。故事称，女神为了挑选人间丈夫而设置了三个谜语。巴比伦的每一位男性居民都有可能成为女神的丈夫，为此他必须先喝下一种特殊饮料，然后攀登上巴别塔的顶层，走进祭祀女神的房间，与女神金像进行性结合，因为女神的灵魂会在特定的时刻附体到这尊像上。但是，在通往祭祀塔的螺旋型阶梯上有三道关卡，女神未来的丈夫要猜出三个谜语才能抵达塔之巅。如果猜错了，就会有丧生或被阉割的危险。即使这样——

> 甘愿前来的人还是很多，因为那可以使人登上塔顶与女神结合的正确答案，毕竟是存在的。数十年间，有某个人能成功一次。那个猜出所有谜语的人，就登上塔顶，与女神相见，然后，他便成了神圣的迦勒底人和女神礼仪上的尘世丈夫（这样的丈夫可能有好几位）。①

塔塔尔斯基阅读的这个关于巴别塔和女神伊什塔尔的神话成为小说由实转虚的铺垫，因为塔塔尔斯基在后来的生活中三次或偶然或故意地经历了上述神话中的场景。

塔塔尔斯基第一次亲身体验神话场景是在小说的第四章。他偶遇老同学吉列耶夫，被后者邀请到郊区的家里做客。喝了老同学招待他的蛤蟆菇泡茶后，塔塔尔斯基有了异样的感觉。尔后，他和吉列耶夫到森林散步，突然语言变得支离破碎，在幻觉中他感到吉列耶夫

---

① Пелевин В. О. Generation "П". М.：Изд-во Вагриус, 2004. С. 50.

带着恐惧的神色逃离他而去。他去追他,未果。后来,塔塔尔斯基的面前突然出现一座祭祀塔,他进入塔内,沿着螺旋形坡道向塔顶攀爬,沿路还拾到"议会"牌空烟盒、印有格瓦拉头像的古巴共和国硬币和卷笔刀。最后,塔塔尔斯基到了塔顶房间里,发现墙上贴着几张女人照片,其中一位几乎是全裸的,皮肤被日光晒成了金色,正在热带的沙滩上奔跑。那种难以形容的自由让塔塔尔斯基大为震惊,并突然让他产生了创作灵感,于是他立刻写出了为之苦闷很久的"议会"牌香烟的广告词。自此之后,塔塔尔斯基在广告界的事业逐步上升,受邀为多家大品牌商品写作广告词。

类似的虚幻情景重现是在小说的第九章。塔塔尔斯基吃了名叫"巴比伦邮票"的毒品后产生幻觉,来到一个既像工厂烟囱又像电视塔的高大建筑物前,与看门狗西鲁福进行了一番关于广告、电视与消费实质的对话。第二次的幻觉经历不仅使他写出了"奔驰"轿车的广告词,而且还让他明白了他所从事的广告业的本质。

在小说的第十四章"巨变的日子"中,塔塔尔斯基主动向好友吉列耶夫索要蛤蟆菇毒品,然后独自来到森林吸食,希望借此重温登塔经历。借着毒品的幻觉,塔塔尔斯基爬到了塔的顶部房间。房间里依旧挂着第一次登塔时见到的女人照片,还堆着酒瓶。塔塔尔斯基喝下剩余的伏特加,借着酒精的作用产生了似梦非梦的感受,这种梦幻般的感受构成了小说的第十五章。在梦幻中,他感到自己被蒙着眼睛带到塔底一百多米深的房间里,与伊什塔尔女神举行了结婚仪式,替代了女神的前任丈夫、广告巨头阿扎多夫斯基的位置,拥有了无限的财富以及掌控广告界和电视界的最高权力。

古巴比伦神话经过佩列文的改写和加工,融入当代人的现实生活中,使得现实世界变得虚幻而不真实,从而打造了一个文学青年蜕变成俄罗斯新贵的现代神话。显然,塔塔尔斯基登塔之旅是对他在商海沉浮的隐喻,因为第一次登塔后,他写出了折磨他很久的广告词;第二次在塔前与代表女神死亡化生的狗西鲁福谈话后,他深入地了解了广告和电视的实质,并写出了"奔驰"轿车广告词;第三次登塔后,他达到了最终的心愿,成为拥有无限财富、掌控广告业和电视业的最高统治者。

　　与此同时,塔塔尔斯基在广告界的上升之旅恰恰是他精神逐渐蜕变的过程。因为第一次登塔之后,他虽然在广告界成名,但同时学会了去酒吧放松,开始习惯性地吸食毒品。第二次登塔之后,他虽然摸透了商业规矩,但同时变得厚颜无耻,学会阿谀奉承,成了一个见风使舵、随机应变、世俗而精明的商人。最后一次登塔,他虽然达到了自己人生的最高目的,但这是以出卖一生的自由和做人的资格为代价的:"成为伊什塔尔女神的丈夫——象征着完全丧失了文学院毕业生本来的个性和面目。"①与代表女神化身的狗举行婚礼仪式,证明了塔塔尔斯基作为"人"的存在的彻底丧失,他的心灵完全被金钱和权力所腐蚀,精神彻底发生了蜕变,成了一个徒有躯体而无灵魂的空壳。小说的最后对此进行了暗示:塔塔尔斯基并没有上升到塔的顶层,而是被带到塔底的地下房间;他结婚的对象不是具体的人,而是"被剥夺了躯体,降为金子概念"的女神。这种婚姻只有金钱和利益的驱动,没有任何其他内容和意义。

　　如果说塔塔尔斯基前两次的登塔情景能让读者明确地感觉到是幻觉而不是现实,那么他的第三次登塔及结婚仪式几乎消除了现实与虚幻的界限,读者分不清,孰为现实,孰为虚幻,此时小说显得最虚幻而不真实。但愈虚幻的地方愈彰显事件的核心和本质:塔塔尔斯基心灵完全蜕化,变成了一个彻底的物质主义者和拜金主义者,甚至异化成半人半神,原来那个有着崇高精神追求的知识分子形象荡然无存。

第二节　佛教再造"时代英雄"的虚幻图景

　　佩列文营造虚幻世界的另外一种重要方式是佛教。佛教从本质上说也是神话,因为宗教本身起源于神话。德国神学家乌西诺曾经

---

　　①　Лейдерман Н. Л. , Липовецкий М. Н. Современная русская литература. В 2 томах. М. , 2003. Т.2. С. 508.

在《神祇名称》一书中阐释过宗教与神话的紧密关系,他在书中将神祇的发展过程分为三个阶段。第一个阶段是瞬息神,即不将自然力量人格化,也不曾表象人类生活中的某一特殊情况,它是某种纯粹转瞬即逝的东西。第二个阶段是专职神,即代表和守护人类某一类活动的神,它们还没有渗透到存在的全部深度和广度,而只囿于存在的某一部分,但它们在各自的范围内已经获得了永久性和确定性。第三个阶段是人格神,即具有人格意义的神,能像人一样活动,像人一样受苦受难,他不是完成某一项职能,而是将各个职能神的力量汇集于自己身上。乌西诺还认为,瞬息神是人类最早的神话—宗教的原型现象,职能神在各个民族宗教发展的某一个阶段出现过,而人格神则是宗教意识的最高阶段和最高境界[1]。佛教像基督教、犹太教等宗教一样,有着汇集各种神的力量于一身的人格神佛陀,因此属于神话的最高阶段。

佛教是佩列文营造虚幻图景时最喜欢运用的一种手段。佛教元素几乎在他每部作品中都有或多或少的体现。有时体现在人物形象上,比如《恰巴耶夫与普斯托塔》中的佛陀恰巴耶夫,《黄箭》中充满东方神秘主义气质的可汗。有时体现在小说人物对话上,比如《昆虫的生活》中蛾子米佳和吉玛关于虚空的谈话。有时体现在小说人物对现实和人生的思考上,比如《奥蒙·拉》中的同名主人公在"宇宙"中的思考。有的作品甚至完全以宣扬佛教思想为内容,比如《隐士与六趾》从头到尾讲述两只小鸡如何逃离现实飞往自由自在的另一个世界的行动准备和哲理谈话。

佛教元素对《恰巴耶夫与普斯托塔》有着重大影响,这一点被国内外众多研究者所承认。比如,格尼斯称该小说是"俄罗斯第一部佛教禅宗小说"[2]。明凯维奇说在小说中"看见了期待已久的俄罗斯禅

---

① 〔德〕恩斯特·卡西尔:《语言与神话》,于晓等译,三联书店 1988 年版,第 45—48 页。

② 转引自 Кузнецов С. Василий Иванович Чапаев на пути война // Коммерсантъ-Daily. 1996. 27 июня. С. 52。

宗"①。多林(А. Долин)认为,"《恰巴耶夫与普斯托塔》是一部综合了东方学说、纯俄罗斯民间故事(幽默笑话)和新俄罗斯习俗的奇闻怪书"②。别列沃连斯卡娅(Н. Белеволенская)认为,小说鲜明地表达了"唯心主义—佛教—后现代主义"哲学思想③。中国学者郑永旺则在《游戏·禅宗·后现代》一书中专门研究了该小说与佛教的关系。

但这并不是一部宣扬佛教教义的小说。实际上,这是一部融现实和佛教于一体的内容庞杂的小说。具体而言,佩列文将佛教形象和思想融入苏维埃英雄神话和当代俄罗斯现实之中,达到既解构英雄神话和意识又颠覆现代生活的意义之目的。而且,小说对佛教形象、情节、思想的引用具有后现代主义游戏色彩,因此小说的汉语译者郑体武教授在《译者序》中说,"作者不光是写了一部'佛教入门',他对佛教的揶揄也是显而易见的"④。

翻开小说扉页,假托成吉思汗之名的一首诗便赫然入目。接着便是书的序言,落款为"全面彻底解放佛教阵线主席乌尔汉·江博恩·图尔库七世(Урган Джамбон Тулку Ⅶ)"。序言中写道,此书于"20世纪上半期完稿于内蒙古的一座寺院",且"本书是以编者的名义出版的,作者的真实姓名已经无从查考"⑤。这样的开篇和序言充满强烈的佛教气息。需要注意的是,佩列文在小说中将内蒙古等同于蒙古,这也许是他的一个文字游戏,用"内蒙古"指称"内心世界中的蒙古";也可能是他犯的一个文化常识错误,所以他在小说中将蒙古历史上的一些人物用于内蒙古。众所周知,成吉思汗是闻名中外的蒙古族首领,也是中华民族的英雄,他的名字代表着蒙古,而蒙古

① Минкевич А. Поколение Пелевина. < http://pelevin. nov. ru/stati/o-mink/1. html >

② Долин А. Виктор Пелевин: новый роман. < http://pelevin. nov. ru/stati/o-dolin/ 1. html >

③ 转引自 Богданова О. В. Постмодернизм в контексте современной русской литературы. СПб. , 2004. С. 342。

④ 〔俄〕佩列文:《夏伯阳与虚空》,郑体武译,上海译文出版社2004年版,译者序第11页。

⑤ Пелевин В. О. Чапаев и Пустота. М. : Изд-во Вагриус, 2004. С. 7.

有着深厚久远的佛教历史,藏传佛教(喇嘛教)就是从13世纪后期开始传入蒙古地区的。从17世纪中期起,喇嘛教在蒙古地区发展到鼎盛时期。经过两百余年的传播和发展,佛教对蒙古社会的影响已经遍及政治、经济、文化和思想等各个领域,并成为蒙古族全民信仰的宗教。至解放前,蒙古有近千座寺庙,五万多名喇嘛①。小说以成吉思汗的诗歌为引子、以佛教主席图尔库对本书创作过程的介绍为序言,让读者产生了读佛教小说的心理准备。但进入小说第一章后才惊觉,先前的感觉是错误的,作家讲述的是发生在20世纪初俄国十月革命胜利后的事情。

但又不能说这部小说与佛教无关。实际上,随着阅读的深入就会发现,佛教形象和佛教思想在小说中无处不在,这一切主要源于恰巴耶夫这一人物形象。恰巴耶夫本来是俄罗斯历史上的一个真实人物,他是国内战争期间的红军将领和战争英雄。1923年,苏联作家富尔曼诺夫(Д. Фурманов)的长篇小说《恰巴耶夫》(Чапаев)②的发表,使得这位英雄家喻户晓,民间也流传着关于他的历史故事、笑话和电影。

富尔曼诺夫小说描写的是1919年1月至8月在苏联东线上的战事。恰巴耶夫带领一支由农民组成的红军部队在东线作战。农民军在恰巴耶夫的指挥下英勇善战、屡建奇功,但他们自由散漫,缺乏良好的组织性和纪律性。恰巴耶夫本人足智多谋,顽强勇敢,在战争中所向披靡,但农民出身的他在政治上却不成熟,对党的理解也不够。政委克雷奇科夫到任后,引导恰巴耶夫逐渐走向成熟,成为一名优秀的红军将领。后来,恰巴耶夫的师遭到敌军突袭,他本人在泗水撤退时牺牲。在富尔曼诺夫的小说中,恰巴耶夫虽然具有凡人的缺点,但对周围的群众来说,他近乎神而非普通人,就连还没有见到他本人的克雷奇科夫也觉得此人的名字是"富有魔力的、惊人的名

---

① 参见内蒙古民族宗教网 < http://www.nmgmzw.gov.cn/index.asp >
② 该小说在中国有两种翻译版本。其一是郑泽生的译本《恰巴耶夫》,外国文学出版社1981年版。其二是石国雄的译本《夏伯阳》,译林出版社2002年版。

字"①。这样,富尔曼诺夫代表官方在 20 世纪 20 年代塑造了一个关于国内战争英雄的神话,该部小说也成为苏联文学红色经典之一。

关于恰巴耶夫的英雄神话在苏维埃各个时期被流传、改编、加工。30 年代瓦西里耶夫兄弟(Г. Васильев, С. Васильев)将富尔曼诺夫的小说改编成电影,再次在广大民众心中普及了这一英雄形象。40 年代卫国战争前后,苏维埃政权的不断巩固要求树立一个进行爱国主义情感教育的榜样、一个为了社会主义国家而自我牺牲的英雄,因此恰巴耶夫神话更加神圣了。在当时的一些战争影片中,恰巴耶夫甚至被演化成率领红军渡河攻打德国法西斯的电影人物②。在民间传说中,恰巴耶夫还获得了壮士的特点,成了一个刀枪不入、连死神都惧怕的英雄。那时还出现了第一批与富尔曼诺夫小说事件有关的恰巴耶夫的笑话③。

佩列文的后现代主义小说将富尔曼诺夫红色经典中的人物形象和情节与东方佛教杂糅,打造出一个全新的恰巴耶夫形象。此时的恰巴耶夫不仅是红军将领,还获得了佛祖和精神导师的新身份。其英雄色彩消退了,神秘主义气息和智者的气质出现了。他能洞察世间万事万物的本质,认为所有现实都是虚空,并将这一思想传达给自己的学生彼得、安娜和科托夫斯基。因为探索真正现实和人生意义而患了精神分裂症的彼得,逐渐在恰巴耶夫的精神引导下意识到所有现实都是虚空的道理,最终病愈出院。除了彼得,安娜和科托夫斯基也在恰巴耶夫的教导下逃离了乱世,走上了"正道"。

小说中的恰巴耶夫在外貌长相、言行举止方面都颇具佛祖特征。他的出场首先充满了神秘感。在小说第二章中,他出现于埃尔年尸体所在的屋子里,不过他似乎完全没有看见这残忍的一幕,只顾静心凝神弹琴。但他时而紧闭、时而睁开"乌黑又犀利"的双眼,似乎对这一切都了如指掌。他伸懒腰时,全身关节"发出噼啪的响声"。他静

---

① 〔俄〕富尔曼诺夫:《恰巴耶夫》,郑泽生译,外国文学出版社 1998 年版,第 31 页。

② Шмалько А. Нечто о сущности криптоистории // альманах << Наша фантастика. Звездный мост 2001 >>. М. : ЗАО Издательство "Центрполиграф" С. 409.

③ Сидельников В. М. Писатель и народная поэзия/Чапаев в устной поэзии и творчестве Фурманова // Современник. М. , 1974. С. 26.

坐时,"似乎在深思"。恰巴耶夫的这些特征都体现了佛教中的"心性本净"、"佛性本有",正如大乘佛教经典之一《维摩诘所说经》所言:"若菩萨欲得净土,当净其心,随其心净,则佛土净。"①

在与恰巴耶夫交往的过程中,彼得通过他的物件、生活方式、言语行为等各个方面感受到更多的佛的迹象。比如第三章中,彼得见到恰巴耶夫的装甲车时,由它的瞭望孔联想到了佛祖的眼睛。

> 以前我从未见过类似的汽车,这无疑是杀人技术的最新成就。它的外壳上布满了半圆形的大帽钉;马达粗钝的圆头向前突出,顶上装有两盏大功率的头灯;挺拔的钢脑门稍稍后仰,上面两只倾斜的瞭望孔犹如佛祖半睁半闭的眼睛,威严地注视着尼基塔广场。②

小说的第五章中,佛教禅宗思想通过恰巴耶夫与彼得的问与答体现出来。

> "请你告诉我,这个单子在哪里?"
> "在我(彼得——笔者注)的意识里。"
> "而你的意识在哪里?"
> "就在这里。"我拍拍自己的脑袋,说道。
> "而你的脑袋在哪里?"
> "在肩膀上。"
> "而肩膀在哪里?"
> "在房间里。"
> "而房间在哪里?"
> "在房子里。"
> "而房子呢?"
> "在俄罗斯。"
> "而俄罗斯又在哪里?"

---

① 转引自姚卫群:《佛学概论》,宗教文化出版社2002年版,第277页。

② Пелевин В. О. Чапаев и Пустота. М. : Изд-во Вагриус, 2004. С.92

"在灾难里,瓦西里·伊万诺维奇。"

"别来这一套",他(恰巴耶夫——笔者注)严厉地呵斥道。"开玩笑要得到长官的命令才行。说。"

"还会在哪里? 在地球上。"

我们碰了一杯,一饮而尽。"

"而地球在哪里?"

"在宇宙里。"

"而宇宙在哪里?"

我想了一下。

"在自身里。"

"而这个'自身'又在哪里?"

"在我的意识里。"

"这么说,彼得卡,结论是,你的意识在你的意识里?"

"结论是这样的。"

"好吧",恰巴耶夫捋了捋胡子,说道。"而现在,你仔细地听着。你的意识在什么地方?"

"我不明白,瓦西里·伊万诺维奇。地方这一概念也是一个意识范畴,因此……"

"这个地方在哪里? 地方这一概念在什么地方?"

"嗯,这样说吧,这根本不是地方……"①

恰巴耶夫与彼得的谈话是一个文字游戏。但恰巴耶夫正是通过步步逼近、穷追不舍的游戏性提问,让彼得认识了一个根本的道理:万事万物都是空,甚至意识本身都是一个虚空的概念。

为了让彼得更深一步地认识"空",恰巴耶夫甚至求助于自己的老朋友荣格尔恩(Юнгерн),让他带着彼得到自己的领地——瓦尔哈拉宫②旅游一圈。"荣格尔恩"这个名字又是佩列文的一个文字游戏,与两个人物有关。一个是荣格(Юнг),另一个是温格恩

①　Пелевин В. О. Чапаев и Пустота. М. : Изд-во Вагриус, 2004. С.179-180.

②　瓦尔哈拉(英语:Valhalla,俄语:Вальгалла)是古斯堪的纳维亚神话中阵亡将士的殿堂,在小说中指阴间。

（Унгерн）。荣格是瑞士心理分析学家，他的分析心理学理论是 20 世纪西方哲学领域的最大发现之一。荣格分析心理学的主要理论是：人格作为一个整体就是精神，精神由自我、个人意识和集体无意识三个系统和层次构成。自我，即我们意识到的一切东西，包括思维、情感、记忆和知觉。个人意识包括一些在个人经历中曾经被意识到但又被压抑或遗忘，或者在一开始就没有形成意识印象的东西。比个人意识更高一层的是集体无意识，集体无意识的内容是人类一代代积累和流传下来的对周围世界的认识和看法，它是人类在所有历史进程中积累的集体经验，每个个性的形成过程就是对集体无意识内容的整合①。温格恩曾经是 1918—1921 年内战期间亚洲骑兵团将领，后来自称蒙古统治者，他在小说中是蒙古以及蒙古佛教的一个象征。且不说荣格和温格恩对小说有什么作用，光从两个人的身份和象征意义，就不难看出佩列文将佛教与西方哲学思想杂糅的一大创作特点。

当然，佩列文将代表着西方哲学思想的荣格和代表东方佛教圣地的温格恩联系在一起，是为了让小说中的荣格尔恩借助于荣格的分析心理学理论开导彼得，让彼得明白"万物皆为空"的思想。因此，当彼得被荣格尔恩带到瓦尔哈拉宫这个"阴间世界的分院"时，荣格尔恩说：

> 我们生存的这个世界，只不过是我们从生下来就开始学习制造的集体视觉化。说实话，这也是唯一能代代相传的东西。当足够多的人能够看见这原野、花草和夏夜时，我们就有可能跟他们一起看到这一切。但无论前人给我们预设了什么样的形式，我们每个人在生活中所看到的其实都不过是自己精神的投影……②

不难看出，荣格尔恩这段话是根据荣格的集体无意识思想演变而来的。这段话告诉彼得一个真相：所谓的现实，都是个人或集体意

---

① 胡经之、王岳川、李衍柱主编：《西方文艺理论名著教程·下》（第 2 版），北京大学出版社 2003 年版，第 115—120 页。

② Пелевин В. О. Чапаев и Пустота. М. : Изд-во Вагриус, 2004. С.294.

识的产物,是一种文化符号,因此从本质上说都是虚无的。要获得幸福,首先要解除包括集体意识在内的各种意识的束缚,"内蒙古恰好就是一个能给人救助的地方"①。

经过这次与荣格尔恩的阴间游历后,彼得对现实的真谛才有了认识,他的病也得到了治愈,他对恰巴耶夫说:

> "其实既不存在精神病院,也不存在他自己(荣格尔恩——笔者注),甚至您,我亲爱的恰巴耶夫,也不存在。存在的只有我。"
>
> ……
>
> "这都是一回事",恰巴耶夫把手一挥。"所有这些理论的唯一用处就是要让人们永远地摆脱它们。不管你在那里,都要按你所在的那个世界的规则去生活,同时还要利用这些规则以使自己不受它们的约束。出院吧,彼得卡。"②

彼得终于获得了精神上的解救,恰巴耶夫作为精神导师的使命也完成了。而此时,富尔曼诺夫带领纺织工人造反。面对他们的追击和枪林弹雨,恰巴耶夫静坐其屋,并劝导心慌意乱、如坐针毡的彼得与他共饮,畅谈意识、虚空和超脱等问题。直到最后一刻,恰巴耶夫才带领彼得乘坐装甲车逃跑。然后,恰巴耶夫凭借安娜的黏土机枪,点化出乌拉尔河(Урал),即"虚拟的绝对爱情之河"(условная река абсолютной любви),它象征着自由和永恒。恰巴耶夫和安娜跳进乌拉尔河,重获新生,这与佛教中的涅槃仪式具有相似之处,因为渡河是涅槃过程中的一个关键环节,象征从此岸到达彼岸的必经之路。而且,在跳入乌拉尔河之前,安娜用黏土机枪射击,恰巴耶夫则大声喊"火! 水! 土! 空间! 气!"③。这些口令符合印度佛教中的五个生理元素:醚,气,火,水,土。在跳入乌拉河之前的那一刻,恰巴耶夫向彼得解释了黏土机枪的事情,也最终向他坦白了自己的佛祖身份。

---

①　Пелевин В. О. Чапаев и Пустота. М. : Изд-во Вагриус, 2004. С. 294.

②　Там же, С. 336-337.

③　Там же, С. 377.

　　实际上,这并不是什么机枪。只是几千年前,在燃灯佛和释迦牟尼佛降生前很久,有一位叫阿那伽玛的佛,他从不花时间解释,只需用左手的小指指点,他指什么,什么的本质就会立刻显现出来。他指一下山,山没了,他指一下河,河不见了。……他用小指指了一下自己,从此便消失了。他身上留下的只有这根左手的小指。他的徒弟们把它收藏在一块黏土里。黏土机枪就是包着佛的小指的土块……从那以后,这根小指就被保存在一个紧锁的箱子里,辗转各地,直到最后遗失在一家蒙古寺院里。而现在,几经周折,又落在我的手中。①

　　从恰巴耶夫的解释不难看出,黏土机枪原来是释迦牟尼留存下来的小指。但谁也没有想到,恰巴耶夫其实就是前世那缺了小指的佛陀,这通过小说最后彼得对重获新生后前来接他去内蒙古的恰巴耶夫的描述可得知:"恰巴耶夫一点也没有变,只是他的左手吊在一条黑色的亚麻布上。他的手上缠着绷带,看得出来,本该包着小指的那个地方是空的。"②

　　小说的最后,彼得跟随恰巴耶夫,乘坐装甲车去了心中的向往之地内蒙古。至此,彼得的精神和思想发生了本质性的彻底变化,由最初那个执著的探索者和追问者变成了人生的超脱者。他对现实和人生的探索之旅也画上了句号,因为他得到了最终的答案:任何现实都是不真实的,现实的本质是虚空。

　　在《恰巴耶夫与普斯托塔》中,佩列文正是通过恰巴耶夫教导彼得认识到生活、人生、现实之虚空本质的这一过程,宣扬了他所理解的佛教思想。然而,小说就是小说,即使它含有哲学和宗教因素,它也不可能替代哲学和宗教,更何况是后现代主义小说。因此需要注意的一点是,无论佛教思想还是西方哲学思想,在佩列文的这部小说里都并非它们本真的含义。它们都经过了佩列文个人的演绎和加工,被涂上佩列文的个人思想,具有后现代主义式的虚无主义色彩。

　　"空"是佛教最基本的观念之一。不同时期的佛教,佛教之不同

---

① Пелевин В. О. Чапаев и Пустота. М. : Изд-во Вагриус, 2004. С. 378.

② Там же, С. 413.

派系对"空"的理解不同。早期佛教和稍晚一些的小乘佛教将"空"理解为"相空"和"分析空"。所谓"相空"中的"相"是指现象、表象、相状等,所以这种"空"实质上是现象之"空",是现象中无主宰体之"空"。所谓"分析空"亦即"析空观"或"析空法",主要指得出"空"观念的方法和角度。这种方法和角度强调事物的整体由部分构成(或果由因构成),整体不可能永远不变,整体本身无永恒的主宰体,而且有可能分解,所以事物(整体或果)是"空"的。佛教发展到大乘佛教时期时,"空"被理解为"体空",它强调事物不仅在表象上是"空"的,在本质上也是"空"的,正如《般若经》中所说:"色不异空,空不异色。色即是空,空即是色。受想行识亦复如是。"①

　　从佛教不同派系对"空"的不同解释来看,大乘佛教对"空"的理解倾向于强调事物的本质和现象都是不存在的。佩列文的虚空观与大乘佛教的"空"比较接近。但是,佩列文的虚空观首先将"现实"看成意识的产物,然后彻底否定现实的存在、生活的意义和人生的价值,从而走上了虚无主义。而佛教中的"空"却与虚无主义无关,它甚至反对世间是绝对虚无的观念,强调要在现实生活中达到解脱。正如中国佛学专家姚卫群提醒当代人,对佛教的"空"不应该有两种错误的理解:其一是把"空"理解为纯粹的虚无主义,即任何事物都是虚无的,不存在的;其二是把"空"理解为"唯心主义",即认为精神或意识是唯一实在的或根本性的东西②。佩列文在小说中宣扬的"空"之思想,恰恰具有虚无主义和唯心主义的特征。这种虚无主义和唯心主义,是佩列文解构苏维埃英雄神话和当代俄罗斯现实最强大的武器。但在解构之后,佩列文却失去了方向,陷入了真正的虚空。

①　姚卫群:《佛学概论》,宗教文化出版社2002年版,第253页。
②　同上书,第263页。

第三节　现代科技信息手段打造的虚拟图景

20 世纪科学技术的发展使人类生活发生了翻天覆地的变化,尤其是具有信息处理功能的计算机、电视广告等媒体和自动控制系统,制造了一系列类像符码和模型,取代了生产地位而成为现代社会的组织原则。可以说,20 世纪的人类进入了一个新的类像时代。在这个由各种类像构成的社会中,人们往往把拟象当作真实,把现象当作本质,正如法国哲学家让·博德里亚尔在《完美的罪行》一书中写道:"这个世界的气氛不再是神圣的。这不再是表象神圣的领域,而是绝对商品的领域,其实只是广告性的。在我们符号世界的中心,有一个广告恶神,一个恶作剧精灵。它合并了商品及其被摄制时候的滑稽动作。"①

佩列文在创作中利用广告、电视、电脑等现代科技信息手段营造虚拟现实。这些技术手段所营造的虚拟现实如此逼真,以至于让人迷失其中,误将它们当作现实并生活于其中。《"百事"一代》中就出现了这样一个由广告、电视等大众媒体营造的虚拟世界。这个虚拟世界,用主人公塔塔尔斯基的话说,"就像博物馆里对大会战的再现,在那里,观众的面前堆有沙子,还有几只带窟窿的靴子和一些弹壳,而坦克和爆炸则是画在墙壁上的"②。

广告和电视制造的虚拟世界交织在塔塔尔斯基的现实生活中,使小说变得错综复杂。正是广告和电视神话般地愚弄大众意识,让大众迷失其中,任其操纵和摆布。也正是广告和电视,神话般地使塔塔尔斯基从一文不名的知识分子变成俄罗斯新贵,因此俄罗斯研究者尼古拉耶娃(О. Николаева)称,小说"最明显的是展示广告新神话

---

① 〔法〕让·博德里亚尔:《完美的罪行》,王为民译,商务印书馆 2000 年版,第 72 页。

② Пелевин В. О. Generation "П". М.：Изд-во Вагриус, 2004. С. 83.

的诞生和引人"①。

广告的虚拟性主要是由它的目的决定的。众所周知,广告的直接客体是商品,面对的是消费者,目的是要让消费者消费商品。为了达到这一目的,广告首先要让消费者相信,消费这种商品会得到不一般的享受,所以"广告描绘了一幅虚假的现实图景,其中展现了一个令人心满意足地微笑着的'富裕'世界。这个世界就像一个美丽的童话,可以获得很多东西,充满了幸福与和谐,而且,即使人只在这个世界的旁边,也可以依靠购买某种新商品而使得生活变得更加完美"②。

在广告所营造的虚拟世界中,最具有价值和意义的范畴就是消费者消费某种商品后得到的心理满足和享受,正如小说中的吉列耶夫对塔塔尔斯基的一段肺腑之言——

> 广告努力说明,对做了广告的产品的消费,会带来崇高、愉悦的再生,而且这种再生不是出现在死亡之后,而是在消费者消费之后立即出现。也就是说,嚼了无糖的"奥尔比特"口香糖——就已成仙了。嚼了"狄罗尔"口香糖——就会是一个牙齿雪白雪白的上帝。③

在现代社会,广告不仅要让消费者感觉在消费商品后会获得自我满足,还要让消费者相信,消费商品后会获得一种身份认同。也就是说,广告将消费者的身份同商品品牌联系在一起。而消费者对任何商品的消费(包括文化艺术消费),都是衡量其社会地位、文化品位和生活水准的文化符号。这一点通过塔塔尔斯基为"本雅明"香水写作的广告词反映出来。

> 钱有味道!
> "本雅明"

---

① 转引自 Шульга К. В. Поэтико-философские аспекты воплощения "виртуальной реальности" в романе "Generation 'П'" Виктора Пелевина. Тамбов, 2005. С. 79。

② Шульга К. В. Поэтико-философские аспекты воплощения "виртуальной реальности" в романе "Generation 'П'" Виктора Пелевина. Тамбов, 2005. С. 79.

③ Пелевин В. О. Generation "П". М.: Изд-во Вагриус, 2004. С. 198.

大老板的新香水

这则广告将"本雅明"香水与消费者的身份联系起来,一旦消费者使用这种香水,周围的人就会将其看成有钱人,于是广告神话就诞生了:你拥有什么,你就是什么。广告神话使"后现代时期的商品价值已不再取决于商品本身是否能满足人们的需要或有交换价值,而是取决于交换体系中作为文化功能的符码"①。简而言之,商品的价值由商标来决定,商标也将消费者划分成三六九等。

在广告神话的误导下,消费能力成为衡量现代人价值的评判标准之一,现代消费者也常常以"我"+"物质数量"的形式展现自我,以获得别人的认同。这样,金钱就成为大多数现代人的生活目标,因为它能延续人的自然属性和社会能力。用它换取的商品数量越多,个人的社会地位也会相应提升。最终,现代社会中人所获得的商品替代了人的属性,"物质主义将人物质化了"②。

更为荒唐的是,人们明知广告的欺骗性,却还是乐在其中。因为空虚无聊的现代人,在现实生活中很难获得幸福感和满足感,而购买广告产品却可以带给他们心理的满足和快乐。广告正是利用现代人的这一心理,将所有的客体都变成商品,将每个人变成现实的消费者或潜在的消费者。小说中的塔塔尔斯基等广告设计者和创意人,按照买方的情感需要制造广告神话。比如,塔塔尔斯基为新"大卫多夫"香烟做广告时,为了适应新一代人的心理需要,将原来的广告改头换面,获得了完全不同的效果。原来的广告画面是"一张大大的衰老的脸庞,那人的眼里闪现着某种明了一切的神情,沉重得让人难以承受",修改后的广告是"单色背景,一张年轻的脸庞,脸上带着无知无识的幸福"③。显然,后者更能取悦现代社会追求轻松和享受的消费者心理,从而能为商家带来更多的利润。

---

① 胡经之、王岳川、李衍柱主编:《西方文艺理论名著教程·下》(第2版),北京大学出版社2003年版,第639页。

② Шульга К. В. Поэтико-философские аспекты воплощения "виртуальной реальности" в романе "Generation 'П'" Виктора Пелевина. Тамбов, 2005. C. 81.

③ Пелевин В. О. Generation "П". М.: Изд-во Вагриус, 2004. C. 72.

为了获得利润,塔塔尔斯基在广告制作过程中不惜骗取大众心理,也不惜出卖自己灵魂深处最为珍贵的宝藏——"童年时让他激动过的每一张画:棕榈树,轮船,傍晚蓝色的天空"等①。塔塔尔斯基等广告制作人将俄罗斯甚至世界上的文化遗产、历史人物和事件等都变成商标:莎士比亚的《暴风雨》情节被篡改用在"爱丽尔"洗衣粉广告中,丘特切夫的诗句出现在"斯米尔诺夫"香烟广告中,彼得大帝形象被用在"帝俄金币"银行宣传片中。总之,"人类智慧为了用它剩余的最后几个非商业形象做生意,几乎无数次擅自出卖过这种浪漫"②。

荒诞的是,不仅高雅的广告可以引起消费者的消费欲望,低劣的广告也不例外。小说第八章中,马留塔为美国"耐克"运动鞋写作的广告脚本是蹩脚的,但被采用了,因为"运动鞋虽然是美国的,但还是要让它们符合俄国的心理"③。而俄国的心理是,看见广告商大把大把地将钱扔进广告,就会对广告商得出这样的结论:"他虽然是个十足的蠢货,可他的生意却做得不错,他能一次一次地播出任何东西。没有比这更好的广告了。这样一个人在任何地方都能得到信贷,不费吹灰之力。"④消费者如此这般不正常的心理,反而使得商家利用蹩脚的广告获利。

在由金钱构成的现代商业社会里,人们为了钱而不惜任何手段。广告词作者为了从广告商那里获得劳务费,要能言善辩,说服广告商接受他们创作出来的广告词。有时候为了钱,"也心满意足地欺骗自己的公司,他们通过公司找到客户,然后背着上司和客户达成口头协议"⑤。杂志和报纸的记者们为了钱,"乐于欺骗自己的杂志和报纸,从自然而然地落入他们视野的人那里拿黑钱"⑥。

不仅仅商业界以金钱为中心,整个现代社会都是由钱构成的四

---

① Пелевин В. О. Generation "П". М. : Изд-во Вагриус, 2004. С.83.

② Там же, С.82.

③ Там же, С. 156.

④ Там же, С.157.

⑤ Там же, С. 160.

⑥ Там же.

维空间①。小说中引用了美国哲学家罗伯特·皮尔辛格这样一个观点：世界是由道德价值构成的。如果说这一观点适用于60年代之前，则在60年代之后，情况完全不是这样了。的确，60年代的世界变成了由金钱构成的世界。佩列文的小说中通过苏联宇航员因为飞行费用而举行罢工的事件证明了这一点。

> 我们的宇航员飞行一次能得到二到三万美元。而美国的宇航员却能得到二十到三十万。于是，我们的宇航员就说：我们不愿飞向三万美元，我们也想飞往三十万。这意味着什么？这就意味着，他们飞行的目的地，其实不是未知星体那闪烁的亮点，而是具体数目的硬通货。这也就是宇宙的本质。②

比广告更能制造虚拟现实并控制人的意识的是电视。俄罗斯学者谢·卡拉-穆尔扎在《论意识操纵》一书中将电视产品比喻成精神毒品，因为电视利用一系列虚拟手段：高度清晰的音像的虚拟（实地），时间的虚拟（实时），音乐的虚拟（高保真），性的虚拟（淫画），思维的虚拟（人工智能），语言的虚拟（数字语言），身体的虚拟（遗传基因码和染色体组）等，使人们的大脑完全放松，部分地丧失意志，就像毒品的催眠作用一样。然后虚拟现实乘机长驱直入，直达人们的意识深处，使人变成它的奴隶③。现代生活中，随着人们对电视的依赖性越来越大，电视越来越成功地通过虚拟现实对人的意识进行操纵。1993年，美国报业主编协会主席罗琳·基里奥涅在其题名为《明日的日记》的讲演中讲到，对广大电视观众来说，电视善于营造一种梦想成真的气氛。由于幻想世界同现实世界掺杂在一起，所以对许多

---

① 传统观点认为，人类生活在三维立体空间中。按照几何学的表示，三维就是由 x、y、z 三个坐标轴构成的空间。但爱因斯坦的相对论提出四维世界。从几何意义上讲，四维世界就是除了 x、y、z 坐标轴之外，还有另一个新的坐标轴，这个新坐标轴以时间为参变量。这样，正如人可以在三维世界里任意驰骋一样，在四维世界里的人（假设有人的话）不但可以任意改变空间位置，而且可以随意改变他在四维世界中的时间位置。佩列文利用科学家们关于四维世界的猜想，将"时间"参数改成"金钱"参数，是一种游戏手法。

② Пелевин В. О. Generation "П". М.：Изд-во Вагриус, 2004. С. 123.

③ 〔俄〕谢·卡拉-穆尔扎：《论意识操纵》，徐昌翰等译，社会科学文献出版社2004年版，第358页。

人来说,电视屏幕上出现的就是现实。

广告按照"订货"方案构造虚拟的文本,而电视使用逼真的形象、感人的音乐和温馨的家庭环境营造虚拟现实。两者结合更是产生了无穷威力,它们让人的大脑和意识完全放松,从而打破人的心理防线,"破坏人们的心理保护,破坏使人们第一批判地领会信息的道德基础,这是成功操纵的重要条件"①。在动摇了人的心理基础之后,它们就用那软绵绵的手把一切都拿过来,随心所欲地对人们的财产和权力进行再分配。不难看出,电视人和广告人像特工一样,秘密策划针对自己同胞的大众意识战争,从而帮助企业家兜售商品,帮助意识形态家们进行宗教、文化、政治等意识形态宣传,甚至打造政治家和领袖。

广告和电视共同制造假象,首要目的是赚钱。为了达到这一目的,广告人和电视人不惜共同伪造低俗场面甚至恐怖情景来取得轰动效果。塔塔尔斯基的同事谢廖扎在为冒牌"耐克"运动鞋制造的广告中,不惜利用圣迭戈神秘宗教团体天堂之门(Heaven's Gate)②的集体自杀事件,并将运动鞋穿在死者的脚上制造轰动效应。与此同时,电视上反复播放着 CNN 关于此事件的报道,屏幕上还滚动显示象征该组织团体的彗星图案和鼓励性的话语:"就去做吧!"这种恐怖刺激的广告,正好迎合了追求个性的当代消费者的心理。

塔塔尔斯基为"金雀巢"咖啡制作广告时,同样模拟恐怖主义场面,让该产品在消费者的意识深处打下烙印。

> 广告活动的第一步,就是要将"金雀巢"的商标植入尽可能多的人的意识(我们的出发点是,一切方法皆可运用于此)。比如,可组织在一些大商场和车站布设假雷——假雷的数量越多越好。然后以一个恐怖组织的名义给内务部和反侦局打电话,

---

① 〔俄〕谢·卡拉-穆尔扎:《论意识操纵》,徐昌翰等译,社会科学文献出版社 2004年版,第 363 页。

② "天堂之门"是美国的一支邪教。1997 年,该教 39 名成员在加利福尼亚附近的圣迭戈自杀。其追随者认为,只要人类通过严格的禁欲修炼就可以达到更高境界——返回宇宙。他们相信,海尔·波普彗星是返回宇宙的指向标,紧跟彗星后面的飞碟是接他们回太空的飞船,因此他们要赶在彗星来临之前摆脱躯体。

称安放了爆炸装置。警察在恐怖分子所说的地点进行搜查的结果却是,只找到了装在袋子和提包里的大量听装"金雀巢"。第二天一早,所有的报刊和电视都报道这一消息,自此植入阶段就算是完成了(其成功与否直接取决于行动的广泛性)。①

　　除了金钱以外,广告和电视还有着其他更为隐蔽的目的。小说中,伊什塔尔女神的前任人间丈夫阿扎多夫控制着一个电视台,为了使自己的电视节目收视率飙升,他让很多员工设计关于俄罗斯思想的小电视短片。塔塔尔斯基设计的电视短片场景是俄罗斯金融寡头别列佐夫斯基(Березовский)和车臣恐怖分子拉杜耶夫(Радуев)在赌桌边分赃人民财产,以此激发俄罗斯人民对他们的仇恨,从而达到新闻收视率上升五个百分点的目的。滑稽的是,由于塔塔尔斯基和莫尔科文背地里接受了一名匿名政治家的贿赂,所以在短片制作中,塔塔尔斯基将别列佐夫斯基和拉杜耶夫的形象偷偷作了一些改动,结果别列佐夫斯基成了为车臣投资修建学校和清真寺的好人,拉杜耶夫也成了为车臣人赢得这一切好处的功臣。实际上我们知道,别列佐夫斯基是苏联解体后倒卖汽车的投机者,是俄罗斯民族的罪人。他靠投机钻营迅速暴富,最终成为联合银行的大金融寡头之一。拉杜耶夫是车臣前总统杜达耶夫的侄女婿,是一名恐怖分子,曾经组织制造了众多恐怖事件。一个是侵吞俄罗斯人民财产的金融寡头,一个是威胁俄罗斯国家及公民安全的恐怖分子,在电视短片中却都显得可爱而充满智慧:别列佐夫斯基温文尔雅,睿智大度,充满绅士风度,在拉杜耶夫的要挟下决定为伊斯兰人民投资,修建学校和清真寺;拉杜耶夫知识渊博,充满仁慈和爱心,以自己的智慧和勇敢从别列佐夫斯基那里为伊斯兰人赢得了利益,俨然"像一个神学教授"②。

　　电视和广告制作人甚至不顾职业道德,开始制造"现实"、伪造事实。小说中"伊斯兰因素"这一章里,美国"骆驼"牌香烟公司为了宣传自己的产品,希望阿扎多夫电台访谈政治名人列别德的时候,让列别德抽这种香烟。但没想到,节目制作人谢苗由于受到"日丹"牌香

① Пелевин В. О. Generation "П". М. : Изд-во Вагриус, 2004. С. 75-76.

② Там же, С. 285.

烟公司的贿赂,在节目中偷偷将"骆驼"牌香烟置换成"日丹"牌香烟,这使已经接受了"骆驼"牌香烟公司贿赂的阿扎多夫恼羞成怒,枪杀了谢苗,并安排塔塔尔斯基修改广告方案。为了将列别德手中的"日丹"牌香烟换回"骆驼"牌香烟,塔塔尔斯基的办法是:"用石膏绷带将他那只手裹起来,这样一来,那盒烟就不见了。"①但前提条件是,必须为列别德受伤找一个理由。阿扎多夫想出了一个计策:伪造并拍摄一个关于列别德被暗杀未遂的小电视短片,然后在新闻片里播放,这样就可以为列别德手臂受伤之事找一个说法了。从这一广告的制作过程来看,广告人完全丧失了职业道德,利用低俗的仿真秀手法制造骇人听闻事件,甚至进行装模作样的侦查。他们伪造的现实给人如此真实之感,以至于人们不得不相信它。

如果说电视和广告神话的一个重要目的是通过控制消费者的消费意识为商家带来经济效益,那么这个神话的另一更具威力和毒害的目的是通过操纵大众意识达到政治目的。早在1968年,美国大众传媒研究者麦克尼尔在《操纵人民的机器》一书中写到,电视是使社会政治报道手段发生根本变化的原因。在电视普及之前,没有什么说服大众的技术产生如此不可思议的改变。麦克尼尔的这段话充分说明,电视已经成为复杂的意识操纵工具,可以促成政治问题普遍个性化。正如英国学者汤普森所言:"政治人物能够在国家舞台和国际舞台上表现为接收者可以与之建立某种关系的人物,表现为接收者所喜欢或不喜欢的人物,赞赏或讨厌的人物。"②

在《"百事"一代》中,佩列文将电视描写成俄罗斯政治家们操纵大众意识最强有力的一种手段。主人公塔塔尔斯基和他的同事们不仅通过电视和广告打造出叶利钦一类的政治人物,而且打造出新政府、新政权。其方式是,先虚拟出政治人物和政治事件,然后通过电视转播影响电视观众,进而影响政治。就像塔塔尔斯基的同事莫尔科文说:"我们要做的,并不是将这些傻瓜数字化,而是做出新的政治

---

① Пелевин В. О. Generation "П". М. : Изд-во Вагриус, 2004. C. 303.

② 〔英〕约翰·B·汤普森:《意识形态与现代文化》,高銛等译,译林出版社2005年版,第21页。

家来,正常的、年轻的政治家。从零做起,通过魔术——意识形态和相貌一起。"①

一切皆可被制造,这就是电视、广告等大众媒体和信息手段制造的现代神话。在商业界,广告和电视制造了消费神话,这个神话将商品消费与消费者的社会身份结合,使消费本身成为现代人幸福生活的写照,甚至使消费活动本身成为人获得自由的精神假象。于是,超前消费、一掷万金成为现代人的消费意识和精神表征,并将更多地占有、更多地消费、更多地享受变成人生指南,从而成为彻彻底底的商品拜物教②信徒。在政治界,广告和电视成为政客俘虏民心、实现自己权力欲望的重要手段。而政治与经济的结合,又诞生出无数个金融政治寡头和恐怖主义分子,这就是广告和电视现代神话的无边威力,这种威力不分国家和种族,不分区域和地点。当然,《"百事"一代》描写广告和电视神话,意义不在于暗示叶利钦时代或普京时代的政治阴谋,而在于揭示个别人的意识控制大众意识的阴谋,正如佩列文本人所言:"任何一个政治活动家都是电视节目,这并不取决于哪一个政府。"③

在科技日新月异的现代社会,每个人时时刻刻都面临着扑面而来的信息巨流。人的意识被广告、电视、电脑等现代科技信息手段营造的虚拟现实完全控制,人不再是自己,这就是信息社会中现代人的悲哀。

---

① Пелевин В. О. Generation "П". М. : Изд-во Вагриус, 2004. C. 316-317.

② 拜物教是原始社会中最早的宗教信仰形式之一。在神灵观念尚未产生以前,一些原始部族把某些特定的物体当作具有超自然能力的活物而加以崇拜。拜物教后来经历了三个发展阶段:商品拜物教,货币拜物教,资本拜物教。商品拜物教是拜物教中最基本的概念,它使生产者之间人与人的关系变成生产者之外的物与物的关系。

③ Кропывьянский Л. Интервью с Виктором Пелевиным. < http://pelevin. nov. ru/interview/o-bomb/1. html >

第四节　人格化的昆虫构成的虚幻图景

在我们所研究的四部小说中,唯有《昆虫的生活》既没有涉及古老的传统神话,也没有出现意识伪造现实,更没有现代技术制造的虚拟图景。但是,这部小说给读者造成的虚幻感并不比其他三部弱,主要原因是:佩列文将当代社会芸芸众生的思维方式和行为活动隐藏于昆虫的面具之下,营造了一个类似于卡夫卡《变形记》中的人虫变世界,从而祛除了赤裸裸的现实感,蒙上了极强的虚幻感。

小说中所有行为的发生地点都是真实的。比如,小说开始的故事发生在克里米亚,这里有"一半都被老杨树和柏树遮盖"的膳宿旅馆。旅馆的正面是狭窄的院子,"院子里各种气味混杂,有厨房的,洗衣房的,理发室的"。旅馆的背面是大海,"大海喧嚣,当有风朝旅馆方向吹来的时候,可以听见传向空荡荡的海滨浴场的广播片断"①。接下来的行为和故事几乎都发生在这个大环境中。比如,蚊子阿尔图尔和阿诺尔德陪同山姆在膳宿旅馆的一个黑屋子收集血液样品,它们吸血的对象则是躺在床上的"一个半裸的人"②。蚂蚁玛丽娜的家就在海岸边的地下。苍蝇娜塔莎勾引山姆的场景发生在海滨浴场。娜塔莎的死则发生在膳宿旅馆的餐厅里。蚊子阿尔契巴里特住在海岸边的小木屋里,他试着飞跃的海滨浴场正是娜塔莎和山姆所在的海滨浴场。屎壳郎父子沿着海岸拾攒屎粪。蛾子米佳和吉玛沿着海边一边飞翔一边谈话。蝉儿谢廖扎诞生于海边的一颗大树枝上,然后掉落到地上挖土。臭虫马克西姆和尼基塔在附近吸毒、讨论后现代艺术和哲学。假如小说中的这些昆虫完全是昆虫的真实形态并按照昆虫的自然规律活动,那么小说就是一部用现实主义手法描绘的一副大自然昆虫生活图。然而事实并非如此,小说中的昆虫被

---

① Пелевин В. О. Жизнь насекомых. М. : Изд-во Вагриус, 2004. С. 6.

② Там же, С. 14.

人格化了,它们的活动也具有人的特征,因此小说获得了浓重的虚构性。

　　小说中的昆虫在形态上既具有昆虫的特点也有具有人的特征,这种描写首先给人强烈的虚构感。比如,蚊子们有"长长的喙"和"翅膀",它们飞翔、吸血,这些都是蚊子的自然属性和生活特征。但它们穿着人的服装,干着只有人才能做的事:阿尔图尔迎接山姆时,"穿着灰色三件套,戴着鸭舌帽,打着领带"①,而山姆俨然是外国人的外貌和穿着打扮。蚊子见面后的语言也是人与人相见时的寒暄语。同样,娜塔莎是一只苍蝇,它有漂亮的绿色翅膀、黑色的爪子都不足为奇,但它又处处表现出举止轻浮的俄罗斯姑娘的特征:穿着超短裙,随身携带化妆盒,将嘴巴描画得性感且具有挑逗性,公然在山姆面前涂染指甲,甚至勾引山姆,与山姆调情,等等。

　　小说中的昆虫具有和现代人一模一样的行为,它们能够乘出租车,看电视,跳舞,吸烟,做爱,搞非法买卖等。它们的谈话和行为显示出只有人才会拥有的职业、年龄和社会地位等。比如,老屎壳郎对小屎壳郎的谆谆教导酷似父与子、长辈与晚辈之间的谈话。蚂蚁玛丽娜的勤劳、本分和持家,使读者联想到劳动妇女。蛾子米佳和吉玛的谈话,让人觉得这是两个哲人。蝉儿谢廖扎的行为,完全是一个满怀理想的青年所为。大麻臭虫马克西姆和尼基塔,让读者想起颓废青年。阿尔图尔、阿诺尔德和山姆,则完全是商人形象。佩列文将人的社会身份和地位赋予昆虫,使小说增添了浓厚的不真实感。

　　各种昆虫还表现出人类所特有的复杂心理和情感:对温馨和睦家庭的向往与追求(蚂蚁玛丽娜),对美好未来的憧憬与努力(蝉儿谢廖扎),对富裕生活和物质条件的追逐与贪恋(苍蝇娜塔莎),对传宗接代和延续生命的渴望与执著(老小屎壳郎)。小说对昆虫人性的一面表达得简单而真实,比如苍蝇娜塔莎决计离家出走时,它表现得坚决、残忍、冷漠、自私,而作为母亲的蚂蚁玛丽娜却表现出吃惊、着急、愤怒、伤心、担忧。

---

① Пелевин В. О. Жизнь насекомых. М.: Изд-во Вагриус, 2004. С. 8.

"娜塔莎!"它(玛丽娜——笔者注)以令人吃惊的巨大力量扭过头喊道,"你要干什么!"

"没什么",娜塔莎回答道,"我要到外面的世界去"。

"滚,从这儿就可以出去! 怎么,你不是想毁了我和你父亲一手建造的一切吧?"

……

"再见,妈妈。"娜塔莎说。

它要走了……玛丽娜终于明白了这一切,它喊道:

"娜塔莎! 哪怕拿一个包也行啊!"①

佩列文在这里细致入微地对蚂蚁玛丽娜和苍蝇娜塔莎两只昆虫的心理进行了描写,这些情感和心理完全符合人在这种情况下的真实感受。一方面,玛丽娜对女儿突然出走的计划无比愤怒,因此对女儿又是咒骂,又是呵斥,但当意识到女儿出走是既成事实时,内心深处又表现出一名母亲的本能,不由而然升起了母爱的温柔,希望女儿"在大洋的彼岸比她幸运"②。母亲请求女儿拿包这一细节,也正体现了维系两代人之间的纽带。可以想象,在将来的某一天,母亲独自拿着装满女儿物品的包来到海边,幻想着女儿突然出现在来自大洋彼岸的船只上,回到自己的身边,"玛丽娜知道,女儿一定会回来的"③。

整部小说的虚幻感正在于昆虫被人格化了。一张张奇形怪状的昆虫面具下隐藏着现代人的行为和真情实感,使小说充满了虚幻性。读完整部作品,没有人会承认这是一部写昆虫实际生活的小说。

除了小说的形象和内容,这部小说的某些结构也营造出一种虚构感。首先是采用的圆形空间结构。比如描写蝉儿谢廖扎一生的第十二章,该章的开始和结尾分别描写了谢廖扎的生和死,这本身并无特殊之处。特殊的是,谢廖扎的出生和死亡时的天气、时间、周围环境等外在因素完全一样:都是夏日的黄昏,周围没有任何风吹草动,只有阵阵海浪声和此起彼伏的知了声,甚至谢廖扎最后飞上的树枝

---

① Пелевин В. О. Жизнь насекомых. М. : Изд-во Вагриус, 2004. С. 279-280.

② Там же, С. 281.

③ Там же.

就是它从卵里孵化出来从上面掉落到地上的那根树枝。这种圆形空间结构给读者造成一种印象,仿佛时间重合,生就是死,死就是生。这既符合蝉的生活周期,也符合生命生与死的循环规律,还达到了作家的写作目的,即将蝉儿一出生就艳羡的生活用重复的手法化为虚空。

另外一个结构上的虚构是整部小说大汇合式的结尾。之前小说所描写的各种昆虫都有各自的生活和活动,分散在各个章节中,彼此基本没有关系。但到了小说的结尾,除了死去的老屎壳郎、大麻臭虫和蚊子阿尔契巴尔特以外,剩余的都汇合于奄奄一息的苍蝇娜塔莎面前。这里有山姆,阿诺尔德,还有为它们报告娜塔莎不幸事故的小屎壳郎。当山姆和阿诺尔德准备离开的时候,看见"它们面前好像站着一个穿着银色风衣的奇怪身影"①,这"身影"正是蛾子米佳。阿尔图尔没有出现,但从阿诺尔德的话语中可得知,"它正赶往去世的阿尔契巴尔特的小屋"②。蚂蚁玛丽娜没有在场,却出现在娜塔莎临死前对她充满愧疚和怀念的言语中。

小说大汇合式的结尾显得突兀而虚构,不仅是因为七种昆虫之前没有关系,还因为小说在正不知所向飞翔的蛾子吉玛的歌声中戛然而止。时间在这一刻完全凝固,没有发展和流动的趋势。这正是空间小说的常见结尾形式,即"常常是一个任意的停止,而不是一个真正的总结;是作品疲劳的结果,而不是结构的完成;它只是强行作了个结束"③。这样的结尾是典型的"开放式的",也就是说,"读者由对文本结局的关注转向了对文本创作过程的参与"④,读者需要发挥自己的想象来补写。这种形式的结尾完全不同于传统小说因果式的结尾。一方面,它证明了空间形式小说一个重要的写作原理,即"事件的选择及其分布都趋于主观随意:重要的是组合成的整体,而不是

---

① Пелевин В. О. Жизнь насекомых. М. : Изд-во Вагриус, 2004. С. 300.

② Там же, С. 300.

③ 〔美〕约瑟夫·弗兰克等:《现代小说中的空间形式》,秦林芳编译,北京大学出版社1991年版,第164页。

④ 李新梅:《俄罗斯后现代主义文学的诗学特征》,载《俄罗斯文艺》2008年第2期,第13页。

组成它的过程"①。另一方面,这种形式的结尾突出了后现代主义文学"建立一个文化暂时死亡的环境"②的一大特点,达到打破规范、解构一切之目的。

---

① 〔美〕约瑟夫·弗兰克等:《现代小说中的空间形式》,秦林芳编译,北京大学出版社1991年版,第145页。
② Липовецкий М. Н. Русский постмодернизм. Очерки исторической поэтики. Екатеринбург, 1997. С. 307.

第四章 艺术图景的诗学建构

佩列文是一个后现代主义作家,这不仅仅表现在其作品中的虚无主义倾向、怀疑主义态度和悲观主义结论上,还体现在其一切打破成规范式"大闹天宫"式的艺术手法中。

本章第一节分析佩列文在文本中建构现实图景的诗学手段。前面章节的阐释表明,佩列文的创作再现了整个 20 世纪俄罗斯社会历史文化现实。与此同时一个不容争辩的事实是,佩列文小说中无论是历史人物事件,还是"当代英雄"及其生活事件,都与原型相差甚远,甚至不真实地让人大跌眼镜。在《奥蒙·拉》中,不仅纸糊的飞船模型、电视上报道的宇航员是假的,飞行学校里的培训课程、培训工具是假的,甚至连最后的飞行也是假的。在《昆虫的生活》中,人虫变本身就是一个不真实的现象。在《恰巴耶夫与普斯托塔》中,彼得来回穿梭于 20 世纪初和 20 世纪末也是子虚乌有的事件,更不用说恰巴耶夫、安娜以及彼得跳入乌拉尔河重生为佛的故事了。《"百事"一代》中的塔塔尔斯基与女神结合,获得无限财富和至高权力,更是天方夜谭。以上作品之所以有这样的不真实感,是因为佩列文在建构现实图景时采用了反讽、黑色幽默、怪诞和互文游戏等文学手法。

将现实曲解或建构成不真实的模样,远远达不到作家的目的。因为实际上,在佩列文的创作理念中,根本不存在任何现实。他描写现实、模仿现实,只是为了否定现实,解构一切存在。所以,他又通过梦、幻觉、变形、想象等手法建构了一系列虚幻图景。这就是本章第二节要分析的内容。

我们在分析佩列文创作中的艺术图景时,人为地将其分成了现实和虚幻两大类。实际上,它们在小说中并不是泾渭分明的。恰恰相反,两大图景相互交织,彼此融汇,你中有我,我中有你。广阔的俄罗斯社会历史文化现实中浸透了古往今来的东西方宗教、神话、科技等人类知识文明，而宗教、神话、科技中包含对众多社会现实问题的隐喻，以至于读者很难判断，何处是现实，哪里是虚构。这种亦真亦幻的效果主要归功于多时空交织和碎片化叙述。本章第三节将对其进行具体阐述。

第一节　现　实　建　构

一、反讽

反讽（俄语：ирония，英语：irony）又称嘲弄，它在显示作者的情感态度上具有意婉旨微而又深刻有力、耐人寻味的特点，所以备受后现代主义作家的青睐。但是，如果认为反讽是后现代主义文学中才出现的写作技巧，那显然是不合实际的。虽然关于反讽的理论相对比较年轻（1502 年在英语中才出现 irony 这一词），但反讽作为一种文学手法，从古代就开始实践了，且一直不断地变化发展。关于"反讽"这一概念的内涵目前学界没有统一的界定，不过加拿大多伦多大学神学家和文学批评家诺·弗莱的观点比较被普遍认可。根据弗莱的观点，"反讽这个词就意味着揭示人表里不一的技巧，这是文学中最普遍的技巧，以尽量少的话包含尽可能多的意思，或者从更为一般的意义来讲，是一种回避直接陈述或防止意义直露的用词造句的程式"①。

反讽不同于讽刺（俄语：сатира，英语：satire）。两者的区别在于：讽刺是咄咄逼人的，"它的道德规范显得更为明确，并为衡量古怪和荒唐的事情规定了一系列的标准。单纯的抨击或怒斥属于讽刺，因

---

① 转引自李建军：《小说修辞研究》，中国人民大学出版社 2003 年版，第 216 页。

其中很少含有同情的成分"①。而反讽"以一种曲径通幽、暗香浮动的方式,更为智慧、更有诗意地将作者的态度隐含于曲折的陈述中,让读者心领神会"②。反讽的最大功能是,避免作者以过于武断和直接的方式把自己的态度强加给读者。构成反讽需要三个要素。其一,作者在小说中对要反讽的对象的陈述应该是非直截了当的方式,而是巧妙的暗示,以便让读者心领神会。其二,要有两极对立因素的相互对比。没有对比,就是单一的视镜,不能产生多重视镜条件下才能形成的反讽意味。其三,反讽者一定要具有轻松自信的超越感和距离感,这样才能使反讽者在评价和揭示对象时表面上给人漫不经心的感觉,实际上却以一种极度轻蔑的态度嘲弄和挖苦反讽对象。后现代主义作家的创作由于一般不与政治、道德、伦理等现实主义者关注的问题直接挂钩,加上一般都有游戏的态度,所以通常更多地采用反讽而不是讽刺。

佩列文在创作中也经常采用反讽手法来表达自己对俄罗斯各个时期现实的态度。他的反讽主要体现在人物姓名和具体细节描写上。

人物姓名反讽

《奥蒙·拉》、《恰巴耶夫与普斯托塔》和《"百事"一代》中都出现了人物姓和名的反讽现象。在《奥蒙·拉》中,同名主人公的名字"奥蒙"(Омон)是主人公刚出生时父亲赋予的,这个名字由专有名词"отряд милиции особого назначения"(特警)中每个单词首字母大写缩写而成。一方面,这个名字表达了曾经是苏维埃警察的父亲对儿子的殷切期望,希望儿子长大后像他一样成为警察。另一方面,这个名字富含国家意识形态,是功能人的代称。拥有这个名字的人,是忠诚服从于某一体系的人,其所有行为都按照既定的纲领计划

---

① 〔加拿大〕诺思罗普·弗莱:《批评的剖析》,陈慧等译,百花文艺出版社 2006 年版,第 325 页。本书中将"反讽"翻译成"嘲弄"。

② 李建军:《小说修辞研究》,中国人民大学出版社 2003 年版,第 218 页。

进行①。

奥蒙不喜欢父亲给自己取的这个名字。童年时代,当他阅读了古埃及拉神的故事后,选择"有鹰一样的脑袋"的拉神作为自己的名字。不难看出,奥蒙的本性是向往自由的,因为雄鹰在俄罗斯文化中是自由、勇敢的象征。这一点从奥蒙自小就对尘世生活及生活于其中的国家的厌恶也可以看出。

> 我一生都对西方电台声音、各种各样的索尔仁尼琴的作品感到无聊;我心里当然也对国家充满厌恶,因为它那莫名奇妙的严厉要求使每一群人甚至是出现了几秒钟的人群都要模仿这个群体中最下流的一员,但当我明白了在地球上得不到和平与自由时,我就满心希望能飞上高空,我选择的道路所要求的一切也不再同我的良心发生冲突和矛盾,因为良心呼唤我飞向宇宙,少关注地球上发生的事。②

拉神是光明、力量和正义之神,这一形象正好符合奥蒙追求自由和理想的本性,因此他选择"拉"作为自己的名字。但是,"奥蒙"与"拉"罗列在一起,却构成了鲜明的反讽效果,因为它们各自所代表的理想是完全对立的。前者要求主人公为苏维埃国家树立的目标服务,做一个完全听命于国家统治的机器,而后者召唤主人公摆脱束缚,追求自由和光明,与黑暗和邪恶势力作斗争。两者显然存在着不可调和的矛盾,佩列文正是利用这种对立和矛盾,嘲弄苏维埃极权主义体制下人性的不自由。奥蒙后来的人生经历也证实了这种对立和矛盾。一方面,受国家意识形态控制的奥蒙不得不充当宇航神话的牺牲品,另一方面,他的心灵时刻召唤他摆脱不自由的现实世界、回归自由王国。小说的结尾,奥蒙的天性让他选择了后者,宁愿驾驶地铁在地下漫无目的却自由自在地前行,也不愿回归到地面不自由的现实中。另外,奥蒙的姓"克里沃马佐夫"(Кривомазов)也含有反讽意味。从构词角度看,该词由"歪斜的"(криво)和"落空,打不中"

① Жаринова О. В. Поэтико-философский аспект произведений Виктора Пелевина "Омон Ра"и"Generation 'П'". Тамбов, 2004. С. 117.

② Пелевин В. Омон Ра, Жёлтая стрела. М. : Изд-во Вагриус, 2004. С. 17.

（мазать）两部分构成，直译为"没有命中，打斜"，转义为"无论什么目标都无法达到，只能从旁边擦肩而过"。佩列文给主人公赋予这样的姓，暗示了他的人生悲剧，也嘲弄了苏维埃国家在他身上寄托的希望终将落空。

在飞行学员当中，除了奥蒙之外，退役少校波帕季亚的姓也极具反讽意味。"波帕季亚"（Попадья）由动词"击中，打中"（попасть）构成，暗示了该人物的命运是挨枪中弹，而他的人生遭遇也证明了这一暗示。波帕季亚曾经在一家苏维埃狩猎场工作。经常有一些苏联党政领导人来这里狩猎，他负责将野猪和熊赶到藏在树后的射手附近。但一天发生了不幸，野猪跑到射手——一位政府官员面前，给其造成了致命伤，导致官员在半路死去。为了避免此类悲剧的重复，也为了取悦党政领导人，波帕季亚被迫干起了另外一项工作：穿上盔甲大坎肩，戴上消防帽，装扮成猎物供狩猎者射击。他经常被射中，受伤后就由儿子来顶替。一次，为了讨好来俄罗斯进行裁减核武器谈判的美国政治家，苏联政府官员为其安排了狩猎。在狩猎活动中，扮成猎物小熊的波帕季亚的儿子不幸命丧黄泉。儿子死了之后，波帕季亚被派来充当宇航事业的牺牲品。奥蒙初次见到的波帕季亚"制服上挂满了勋章，红脖子红脸，全身都是一颗颗发白的伤疤，左眼缠着绷带"[1]。波帕季亚的个人身世充满了荒诞感和离奇感，作者正是利用这种荒诞来揭示苏维埃极权主义体制下普通人的悲剧性命运：个人存在的目的完全是为了国家和集体的利益，必要的时候生命也不足惜。所以当了解到波帕季亚的命运后，奥蒙自嘲说："我突然重新理解了早已失去意义的一句乏味话的含义——生活处处可立功。"[2]这里对苏维埃国家所宣扬的"个人为了国家建功立业"的反讽跃然纸上。

佩列文不仅赋予了飞行员能暗示他们悲剧性命运的姓或名，而且赋予了飞行领导和指挥员极具意识形态的名和姓，从而嘲讽后者所代表和执行的苏维埃国家意识形态。这些姓和名本身的发音拗

---

① Пелевин В. Омон Ра, Жёлтая стрела. М. : Изд-во Вагриус, 2004. С. 85.

② Там же, С. 90.

口,语音难听,比如其中一个飞行领导叫普哈德泽尔·弗拉基列诺维奇·皮多连科(Пхадзер Владиленович Пидоренко)。这里的名"普哈德泽尔"(Пхадзер)既是飞行领导出生地——乌克兰一个村庄的名称,也是专有名词"捷尔任斯克地区党务积极分子"(партийно-хозяйственный актив Дзержинского района)的首字母缩写。这个名字是曾经为契卡分子的父亲赋予他的,且与父亲的名字 Владилен 总共是十五个字母,象征着苏联十五个加盟共和国①。显然,飞行领导与村子同名,表明他属于苏维埃政权的中流砥柱——无产阶级;与专有名词"捷尔任斯克地区党务积极分子"同名,表明他是党的积极分子;父与子的名字内含十五个共和国的深意,表明他们对祖国的热爱和对民族大团结的期望。总之,飞行领导的名字正符合苏维埃国家对公民的期望,完全合乎国家意识形态要求,因此他当之无愧成为苏维埃模范公民和飞行领导。

飞行指挥员乌尔察金(Урчагин)和政委布尔察金(Бурчагин)的姓同样具有意识形态所指。从发音和书写可以看出,他们的姓与红色经典《钢铁是怎样炼成的》中的主人公柯察金(Корчагин)构成互文。他们毕业的最高军事政治学校也以柯察金命名。此外,这两个人的残疾状况和使用的轮椅一模一样,作家以此嘲讽受苏维埃国家一元意识形态影响的"柯察金们"都丧失了个性,被"唯一正确的意识形态"模式化了。他们没有个性特征,只有共性,而且这种共性是丑的而不是美的,因为他们或者是瞎子,或者被截肢,或者满脸伤疤。他们不仅外貌丑陋,而且内心冷漠无情、残忍虚伪,可见他们的心灵和性格在意识形态的影响下也发生了异化,这一点从乌尔察金对飞行学员的笑容可以看出:"走过我们身边的时候,乌尔察金微笑着转过头来,他那深陷的善良双眼似乎看透了我们的内心。"②这里的反讽在于,乌尔察金的微笑并不是发自内心的真正的笑,双眼中的善良也并非真正的善良,而是伪装的、虚假的笑和善良。通过伪装,他及

---

① Жаринова О. В. Поэтико-философский аспект произведений Виктора Пелевина "Омон Ра"и"Generation ‘П’". Тамбов, 2004. С. 120.

② Пелевин В. Омон Ра, Жёлтая стрела. М. : Изд-во Вагриус, 2004. С. 75.

时洞察出每个学员的内心世界,并将他们秘密处理。米佳的心思就是被这双"善良的眼睛"看穿,最后被秘密枪决。

小说中这些人物的名和姓荒唐可笑,充满悲喜剧效果。佩列文刻意为主人公们选择这样的姓名,并非为了突出他们的个性,而是为了凸显姓名所隐含的深层含义。正是通过姓名隐含的深意,佩列文颠覆和解构了苏维埃体制下荒诞的现实。

《恰巴耶夫与普斯托塔》中两个同名主人公的姓对立又统一。第一个主人公恰巴耶夫作为国内战争期间的一名红军将领和战争英雄,他的身上富含官方所赋予的意识形态,他的名字代表着爱国主义、集体主义、乐观主义、勇于奉献和牺牲等官方所倡导的精神。因此可以说,恰巴耶夫本身就是一个特殊的文化符号,他体现了苏维埃政权建立之初那个时代的文化特点。但是,与恰巴耶夫并列(或对立)的是另一个主人公的名字"普斯托塔"。"普斯托塔"(Пустота)小写就是俄语单词"虚空"(пустота)。不言而喻,作者通过姓名文字游戏赋予了第二个主人公特殊使命,希望他颠覆第一主人公所代表的意识形态。所以,就像"奥蒙"与"拉"这两个名字代表着不同的理想一样,"恰巴耶夫"与"普斯托塔"也隐含着对立的思想体系。但"恰巴耶夫"与"普斯托塔"并不绝对对立,因为恰巴耶夫同时被赋予了佛祖身份,这一身份使他所代表的思想体系又与"普斯托塔"(虚空)是一致的。而且,"普斯托塔"是恰巴耶夫赋予彼得的名字,他希望探索现实的彼得认识到,周围其实没有任何现实,所谓的现实都只是虚空。

《"百事"一代》的主人公也有一个极具隐含反讽的名字——"瓦维连"(Вавилен)。这个名字是主人公出生时父亲赋予的,是由瓦西里·阿克肖诺夫(Василий Аксёнов)和弗拉基米尔·伊里奇·列宁(Владимир Ильич Ленин)两位苏维埃名人的姓名首字母组合而成[1]。阿克肖诺夫是苏维埃时期著名的作家和戏剧家,是 20 世纪50—60 年代青年小说的领袖,他的创作是自由与理想的代名词,对

---

[1]　Жаринова О. В. Поэтико-философский аспект произведений Виктора Пелевина "Омон Ра" и "Generation 'П'". Тамбов, 2004. С. 122.

当时的苏维埃人产生了巨大影响。列宁是俄国共产主义意识形态的代表人。从父亲给儿子取的这个名字可以看出,父亲作为老一辈苏维埃人,既信仰共产主义又向往自由。但共产主义意识形态和自由主义价值观是水火不容的,因此父亲注定要在矛盾中挣扎。这种矛盾又被转嫁到了儿子身上,暗示了瓦维连必然要面临的抉择:要么成为追求自由和理想的文学青年,要么放弃理想追名逐利。另外,"瓦维连"一词的发音和书写与东方古国巴比伦(Вавилон)相似。巴比伦在希伯来语中和"混乱"是同一个词,这暗示着混乱将发生在主人公瓦维连的生活中和内心深处,也将发生在他所生活的国家中。可见,主人公的名字成为佩列文嘲弄的对象。

细节反讽

在具体细节描写上,几部小说也无处不显反讽的痕迹。比如,《奥蒙·拉》中描写奥蒙抵达飞行学校见到的场景时充满嘲弄口吻:学校"由几个长长的黄色简易平房、几十个陷入泥土中的轮胎和表示月球表面的几个地段组成"①。学校操场上"长满了齐腰高的草——看得出来,十多年没有一个人使用了"②。这些嘲弄性的描写反映了奥蒙见到的飞行学校与心目中的想象差别巨大,暗示了先前官方宣传的欺骗性。再比如小说第五章中,当所有截肢的学员被推到操场观看中尉用假肢跳舞表演时,奥蒙说自己"突然明白了,为什么操场上杂草丛生了"③。显然,学员们来不及使用操场就被致残了。奥蒙还把学校周围带刺的围墙嘲弄性地比喻成中国的万里长城。对于学员来说,要想按照自己的方式自由生活,就像跨越万里长城一样不可能,他们不得不服从于苏维埃国家的命令和安排。

"飞行"从头到尾都是苏维埃国家的一场大骗局。这场骗局随着小说情节的发展越来越荒诞离奇,反讽也越来越犀利。奥蒙和米佳开始了飞行培训,但火箭是由一些木板做成的假模型,培训地点则在

---

①　Пелевин В. Омон Ра, Жёлтая стрела. М. : Изд-во Вагриус, 2004. C. 42.

②　Там же, C. 42.

③　Там же, C. 56.

地下"挂着两幅莫斯科建设全景图的宽阔的隔离室"①。负责培训的飞行指挥乌尔察金及飞行领导普哈德泽尔上课从来不讲飞行技术知识,前者在课堂上嗑瓜子、讲笑话,后者则讲生活琐事及参加游击战的故事。从培训器械到培训课堂,没有一处让人感到奥蒙等学员即将面临的是真正的宇航飞行。

"正式飞行"前的模拟飞行,更是充满了反讽。奥蒙见到的登月船"从外表看像一个带有八个有轨电车轮子的大衣柜。外壳上有很多凸出物、各种天线和机械臂手等"②。其实,这些设置对飞行没有任何帮助,主要是为了官方进行拍摄和转播。飞船里面的空间"像坦克的塔楼"般压抑不舒服,驾驶台像"赛车改造过来的带有两个脚蹬和齿轮的框子",方向盘像"小圆面包",方向盘前的墙上挂着像"门眼"一样的棱镜。这一系列的比喻给人滑稽可笑之感,同时充满了讽刺意味。"飞船"似乎不是高科技产品,而是非驴非马的怪物。当奥蒙驾驶这个笨重的怪物在院子里试行时,他并没有飞起来,而是在院子里绕圈,"赶着一群群鸡,有时甚至将它们压死",因为"透过棱镜根本无法分清,哪个是摇摇晃晃的鸡,哪个是报纸,哪个是被风从晾衣绳上刮下来的破包脚布"③。尤其可笑的是,奥蒙后来在乌尔察金的带领下熟练操作后,竟然能"闭着眼睛环绕整个院子","有时候甚至不看棱镜只让自己的肌肉运动,低头想心事"④。对登月车由外到内的讽刺性描写,对"试飞"的滑稽描写,都充分说明苏维埃"宇宙飞船"完全是一种摆设,而不是真正的技术。

细节反讽最淋漓尽致的表现是在小说的第十二章。奥蒙说自己在起飞前莫名其妙昏睡过去了。小说最后奥蒙才向读者解释了其中原因,原来飞行前他的餐食中被添加了安眠药,他熟睡后被直接放进"驾驶舱",以免发现"飞行"的真相。点火起飞后,奥蒙的感觉是:"开始晃动了,好几次我的头碰到自己面前的墙上——如果不是护耳

---

① Пелевин В. Омон Ра, Жёлтая стрела. М.: Изд-во Вагриус, 2004. C. 76.
② Там же, C. 93.
③ Там же, C. 96.
④ Там же.

皮帽的话,我的脑袋可能被磕碰下来了。好几瓶罐头焖肉掉在地上。接着又猛烈地摇晃,以至于让我想起了大灾难。"①宇航飞行本来是严肃谨慎的重大事件,但奥蒙却抱着游戏的态度对待它,这种反讽恰恰暗示了飞行的虚假性。

在"飞行"过程中,地面的飞行指挥员哈尔姆拉多夫与"飞船"中的奥蒙的电话谈话也具有反讽色彩。

> "嗯,怎么样了?"哈尔姆拉多夫问道,"准备好了吗?"
> "还没有",我说,"急什么?"
> ……
> "你不为别人着想啊? 我又赶不上打网球啦。"

这里的反讽体现在,指挥宇航飞行本来是一项严肃艰巨的任务,而哈尔姆拉多夫竟然催促奥蒙赶紧完成工作,以便自己早点脱身去打网球。一边面临着生命的消逝,另一边却寻欢作乐。而且对于后者来说,前者的生命远远没有他的娱乐重要,这就是对苏维埃体制诞生的畸形现象的讽刺。

《恰巴耶夫与普斯托塔》中的细节反讽主要体现在主人公彼得对待十月革命的态度上。作为一名后现代主义作家,佩列文在书写主人公的内心世界时,采用了完全不同于现实主义作家的手法。他没有让主人公直接表态,甚至描写主人公对十月革命胜利后的感受时,也采用了轻松游戏的语气。比如在小说开头第一段,走在革命胜利一周年后的莫斯科大街上,彼得似乎没有发现革命带来的变化。

> 特维尔街心花园几乎没有什么变化,跟我两年前最后一次见到它时一样,依然是二月,满地的积雪,以奇怪的方式潜入白昼的光亮的雾霭。长凳上依旧坐着纹丝不动的老太婆们。②

其实这只是彼得故作镇定,以掩盖他被追捕的紧张心情。到了第二段,彼得的语调开始发生变化:"不过,也有不同之处。今年的冬天,林荫道上的暴风雪刮得格外猛烈","普希金铜像似乎比平时更忧

---

① Пелевин В. Омон Ра, Жёлтая стрела. М.: Изд-во Вагриус, 2004. С.147.

② Пелевин В. О. Чапаев и Пустота. М.: Изд-во Вагриус, 2004. С. 11.

郁"。这些细致且具嘲讽的景物描写,将彼得对十月革命后的现实的微词传达了出来。即使这样,作者还是担心自己将彼得的感受强加给读者,因此又添加了彼得关于普希金铜像的一句玩笑话,说铜像看起来表情忧郁,"也许是由于它胸前挂了一条红色的横幅:'向革命一周年致敬'"①。

《"百事"一代》的标题具有明显的反讽。佩列文原文小说中的标题由英语"generation"(一代)和 俄语"П"(百事可乐)两部分构成。英俄杂糅在佩列文这部小说中屡见不鲜,但从标题就开始杂糅,显然有一定的目的。英语是美国等西方国家的语言,代表着西方文化和价值体系。俄语是俄罗斯民族和国家的象征,代表着俄罗斯传统文化和价值观。两个单词的并列,反映了俄罗斯与西方国家的文化和价值体系的对立。但作为反映当代俄罗斯社会生活的小说,英俄杂糅极其明显地讽刺了后苏联时代一种标志性的现象,即俄语正在受到经济发达的西方世界的语言的侵略,随之而来的是西方文化对俄罗斯本土文化的全面侵袭②。除了标题英俄混杂外,小说中很多文本也是如此,比如广告制作人被称为"криэйтор",该词显然是对英语单词"creator"的英译。另外,小说中的很多广告文本直接使用英文。如此使用语言,就制造了戏剧化效果,讽刺了新一代俄罗斯人盲目崇拜西方文化的媚俗现象,也提醒同胞对本国文化传统的保护意识。

在《"百事"一代》中,佩列文的讽刺千变万化,从轻松的反讽到辛辣的讽刺无所不包,从而刻画出苏联解体后的当代商业化社会中的人物群像。在这个群体中,有俄罗斯新贵及其孪生兄弟强盗,有吸毒者、嫖娼者,流氓无产者,及酒鬼等形象。他们共同成为肮脏现实世界里的一部分,他们散发的臭味让主人公塔塔尔斯基也禁不住呕吐。由于小说大量采用幽默和反讽,再加上小说中没有一个正面人物,因此这部小说被比作果戈理式的讽刺小说,"其中笑才是唯一的

①　Пелевин В. О. Чапаев и Пустота. М. : Изд-во Вагриус, 2004. С. 11.

②　Шульга К. В. Поэтико-философские аспекты воплощения " виртуальной реальности" в романе "Generation 'П'" Виктора Пелевина. Тамбов, 2005. С.28.

正面人物"①。

《昆虫的生活》在讽刺俄罗斯崇美倾向时使用了大量的反讽,这一点与《"百事"一代》相似。西方世界的代表是来自美国的蚊子山姆,它与代表着俄罗斯的蚊子阿尔图尔和阿诺尔德形成了反讽。为了表现俄罗斯蚊子的崇洋媚外现象,作者特意用反讽的手法描写了一些细节。比如,阿尔图尔和阿诺尔德迎接山姆时严肃庄重的穿着打扮与山姆的轻松随意形成了鲜明对比。然而,它们之间最主要的对比并不在于穿着打扮上,而在于美国蚊子和俄罗斯蚊子的不同个性及品质上。山姆似乎是一个工作狂,刚来俄罗斯就开始找吸血对象,而且干起活来从容不迫,动作既灵敏又优雅,这让胆小、行动迟缓、好吃好喝的阿尔图尔和阿诺尔德深为嫉妒。山姆吮吸血液极其贪婪,甚至忘情到差点被人翻身压死。在危险时刻,阿尔图尔和阿诺尔德尽全力解救,但获救后的山姆仍旧对他们保持傲慢的语调和高贵的姿态。精明的山姆经常突然消失、独自行动,然后挺着大肚子、鼻青脸肿地回来,将坏情绪发泄在阿尔图尔和阿诺尔德身上,不高兴的时候还随便抓住它们教训一番。即使这样,两只俄罗斯蚊子还是鞍前马后地帮助山姆,为它寻找吮血对象,替他寻找丢失的装有防腐材料和摄像机的储血箱。

除了两只俄罗斯蚊子对山姆献媚讨好,漂亮年轻的苍蝇娜塔莎也利用姿色勾引山姆,但山姆却视它为自己的玩物,甚至蔑视地将俄罗斯贬为第三世界国家。娜塔莎不仅不辩解,反而承认了山姆的话,并引开出租司机的注意力,让山姆尽情吮吸同胞的血液。上述这些鲜明的对比突出了俄罗斯和美国两个世界里的人的不同心理状态:一个是仰视、尊敬和奴颜婢膝的心理状态,另外一个却是俯视、轻蔑和妄自尊大的心理状态。而正因为前者的存在,才会有后者的诞生。佩列文通过反讽的手法讽刺了当代俄罗斯人在西方人和西方文化面前的奴性。

---

① Долин А. Виктор Пелевин: новый роман. < http://pelevin. nov. ru/stati/o-dolin/1. html >

二、黑色幽默

幽默是一个作家智慧的体现。有的幽默可以使读者纵声大笑，有的幽默使读者会心微笑，而佩列文的幽默则让读者忍俊不禁的同时，又有一种淡淡的忧伤和无望，这就是所谓的"黑色幽默"。黑色幽默既是一种文学手法，也是一种文学流派。作为流派的黑色幽默最早诞生于美国，美国作家约瑟夫·海勒的《第二十二条军规》是代表性作品。黑色幽默作为一种文学手法，它的含义与"黑色"和"幽默"两词的含义都有直接关系。"黑色"含有阴郁、暗淡、无望的意思。"把黑色与幽默连在一起，表现出创作这类作品的作家们的思想倾向和艺术风格。黑色幽默甚至也是作家的心理状态和处世态度。黑色幽默作家对他们所描述的世界，怀有一种深深的厌恶，甚至绝望，他们用强烈的、夸张到荒谬的幽默、嘲讽手法，来揭示他们所处的现实世界的本质。"①

黑色幽默与传统幽默不同。传统幽默制造的效果主要是嬉笑，而在黑色幽默作品中，悲剧的内容被作家进行戏剧化的处理，痛苦和不幸成了嘲笑和调侃的对象，人们"对痛苦报以大笑"。当痛苦和不幸不再引起人们的同情心，反倒令人觉得可笑时，绝望也就达到了极致，事物的实质也就一览无余。关于这一文学手法，斯卡罗潘诺娃曾说："通俗读物、笑话、下流的幽默，能将一些本质特征原始化、漫画化，同时使其更加尖锐化，这些特征对于理解命运、时代和艺术现象非常重要。"②

在《恰巴耶夫与普斯托塔》中，如果说恰巴耶夫是一个沉着、冷静、智慧、理智的哲人，则彼得是幽默、机智、风趣、活泼的青年。彼得的幽默有很多种，时而是轻松活泼的，时而是忧伤沉郁的。活泼轻松的幽默表现在他与暗恋的美人安娜的调情言语中，忧伤沉郁的幽默则暗含在与恰巴耶夫哲理性的对话中。尤其面对恰巴耶夫的问题

①　吴洪：《现代神话》，河北教育出版社1989年版，第150页。

②　Скоропанова И. С. Русская постмодернистская литература. М., 2001. С.89.

"俄罗斯在哪里"时,彼得的回答充满了黑色幽默,他说:"俄罗斯在灾难里"。这一回答是幽默的,因为按照恰巴耶夫提问的逻辑,正确答案是"虚空"。但此时仍旧相信现实存在的彼得根本想不到这一答案,于是他急中生智、偷换概念,给出了这样一个出乎读者意料也让恰巴耶夫无可奈何的答案。显而易见,彼得的回答不符合恰巴耶夫的期望,但谁也不能说这个答案是错误的,因为事实上,20世纪90年代以后的俄罗斯的确处于水深火热之中。佩列文利用彼得的黑色幽默,揭示了当代俄罗斯混乱的现实。

《"百事"一代》中所有的广告词基本上都采用了黑色幽默的手法。这些幽默一方面能吸引消费者、引起他们的消费欲望,另一方面又暗含对当代俄罗斯社会现实的种种隐喻。例如,为了讽刺西方文化对俄罗斯的入侵和影响,塔塔尔斯基为"百事可乐"所写的广告词富含黑色幽默。

> 短片以两只猴子作比较。一只猴子喝"普通的可乐",结果能用积木和棍棒完成一些最简单的逻辑动作。另外一只猴子喝的是"百事可乐"。它开心地大喊大叫,驾一辆吉普车向海边驶去,怀里搂着几位姑娘,那些姑娘对女性的平等显然并不在意。①

佩列文借助塔塔尔斯基的口吻幽默地对广告进行了描述,尤其对喝过"百事可乐"的猴子的描写充满滑稽。猴子竟然因为喝了这种可乐而具有人的属性和行为,搂着姑娘开着吉普车兜风。这一幽默的背后隐藏着现代社会一个庸俗不堪的价值观:"人人都爱香车美女。"而这则广告将会带来的经济效益,用塔塔尔斯基幽默的语言来说:"正是这则短片使为数众多在俄罗斯混日子的猴子们明白了,这样的时代已经来临,他们可以跨上吉普车,可以去追求人类的女儿了。"②

再比如,为了讽刺现代社会的信仰危机,佩列文对塔塔尔斯基的文学追求面对商业化冲击这件事用黑色幽默进行了描述。

---

① Пелевин В. О. Generation "П". М.：Изд-во Вагриус, 2004. С. 10.

② Там же, С. 11.

原来,永恒只存在于塔塔尔斯基真诚信仰它的时候,事实上在这样的信仰之外便不再有永恒。为了能真诚地信仰永恒,就必须让别人来分享这样的信仰——因为无人前来分享的信仰,就叫做精神分裂症。①

作家利用黑色幽默揭示了当代商业化社会中的畸形现象:人人都在追求实用和功利,那些注重精神的人反而被当成异端,他的行为被视为精神分裂。

小说中对塔塔尔斯基的一个广告客户老板的死亡描写更显黑色幽默。

就在这时,人们却发现那位客户死在了他的办公室里。有人用电话线勒死了他。尸体上有电熨斗的痕迹,嘴里则被一只无情的手硬塞进一个"小夜曲"牌夹心饼(一种含有蜜酒的甜饼,带有薄荷味的苦巧克力,上面撒有椰茸,像是一层悲剧性的白霜)。②

这里对生命死亡的描写完全失去了神圣性,人的死亡无异于一只偷吃放了毒药的食品的老鼠。这则黑色幽默暗示的是,现代社会人们实现无限膨胀的物质欲望的过程就是走向死亡的过程。塔塔尔斯基的老板、伊什塔尔的前任人间丈夫阿扎多夫斯基因为贪得无厌最终受到女神吩咐的"死亡"惩罚,而死后的阿扎多夫斯基就像物体一样。

马留塔和萨沙·勃洛正将阿扎多夫斯基往一个大绿球状的集装箱里装。他那个非自然弯曲的身体已经在箱子里了;可一只套着红拖鞋的毛茸茸的腿,还翘在敞开的箱子口,无论如何也不愿钻到箱子里去。③

人的生命在这里失去了任何价值,而这种黑色幽默正是以荒诞的现实生活为基础的。

---

① Пелевин В. О. Generation "П". М.: Изд-во Вагриус, 2004. С. 14-15.
② Там же, С. 32.
③ Там же, С. 358.

在《昆虫的生活》中,蚂蚁玛丽娜的生活空虚无聊,所以构不成幽默。蝉儿谢廖扎的生活忙碌枯燥,也构不成幽默。苍蝇娜塔莎的生活尽管充满心机,命运却过于悲惨,所以不可能幽默。屎壳郎父子只关注财富的积累,而忽视了精神生活,不懂得幽默。米佳和吉玛简直就是哲学家,将幽默视为儿童游戏。马克西姆和尼基塔过于颓废,无力展现幽默。只有对蚊子们的描写表现出黑色幽默,其中最主要表现在对山姆的描写上。比如,对山姆初到俄罗斯时的穿着和打扮的幽默描写,展现了美国人特有的傲慢;对它一来俄罗斯就立刻投入工作的幽默描写,展现了它作为商人的精明;对它吸血过程中遭遇的危险的幽默描写,展现了他的贪婪;对它经常独自行动的幽默描写,展现了它的自私;而对它独自行动时挨打的幽默描写,展现了它受到的惩罚。小说对山姆的这些个人行为和遭遇的幽默描写,其实是对它所代表的美国及西方国家的价值观的讽刺。这些国家在国际社会上采取的是欺小凌弱的政策,当他国陷入灾难时,他们常常打着经济援助的幌子,借机到他国掠夺自然资源,甚至心底里对他国怀着鄙夷和不屑。

总之,四部小说都运用了不尽相同的黑色幽默,且达到了不同的效果。《恰巴耶夫与普斯托塔》中的黑色幽默多表现在关于现实的哲理性的语言上,让读者发出沉思的笑。《"百事"一代》中的黑色幽默多表现在展示现代商业社会中的庸俗现象,让读者发出鄙视的笑。《昆虫的生活》中的黑色幽默多表现在西方国家对俄罗斯的傲慢态度及资源掠夺上,让人发出同情的笑。《奥蒙·拉》中的黑色幽默则近乎讽刺,苏维埃官方意识形态的欺骗和跋扈带给读者的只有压抑感和窒息感,因而读者失去了笑的心情和理由。

三、怪诞

怪诞(гротеск)是一种审美形态,也是一种文学手法。它在我国目前研究较少,主要运用于西方文学理论中。"怪诞"一词来源于意大利语,用来指公元 1500 年左右在洞穴发现的奇特古代装饰画的风格①。巴赫金在《拉伯雷研究》中追溯了怪诞从古希腊罗马至 20 世纪的发展史,认为早在古希腊罗马时期,现实主义的本质性因素就已经在怪诞中形成。中世纪民间诙谐文化的形象体系标志着怪诞现实主义的繁荣,而文艺复兴时期的文学则是其艺术上的高峰,"怪诞"这一术语出现于此时期,其含义也很狭窄(上面我们已经讲过)。17 至 18 世纪古典主义在文艺各个领域盛行的时候,怪诞风格沦为低级的滑稽逗乐或遭到自然主义的腐蚀。18 世纪下半叶,德国学者尤斯图斯·默泽尔和弗洛格尔先后为怪诞风格辩护,强调怪诞风格的诙谐和滑稽逗乐因素,并将这种诙谐和滑稽逗乐因素看成是快活的、高兴的,由此怪诞风格进入了自己发展史中的一个新阶段。在前浪漫主义和早期浪漫主义中出现了怪诞风格的复兴,而且已经从根本上改变了对它的认识,被看做是表现主观的、个体的世界感受的形式。在浪漫主义之后,从 19 世纪下半叶开始,文艺界对怪诞风格的兴趣大大减弱,或者将它归为低级庸俗的滑稽形式,或者把它理解为针对个别反面现象的一种特殊的讽刺形式。20 世纪,出现了复兴怪诞风格的新的、强大的热潮。现代的怪诞风格发展图景相当复杂,其中主要分成两条发展路线。第一条路线是现代主义怪诞风格,这种怪诞风格与浪漫主义怪诞风格的传统相关,受到各种存在主义思潮的影响。第二条线路是现实主义怪诞风格,与怪诞现实主义和民间文化的传统相关,有时反映出狂欢节形式的直接影响②。怪诞发展到当代,应该说又出现了第三条线路,即后现代主义怪诞风格,这种风格是现代主义怪诞风格的发展和延续。

在中国和俄罗斯的文学批评界,不少人将"怪诞"与"荒诞"(абсурд)混淆使用,实际上这是两个不同的概念。"怪诞"包含两重含义:一指本义"洞窟",二指一种审美形态。"荒诞"一词则包含三种含义:一指本义"不合道理和常规,含有不可调和的、不可理喻的、

---

① 刘法民:《怪诞的美学研究与兴起》,载《哲学动态》2006 年第 11 期,第 57 页。

② 〔俄〕巴赫金:《拉伯雷研究》,李兆林、夏忠宪等译,河北教育出版社 1998 年版,第 37—54 页。

不合逻辑的"①,二指一种戏剧流派,三指一种风格形象。

怪诞作为一种审美形态有三个明显特征。第一,它由滑稽和丑恶两种要素组成,丑恶是它的内容,滑稽是它的形式。第二,以极端反常为结构方式,从超级现实走向超现实。第三,既好笑又恐怖是怪诞的接受反应。怪诞的构成方式也有三种情况:首先是不同领域事物不合理的融合,其次是极端夸大或怪异扭曲,最后是不自然的感觉。怪诞的这三种构成方式在实质上都是对现实世界各种规律、逻辑、法则、公理、常情的一种严重背离②。怪诞手法在中西方文学创作中屡见不鲜,比如拉伯雷的《巨人传》,马尔克斯的《百年孤独》,海勒的《第二十二条军规》,蒲松龄的《聊斋志异》等。这些小说都采用了极端反常化构成原则,从而描绘出一幅幅怪诞的图景。

佩列文在创作的各个时期都体现出对怪诞手法的钟爱。他用它来描写俄罗斯各个时期的现实,制造陌生化效果,从而使得读者对现实的理解不仅停留在日常意义层面上,而更关注现实的本质。

在《奥蒙·拉》中,"苏联神话及其目的、机制达到了怪诞的程度"③,其中主要的原因是作家大量使用怪诞化手法,以至于有人因此而将他称为俄罗斯"怪诞体裁的创始人"④。在这部小说中,如果说奥蒙和米佳进入飞行学校之前的一切还能让读者相信是现实,那么他们踏进飞行学校之后的一切变得荒诞不经,主要原因在于,佩列文运用怪诞的手法描绘了苏维埃妖魔化的体制下丑恶和变态的现实。

怪诞的场景开始于奥蒙和米佳等学员踏进飞行学校的第二天清晨。学员从睡梦中醒来后,发现全部被截去了双肢,双手被用皮带捆绑在床上,脸被破布蒙了起来,嘴也用东西被堵上了。原来在前一天的晚饭里,学校给所有学员偷偷投放了安眠药,然后乘他们熟睡后将其致残。学校对每一批学员如此操作,以从生理上断绝他们的逃跑

---

① 曾艳兵:《西方后现代主义文学研究》,中国社会科学出版社 2006 年版,第 136 页。

② 刘法民:《"怪诞"与"荒诞"》,载《外国文学研究》1999 年第 4 期,第 42—44 页。

③ Дмитриев А. В. Неомифологиз в структуре романов В. Пелевина. Волгоград. 2002. С. 7.

④ Фьори Ч. Я. Путин и секс: Пелевин обнажает Россию. < http://pelevin. nov. ru/stati/o-fior/1. html >

想法。佩列文以丰富的想象,用夸张到近乎怪诞的手法书写了一种东方式的阉割悲剧,形象地展示了苏维埃极权主义体制的专横跋扈。

接下来发生的事情越来越怪诞。飞行学校为毕业生安排的最后一次国家考试,竟然是让学生观看一个老学员用假肢跳舞。作者在这里制造了一幕悲喜剧一样的怪诞场景,但怪诞的背后隐藏着后来的事实:飞行中学员们根本不需要使用双肢,只需要按照官方的计划驾驶地铁列车在既定的轨道往返作秀。

总体来说,佩列文在《奥蒙·拉》中使用的是悲剧式怪诞手法。小说一开始就营造出不符合天真烂漫的儿童时代的沉重氛围。随着小说怪诞手法的运用,现实不仅变得越来越离奇,而且也越来越惨烈,它们给人造成极度的恐惧感,甚至让人窒息并滋生逃离的欲望。所以,主人公奥蒙最终选择了永远待在地铁中,不愿回归地面的现实中。

与《奥蒙·拉》不同的是,《恰巴耶夫与普斯托塔》主要运用了狂欢式怪诞手法来展现十月革命之后的现实及 20 世纪末的现实。比如,小说第一章借助主人公彼得的视角对十月革命后的现实图景进行了描写。为了突出彼得这位正在被追捕的后现代诗人的过分紧张的心理,作者采用怪诞手法写他看见结了冰的街心花园成了一条宽阔的冻河,阿·托尔斯泰正在冻河上疾驰。而对彼得在音乐酒吧执行党的任务场景的描写,更具夸张、狂欢和怪诞特征。这里不仅有人当场吸食毒品,酗酒闹事,杀人放火,还有人津津有味地品尝人肉。怪诞的场景揭示了丑恶的现实,狂欢化手法掩盖了彼得面对残酷现实时无可奈何的悲凉心态。

四部小说中最具现实性的是《"百事"一代》,然而这部小说也不乏怪诞,且这里更多的是滑稽式的怪诞手法,它比前两部小说多了一些轻松和诙谐。比如,在"巨变的日子"这一章中,作者将 1993 年叶利钦炮轰白宫这一历史事件进行了怪诞化处理。按照小说的描写,炮轰白宫时只有——

> 两辆老式的 T-80 坦克在干着活,隔很长时间才开上一炮……坦克虽然只有两辆,可滨海道上却挤满了电视记者,他们端

起自己的光学反坦克火箭筒,射出了百万吨级的无精打采的人类注意力,目标是莫斯科河、坦克、彼得一世铜像和塔塔尔斯基躲在其后的那个窗户。[1]

了解苏联解体前后历史的人都知道,1993 年 10 月 4 日清晨,由叶利钦指挥的政府军开始包围、进攻白宫,其中不仅动用了数十辆坦克和装甲车封锁了白宫的外围地区,使用大炮和重机枪向白宫射击,还启动了数架军用直升机在白宫上空盘旋。总之,这是一场议会和白宫之间的浴血决战,其代价极其惨重,造成了一百多人死亡,无数人受伤。然而,小说却以轻松的笔调写了一场几乎没有武器的战役,而且将所有的记者都怪诞化了,他们将自己的摄像机当作武器参加了攻打白宫的战役。更为怪诞的是,"炮弹落在彼得的脑袋上,但没有爆炸,而是穿过脑袋,落到了高尔基公园那边的什么地方"[2]。佩列文之所以用诙谐式怪诞手法描写俄罗斯历史的这一重大政治事件,表达了作者对待这一现实的态度:这是俄罗斯历史上荒诞无比的一场闹剧。这一态度在小说中也借助主人公塔塔尔斯基的可笑感受表达了出来:"在这场闹剧的参加者中,塔塔尔斯基同情的或许是在电视镜头玻璃眼睛的注视下缓缓死去的那座铜像。"[3]

小说最怪诞的地方莫过于最后一章"太堡人"。已经成为女神伊什塔尔人间丈夫的塔塔尔斯基,时而"戴着密实的黑面具"参加联邦安全局军人的新闻招待会,时而"戴着黑眼镜,臂上缠着黑纱"参加追悼会,时而"身穿特警队服"在机场等待卸货,时而扮演一个来自新墨西哥州阿尔伯克基的福音派教徒,身着黑装愤怒地践踏着一个空的"可口可乐"罐,同时念着赞美诗。这些都是塔塔尔斯基在各种各样的广告片中的形象。通过这些恐怖怪诞的场景,作者间接地告诉了读者关于塔塔尔斯基的结局:他完全变成了一个似人非人、似神非神的魔鬼,人所特有的属性在他身上完全丧失了。

---

[1] Пелевин В. О. Чапаев и Пустота. М. : Изд-во Вагриус, 2004. C. 306.

[2] Там же, C. 307.

[3] Там же, C. 308.

四、互文性游戏

互文性和游戏原本是后现代主义文学的两种重要属性,也是构建后现代主义文学文本的两种重要策略。在佩列文的创作中,互文性和游戏经常结合在一起,游戏主要借助于互文性实现,互文性含有游戏因素,正如佩列佐夫(Д. Перевозов)所言:"佩列文广泛引用他人文本以借用别人的思想,然后通过游戏加工添加到自己作品中,结果是其思想已经完全不同于最初引用的那种思想了。"①因此,我们将互文性和游戏两种文学手法结合起来分析。

"互文性"(俄文:интертекстуальность,英文:intertexuality)又称"文本间性"或"互文本性"。这一术语最早由法国符号学家、女权主义批评家朱丽娅·克里斯蒂娃在《符号学:解析符号学》(1967)一书中提出,随后在《小说文本:转换式言语结构的符号学方法》(1970)一书中,她具体阐述了"互文性"的内容:"文字词语之概念,不是一个固定的点,不具有一成不变的意义,而是文本空间的交汇,是若干文字的对话,即作家的、受述者的或(相关)人物的,现在或先前的文化语境中诸多文本的对话。"②其实,早在克里斯蒂娃之前,俄罗斯哲学家、文艺理论家巴赫金提出的对话主义(диалогизм)就是互文性理论的源头,因为对话主义"是指话语(包括口头语和书面语)中存在两个或两个以上相互作用的声音,它们形成同意和反驳、肯定和否定、保留和发挥、判定和补充、问和答等言语关系"③。除了巴赫金和克里斯蒂娃,对互文性理论的理论研究和阐释有过重大贡献的还有罗兰·巴特、哈姆德·布鲁德、雅克·德里达等。

在后现代主义文学中,互文性"成为基本的写作模式和美学特征,它表现为诸多移置、暗指、附会、引用、借用、改编、挪用、篡改、抄

---

① Перевозов Д. Зарытый талант // Подъём. 2001. №1.
② 转引自王瑾:《互文性》,广西师范大学出版社2005年版,第28页。
③ 同上书,第6页。

袭等多种形式"①。其中,"引用"是最广泛、最突出的一种互文性形式。但后现代主义文本中的"引用"不同于传统意义上的"引用"。传统意义上的"引用",主要指直接"引用"《圣经》、神话、童话、民间传说、历史故事、宗教故事以及经典作品中的典故和原型。而后现代主义文本中的"引用",除了直接"引用"外,还包括其他传统"引用"所不具备的手法。其中之一是拼贴,即把前文本加以改造、扭曲、拼合,并融入新的文本之中。之二是戏拟,即嘲讽性模仿。之三是巴特所谓的"无法追溯来源的代码",指文本无处不受文化传统的影响,而非对某一具体文本的借用。后现代主义文本的互文性,在很大程度上既是对所描写对象的解构,也是对所引用文本自身的颠覆。佩列文的小说就是由各种引文构成的万花筒。作家将它们重新组合加工,赋予自己的思想,以此表达自己对文本中反映的"现实"的立场和态度。

　　游戏给读者造成的最直接效果就是嬉笑。关于嬉笑,巴赫金认为,除了"具有使对象接近的绝妙力量"之外,还有消除神圣与恐惧,使对象变得亲昵可爱等妙用:"嬉笑消除了史诗的及总的说任何等级的——使疏远的价值的距离。"②从表面上看,游戏与严肃性对立。而实质上,游戏有着高度的严肃性,因为游戏产生的嬉笑效果"是创造大胆无畏的前提的最实质性因素,没有它便没有对世界的现实主义的认识"③。所以说,游戏虽然诞生出嬉笑的效果,但目的绝对不是嬉笑,而恰恰是为了说明人类富有悲剧性的尴尬状态和现实,正如米兰·昆德拉所言:"在游戏活动中已投入一种独特的甚至是神圣的严肃。"④

　　后现代主义文学中的游戏涉及作者、文本和读者三个层面。作者制定游戏的规则和密码,由读者参加。游戏的密码一般和某一时代及文化有关。游戏的对象可以是任何话语、文本或形象,也可以是

---

① 唐建清:《国外后现代文学》,江苏美术出版社 2003 年版,第 134 页。

② 〔俄〕巴赫金:《史诗与长篇和小说》,载《小说的艺术》,社会科学文献出版社 1995年版,第 106—107 页。

③ 同上书,第 48 页。

④ 〔德〕伽达默尔:《真理与方法》,辽宁人民出版社 1987 年版,第 147 页。

时间、空间、现实、风格或体裁。

佩列文创作中的互文文本包罗万象,从 19 世纪的俄罗斯经典文学到 20 世纪的社会主义现实主义文学,从俄罗斯到世界各国历史文化文本。而他创作中的游戏,从主题内容、美学结构、人物形象、故事情节,到语体、体裁、风格和语言。在我们所研究的四部小说中,互文性和游戏常常杂糅而生,作家以此表达对俄罗斯历史和现实的嘲讽态度。

将不同风格和语体的文本杂糅是佩列文的互文性游戏之一。比如,小说《奥蒙·拉》的卷首语是"致苏联宇航英雄",《"百事"一代》的卷首语是"致中产阶级"。一般而言,"致某人"的结构多用于公文语体,表示下级对上级、晚辈对长辈的尊敬,或群众对作出重大贡献者的敬仰和感激之情。佩列文两部小说的卷首如此显赫地出现这样的话语,使读者顿生严肃、庄重之感觉。而实际上,随着小说的阅读就会发现,小说的内容完全是另一种风格,远远没有卷首语那样庄重严肃。《奥蒙·拉》充满了愤恨、郁闷、嘲讽语气,完全不是献给英雄应有的赞美、景仰和感叹语调。《"百事"一代》充满了对当代俄罗斯现实的鄙夷,对追名逐利现象的嘲讽,不像献给通过诚实劳动而成为中产阶级的人的献礼。佩列文正是通过在卷首语对公文语体的互文性游戏,造成它们与小说内容的语体风格强烈的反差,从而颠覆俄罗斯各个历史时期的社会现实。另外,在《"百事"一代》中,脏话、黑话、行话、骂人话、青年俚语等比比皆是,公文语体、口语语体、科技语体、政论语体等鱼龙混杂,这样的语言和语体的互文性游戏交错相织,呈现出鲜明的后现代特色。

四部小说中,除了《奥蒙·拉》之外,其他三部小说的扉页上分别用三首诗开头,这三首诗就是明显的互文文本。《昆虫的生活》引用了俄罗斯侨民诗人布罗茨基的诗歌《致罗马朋友书信》(Письма римскому другу)。

> 我坐在自己的花园里。四周灯火闪烁。
> 没有朋友,没有仆人,也没有熟人。
> 在这个充满强者和弱者的世界上——

只听见各种昆虫那和谐的鸣叫声。

布罗茨基的诗歌创作于 1972 年,诗人在诗中塑造了一个孤独的抒情主人公,反衬了罗马帝国首都繁荣和忙碌背后来自异乡的主人公的孤独和失落。佩列文直接引用这首诗,将现代社会芸芸众生的忙碌比喻成各种昆虫的鸣叫,颠覆了生活的意义,突出了小说的主题。

《恰巴耶夫与普斯托塔》的扉页上是假托成吉思汗之名的一首诗歌:

> 望着这浩浩荡荡的人马,
> 望着这残阳如血的草原上
> 我的意志掀起的这股/涌向虚空的无边洪流,
> 我常自问:
> 我在这洪流中的何处?

之所以说这首诗是假托成吉思汗之名而非引自他本人的诗歌,因为成吉思汗只懂蒙古语,而且他不识字,所以他不可能作诗。但佩列文模仿这位蒙古族英雄的气魄写了这首诗歌,其中鲜明地体现出了小说的几个主题:虚空、混乱和迷惘。

《"百事"一代》的扉页上是引用加拿大诗人歌手莱昂纳多·科恩的一首歌曲。

> 我是伤感的,如果你明白我的所指;
> 我爱这个国家,却难以忍受我的目睹。
> 我非左翼,也不是右翼。
> 我今夜就这样坐在家里,
> 迷失于那个没有希望的小屏幕。

从诗的内容看,好像是要表达一种爱国主义情绪,但实际上作者游戏性地指出了电视和广告对人的意识的控制作用。

除了小说的扉页,三部小说的内容都有一些比较明显且各具特色的互文文本。《奥蒙·拉》中的互文性游戏主要是为了解构苏维埃现实的虚假性和荒诞性,因此小说中最明显的互文性游戏表现在片段性引用苏联歌曲、口号、广告等。这些互文性游戏一方面重现了当时的时代背景，另一方面反映了受到官方意识形态控制和欺骗的苏维埃人的心理状态，强调了正在发生的一切的荒诞性和戏剧性。这类互文性游戏首先表现在对奥蒙等人在"飞行"中发生的事的描写。负责飞行第一步的是谢玛·阿尼金，他在即将脱离飞船牺牲前，唱着自己最喜欢的苏联儿歌。

> 啊……啊，非洲流淌着多么宽阔的河流……
>
> 啊……啊，非洲耸立着多么高大的山脉。
>
> 啊……啊，那里有鳄鱼和河马。
>
> 啊……啊，那里有猴子和鲸鱼。
>
> 啊……啊，啊……啊。①

这首儿歌本身表达的是欢快、天真、纯洁的情绪，但谢玛却在牺牲前唱它，无疑是一大讽刺。它讽刺了包括谢玛在内的很多苏维埃人的天真和幼稚，他们受苏维埃国家意识形态的欺骗却不自知。另外，儿歌将崇高的飞行事件日常生活化，这种对比和反差加强了苏维埃现实的荒诞性。

"飞行"过程中最后一个与奥蒙道别的是吉玛。他在牺牲前与奥蒙进行了一场别开生面的电话谈话，谈话的内容主要是关于吉玛最喜欢的 Pink Floyd 乐队。该乐队是苏联时期一支另类的流行乐队，它的象征物是一只在无边无际的大海上飞翔的小鸟。Pink Floyd 乐队的音乐通常充满孤独与绝望，象征个人与社会之间不可调和的矛盾。从吉玛所喜欢的乐队可以看出，他是一个向往自由、追求个性的人，最终却不得不为了国家的事业而牺牲自己的生命。小说用这样一个互文性游戏反衬了他的悲剧命运。

吉玛牺牲后，只剩下奥蒙一人在"太空"飞行，他不断唱着一首名叫《在遥远的河那边》的歌曲自娱自乐。这是一首著名的苏联民歌，歌颂战争期间年轻的战士为了全人类的和平和友谊而壮烈牺牲的感人事迹。引用这首歌，正是对奥蒙正在进行的"革命功绩"的嘲弄，解

---

① Пелевин В. О. Жизнь насекомых. М. : Изд-во Вагриус, 2004. С. 105.

构了他毫无意义的牺牲。

　　小说中更多的互文性游戏是杂糅俄罗斯 19、20 世纪著名诗人和作家的诗歌，以展示苏维埃意识形态所塑造的现实空间中正在发生的一切的荒诞性。比如，奥蒙等被选中的宇航员在飞行培训中所学习的课程《普通月球理论》，依次由纳博科夫、普希金、莱蒙托夫、古米廖夫、勃洛克、帕斯捷尔纳克、叶赛宁的诗歌片断构成①。

　　　Как золотая капля меда мерцает сладостно Луна…②

　　　Луны, надежды, тихой славы…③

　　　Как много в этом звуке …④

　　　Но в мире есть иные области,

　　　Луной мучительной томимы.

　　　Для высшей силы, высшей доблести они навек не достижимы…⑤

　　　А в небе, ко всему приученный, бессмысленно кривится диск…⑥

　　　Он управлял теченьем мыслей, и только потому—Луной…⑦

　　　Неуютная лунность…⑧

---

　①　Пелевин В. О. Жизнь насекомых. М. : Изд-во Вагриус, 2004. С. 102.

　②　这一诗行完全引自纳博科夫的诗歌《宾馆的房间》(*Номер в гостинице*)。

　③　这一诗行改写自普希金的《致恰达耶夫》(*К Чаадаеву*)中的诗句：Любви, надежды, тихой славы。

　④　这一诗行改写自莱蒙托夫的《独木舟》(*Челнок*)中的诗句：Как звучно это слово, / Как много — мало мыслей в нем。

　⑤　这一诗行完全引自古米廖夫的《世界上还有其他一些领域》(*Но в мире есть иные области*)。

　⑥　这一诗行完全引自勃洛克的诗歌《陌生女郎》(*Незнакомка*)。

　⑦　这一诗行改写自帕斯捷尔纳克的《崇高的病》(*Высокая любовь*)中的诗句：Он управлял теченьем мыслей / И только потому страной。

　⑧　这一诗行改写自叶赛宁的诗歌《令人不舒服的稀薄的月光》(*Неудобная жидкая луна*)。

译文：
月亮像一滴金色的蜂蜜闪耀着幸福的光芒……
月亮，希望，静静的荣誉……
这个词语中包含多少含义……
但世界上还有其他一些领域，
正饱受着恼人的月亮的折磨。
对于最高力量、最高牺牲，它们永远不可达到……
而在天上，一轮已经习惯了一切的圆盘，正毫无意义地撇着嘴……
它控制着流动的思维，仅仅因为——
月亮……
散发着令人不舒服的月光……

《普通月球理论》原本是具有科技含量的理论书，但经过佩列文的互文性游戏改写后，完全变了相、走了味，佩列文正是以此种方式讽刺苏维埃国家意识形态缺乏系统性和脱离现实性，暗示宇航飞行培训及随后的宇航飞行的虚假性。

再比如，当奥蒙独自在"太空"执行"飞行"任务时，一位指挥官竟然在地面指挥中心给他朗读了一首关于月亮的诗歌。

我和你曾经那样相信存在的联系，
但现在蓦然回首，才惊奇地发现——
我的青春啊，你的颜色、你的特点，
都不像是我的。
如果仔细想想，这只是在你和我之间、在浅滩和深水之间，
月亮的光辉，
或者我从背后看你，你的脊椎，
只看见你骑着赛车直接奔向月球。
你其实早就……①

飞行是如此重大而严肃的事，指挥员却在地面给正在执行"飞

---

① Пелевин В. Омон Ра, Жёлтая стрела. М. : Изд-во Вагриус, 2004. С. 182.

行"任务的宇航员朗读诗歌，而且内容如此幼稚、低俗、伤感，这本身就是极其荒唐的事。佩列文以这样的荒唐再次暗示了飞行的作秀性质。

在《昆虫的生活》中，互文性游戏最明显地表现在小说大标题及各个章节的小标题上。小说的大标题"昆虫的生活"（Жизнь насекомых）与捷克作家卡莱尔·恰佩克和约瑟夫·恰佩克兄弟俩的科幻剧本《昆虫生活中的景象》（Из жизни насекомых）构成互文文本。而且，佩列文这部1993年发表的小说与捷克兄弟俩1921年发表的小说在昆虫的选择上也具有互文性，不同的只是小说的内容。如果说在恰佩克兄弟俩的剧本中，昆虫的面具下隐藏的是人的吝啬、自私等缺点，则在佩列文的小说中，昆虫的面具下隐藏的是现代人的生活和价值观。另外，小说大标题中的"生活"（жизнь）一词不仅具有该词本身的内涵语义，还与众多包含这一词的俄罗斯及他国文学文本有关，比如法国作家莫泊桑的《生活》，俄罗斯作家格罗斯曼（В. Гроссман）的《生活与命运》（Жизнь и судьба），肖洛霍夫（М. Шолохов）的《一个人的遭遇》（Судьба человека）等。

除了大标题，小说中很多章节的小标题也包含"生活"一词，比如第三章的标题是"为活着而生活"（Жить, чтобы жить），第六章的标题是"为沙皇献身"（Жизнь за царя）。这些小标题同小说整个标题之间及我们上面列举的文学文本之间都具有互文性，此外它们还具有自己特殊的含义。第三章的小标题"为活着而生活"是小说中的蚂蚁玛丽娜观看的一部法国电影的名称，这部电影反映的充满人性的生活与玛丽娜本人枯燥无聊的生活构成了对比和反讽。第六章的小标题"为沙皇献身"与俄罗斯作曲家格林卡（М. Глинка）的同名歌剧构成互文文本，小说中该同名剧在马格丹剧院上演。正是在这一章里，玛丽娜的丈夫尼古拉在演出后散步时踩空台阶而丢掉了性命。这样的死本来非常愚蠢、没有任何意义，但在玛丽娜的眼里，丈夫就是自己的"沙皇"，是它存在的唯一意义和目标。不难看出，该章小标题对玛丽娜的价值观进行了讽刺。

除了上面的两个小标题，小说其他十三章的小标题中，有的来自于名言警句及熟语，比如第四章的小标题"飞蛾扑火"。作为一句熟语,大家都知道它隐含的寓意是"自取灭亡"。但这一章中蛾子米佳扑火的结果却是获得了光明,可见小标题的含义与原来的引文恰恰形成了对比。有的引用的是俄罗斯及世界经典文学名著名称,比如,第一章的小标题"俄罗斯森林"(Русский лес)是苏联作家列昂诺夫(Л. Леонов)的同名长篇小说的名称。列昂诺夫的小说通过俄罗斯森林的历史命运,探讨了一系列具有全人类意义的哲学伦理问题,诸如人与自然的关系、人道主义与进步、人生目的和意义、幸福的含义、真假爱国主义等重大问题。而佩列文的小说中,却是美国蚊子山姆到俄罗斯来吸取俄罗斯人的血液,隐喻苏联解体后美国以及西方国家乘机对俄罗斯自然资源的利用和占有。第十二章的小标题"天堂"(Paraside)来自《圣经》。《圣经》中的天堂是好人死后被上帝派往的地方,后来被人们用来表示美好的地方,在本章中与蝉儿谢廖扎的人生结局构成了讽刺,因为原本的美好之地竟然是谢廖扎走向死亡的地方。再比如,第九章的小标题"黑色骑士"(Чёрный всадник)与普希金的长诗《青铜骑士》(Медный всадник)构成互文文本。第十章的"飞跃敌人的窝巢"(Полёт над гнездом врага)与美国作家肯·克西(Ken Kesey)的小说《飞跃杜鹃巢》(Над кукушкиным гнездом)(又称《飞跃疯人院》)构成互文文本。这些文本仅仅是对经典名著的模仿,在表达的内容上没有多大关系。有的小标题的互文性暗含深刻的文化寓意,比如第五章的小标题"第三罗马"(Третий Рим)让读者联想到俄罗斯曾经的辉煌和今日的没落。有的小标题与历史人物构成互文文本,比如第七章的小标题"对马可·奥利略的缅怀"(Памяти Марка Аврелия)让人联想起罗马皇帝兼哲学家马可·奥利略,这一章的昆虫米佳和吉玛也像马可·奥利略一样善于思考。

　　还有一些小标题,虽然没有直接与某文本构成互文文本,但它们也具有深刻的寓意。比如,第十三章的小标题"年轻母亲的三种感情"(Три чувства молодой матери),概括了这一章里作为母亲的玛丽娜对于女儿娜塔莎的三种感情:爱、恨、悲,所以可以说,这个标题与人类母亲的情感构成了互文文本。第十一章的小标题"水井"(Колодец)寓意深刻,它是传统文化的积淀和传承,与本章中米佳和吉玛谈话的一个主题形成互文文本,即"城市在变,但水井仍旧如从前"①。第十四章的小标题"第二个世界"(Второй мир)则暗示着蛾子米佳飞去的那个世界。第二章的小标题"成年仪式"(Инициация)暗示了本章的内容包含子辈屎壳郎长大成人的标志。而小说最后一章的小标题"昆虫学家"(Энтомопилог)是一个富含深意的语言游戏,该词由"昆虫学"(энтомология)和"尾声"(эпилог)两词构成。这个语言游戏一方面说明该章是小说的尾声,另一方面也是整部小说的大总结,前面各章独立描写的昆虫都汇聚到这一章。

在内容和主题上,《昆虫的生活》与克雷洛夫(Н. Крылов)的寓言故事《蜻蜓和蚂蚁》(Стрекоза и муравей)构成了互文文本。正如俄罗斯研究者阿尔图霍娃(О. Алтухова)所言:"作家在这里将蚂蚁想变成蜻蜓的故事改成了'肥皂剧'而已。小说中心人物娜塔莎不想重复父母单调沮丧的'劳动'生活,不顾母亲玛丽娜的反对而重新孵化成苍蝇,与天生的蚂蚁习俗断绝关系。"②但在改编克雷洛夫寓言故事的时候,佩列文并没有转述或者戏仿,而是进行了重新思考和加工,添加了自己对古老寓言故事的理解和演绎,甚至小说的结尾还出现了克雷洛夫本人的形象:"一只肥胖的红蚂蚁穿着海军服;它的海军帽上写着金色的大字'伊万·克雷洛夫'。"③作家在小说的最后公然写出伊万·克雷洛夫的名字,当然不仅仅是为了暗示自己的作品与克雷洛夫的寓言有着互文性,更表明自己对经典寓言的游戏。正因为小说中有如此众多的互文文本,因此阿尔图霍娃称这部小说"是一部百科式的长篇小说"④。

《恰巴耶夫与普斯托塔》中的互文文本随处可见,其中最主要表现在与佛教文本和红色经典《恰巴耶夫》之间的互文性。与佛教的互文性体现在引入佛祖形象、利用佛教"空"之教义等,比如小说的扉页

---

① Пелевин В. Омон Ра, Жёлтая стрела. М.: Изд-во Вагриус, 2004. С. 224.

② Алтухова О. Н. Ономастический контекст в постмодернистской литературе: на материале произведений В. Пелевина. Волгоград, 2004. С. 98.

③ Пелевин В. Омон Ра, Жёлтая стрела. М.: Изд-во Вагриус, 2004. С. 302.

④ Алтухова О. Н. Ономастический контекст в постмодернистской литературе: на материале произведений В. Пелевина. Волгоград, 2004. С. 100.

上出现了模仿成吉思汗口吻而写成的诗歌，还有假托佛教阵线主席写的序言。这些互文文本都突出了小说的虚空主题，以此解构20世纪初和世纪末的现实。

《恰巴耶夫与普斯托塔》与富尔曼诺夫的长篇小说《恰巴耶夫》及关于恰巴耶夫的电影、笑话等都有着互文性。但佩列文的小说在借用原文本中的人物形象和情节时，毫无例外地添上了自己的加工和杜撰，赋予自己的小说以游戏色彩，以此解构原文本在公众中制造的英雄神话。佩列文小说中的人物恰巴耶夫、彼得、安娜和纺织工人，在富氏小说中的原型分别是恰巴耶夫、克雷奇科夫、叶莲娜·库奇尼娜和一位老纺织工人。只不过，这些人物在佩氏的小说中获得了与富氏小说不同的身份和作用。佩氏笔下的恰巴耶夫（以下简称"新恰巴耶夫"）同富氏笔下的恰巴耶夫（以下简称"旧恰巴耶夫"）一样，身材不高，留着向上翘的胡子。但旧恰巴耶夫勇敢、豪爽、幽默的同时又具有农民式的野蛮和懒散，政治思想觉悟不高；新恰巴耶夫的出身未知，幽默的同时不失聪明、智慧和神秘，思想高深莫测。新、旧恰巴耶夫都喜欢喝酒，但旧恰巴耶夫对酒的嗜好无法用理性控制，且酒精对他经常起到反面作用；而新恰巴耶夫对酒有着极其理性的把握，酒和茶一样，都成为他神秘主义思想诞生的重要刺激因素。新、旧恰巴耶夫都是红军将领，配备有马刀和手枪，但旧恰巴耶夫将这些武器用于战场；而新恰巴耶夫则将刀用于反射无意识，将枪用于点化神秘的乌拉尔河。新、旧恰巴耶夫都在士兵和群众中进行演讲，但旧恰巴耶夫用激情和英雄气概煽动军民的斗争热情和无畏精神；新恰巴耶夫的语言常常混乱不堪，甚至毫无意义，纯属文字游戏。旧恰巴耶夫是政治委员的学生，他的思想受政治委员的指点才得以成长；新恰巴耶夫是知识分子的导师，在他的指引下，彼得明白了生活和现实的真谛。新、旧恰巴耶夫都在乌拉尔河边面临绝境，但旧恰巴耶夫是被白军包围至乌拉尔河，最后在泅水撤退中牺牲；而新恰巴耶夫是被富尔曼诺夫带领的造反纺织工人追截到乌拉尔河，他不慌不忙地用安娜的机枪点化出象征永恒的乌拉尔河，然后跳入河里获得永生。最后，旧恰巴耶夫代表着苏维埃意识形态，为了苏维埃政权而奉献自己的生命；新恰巴耶夫则是佛教虚空思想的宣传者，并为了这种信仰而变成了佛陀。

除了恰巴耶夫，佩列文笔下的其他人物也与富氏笔下相应的人物大有不同。比如，佩氏笔下的安娜是恰巴耶夫的侄女兼女机枪手。在彼得的眼里，安娜是一个美丽、高贵、矜持、神秘的女人，是一个可望而不可即的爱慕对象，这正符合小说虚空主题，连女人也成了彼得意识中的一个幻影：“她那学生般的装束和扁平的胸部代表了后现代的‘雌雄同体’特征。”①安娜在小说中没有直接参加战争，而只是彼得和科托夫斯基两人爱恋的对象，并引发了两个情敌之间的争风吃醋。更为重要的是，她在叔叔恰巴耶夫的教导下，比彼得更早地领悟到虚空的道理，最后同恰巴耶夫一起渡河成佛。富氏笔下类似于安娜的形象是女兵叶莲娜·库尼奇娜，这是一个勇敢朴实的俄罗斯劳动和革命女性的化身，她积极拥护红色苏维埃政权，并愿意为之付出自己的青春和生命。佩氏笔下的彼得对应富氏笔下的克雷奇科夫，两人都是恰巴耶夫的政委，都随恰巴耶夫出生入死。但在佩氏的小说中，彼得同时还是一位精神病患者，他因为弄不清现实和生活的真谛而患上了人格分裂症，在精神导师恰巴耶夫的指引下才得以解脱。富氏笔下的克雷奇科夫是一个有知识、有文化、思想觉悟高的党员，他被上级派来做恰巴耶夫的思想政治工作，引导他走向成熟。

除了小说中的重要人物形象，佩列文小说中很多情节也是对富尔曼诺夫小说的借用和改编。比如，两部小说中都有火车站广场群众为红军送行的场面及战争场面，但佩氏对这些场面的描写都一带而过，尤其是战争场面，基本上是寥寥几句，而且主要是在彼得梦幻清醒后安娜转告他的：“您，彼佳，在柳树站表现得相当出色。要不是您带领自己的骑兵连从左翼包抄过来的话，大家都得被打死了。”②两部小说都有战士们围绕篝火唱歌娱乐的场景，但佩氏笔下的这个场景不是人间之象，而是男爵荣格尔恩带领彼得漫游阴曹地府时见到的场景。类似经过佩列文加工、拼贴、篡改、虚构的场景很多。

在《“百事”一代》中，互文文本更多、更宽泛。佩列文不仅引用

---

① 郑永旺：《游戏·禅宗·后现代》，人民文学出版社 2006 年版，第 131 页。

② Пелевин В. О. Чапаев и Пустота. М. : Изд-во Вагриус, 2004. С.148.

俄罗斯经典文学文化文本,还利用世界各国著名诗人和作家的文本,以此讽喻当代俄罗斯现实。这部小说的标题是对加拿大作家道格拉斯·库普兰(Douglas Coupland)1991 发表的《X 一代:在加速文化中失重的故事》(*Generation X: the accelerated culture weight loss story*)的仿造。道格拉斯在书中着力描画了 1965—1980 这个年代出生的人的处世态度。这一代人对前途无法预知,又不愿从事父辈们的职业或采取他们的生活方式,于是他们的人生便成了未知数或虚无,作者冠以他们"X 代人"的称谓。佩列文以道格拉斯的小说为蓝本塑造了俄罗斯的"X 代人",只是将英文字母"X"换成了俄文字母"П"。

"П"在小说中具有多重含义。第一,指像塔塔尔斯基一样出生于 60、70 年代的人,这代人曾经幸福地成长于社会主义红旗下,然后又亲身经历了苏俄两个完全不同时代的变迁。他们中的一些人在苏联解体后的商业化社会中追名逐利,精神完全蜕化。第二,"П"是"百事可乐"的首字母,它象征西方文化入侵俄罗斯的结果。如同小说主人公塔塔尔斯基那样的 60、70 年代的人,曾无奈地接受了"百事可乐",这完全不是个人的选择,而是社会和历史强加给他们的一种选择①。不过,在佩列文的小说中,"百事"一族并不仅仅是选择"百事可乐"的一族,而是把物质生活看得远远高于精神生活的一族。这一族人经历过社会巨变后,生活希望丧失了,精神颓废了,心灵堕落了,从而将物质追求看成生活的首要目标。第三,"П"还指长有五个爪子的跛脚狗。这条狗曾经是多神教中的一个叫皮兹杰茨(Пиздец)的神,女神伊什塔尔死后附身于它。第四,"П"还可以理解成"пост-"(后)的首字母大写,表示后现代一族、后结构主义一族、后工业社会和后信息社会一族。这是生活在电视、电脑、广告等大众媒体和信息手段所营造的虚拟现实中的空虚一代,是当代社会的"多余人",是和小说作者佩列文同龄的一代中年人、作家或诗人②。

在小说的第一章中,当塔塔尔斯基面对实际功利的现代社会而

---

① Шульга К. В. Поэтико-философские аспекты воплощения "виртуальной реальности" в романе "Generation 'П'" Виктора Пелевина. Тамбов, 2005. C. 27.

② Там же, C. 105.

感慨文学创作"不再为时代所需"时,游戏性地改写了俄罗斯白银时代女诗人茨维塔耶娃的一首诗歌。

> 我的诗句尘封在商店(过去和现在都无人问津!),
> 可它们就像珍贵的美酒,
> 终将会等来自己的时辰。①

　　这里的互文性游戏体现在,佩列文往茨维塔耶娃的原诗中添加了一句"过去和现在都无人问津"。添加的这句诗将塔塔尔斯基与茨维塔耶娃两人的风格截然分开了,因为茨维塔耶娃是严肃的文学创作者,有着崇高的精神追求,而塔塔尔斯基只是一个文学爱好者,且最后连这一身份都抛弃,成为拜物主义者、金钱至上者,毫无精神追求可言。所以,多加的这句诗给主人公及作品染上了游戏色彩。

　　步入广告商界后,塔塔尔斯基为了获取商业利润,将俄罗斯文化及世界文化遗产中的宝贵财富和精神价值都加以利用。比如在为俄罗斯"斯米尔诺夫"牌伏特加所写的广告词中,他直接引用了俄罗斯诗人丘特切夫的诗句:用理智无法理解俄罗斯,俄罗斯只能被信仰。丘特切夫的诗歌表达的是对俄罗斯祖国母亲的深深崇敬和热爱之情。而在这里,受到崇敬的却是催人醉生梦死的伏特加酒,这里的互文性显然嘲弄了俄罗斯人精神信仰的丧失。具有喜剧效果的是,丘特切夫的诗句在广告词中被塔塔尔斯基用英文字母书写。大至一个国家、民族,小至个人,当不用自己的语言而用别人的声音来说话时,就丧失了自我。因此,这一互文性游戏影射了西方文化对俄罗斯民族从语言到心理产生的巨大影响。

　　由于大量使用互文文本,作者在创作中的地位发生了变化。经典作品中的作者主要通过文本表达自己对现实的感悟和认识,而在后现代主义文学文本中,作家不再天真地希望表达自己的创作个性,不再奢求作者之"我"的自我表达,开创了"作者之死"的新时代。"艺术变成了各种公开的引用、模仿、借鉴以及对他人作品主题的游

---

① Пелевин В. О. Generation "П". М. : Изд-во Вагриус, 2004. С.16.

戏。"①作家不再是某种思想的"表达者",而只是各种文本的"组织者",文本与作者的关系不再像经典作品中那样紧密。互文性揭示了后现代主义文学作品与前期文本的连续性,更揭示了其断裂性,因为对世界持有怀疑主义和虚无主义态度的后现代主义文本既是与原文本的合作,更是对其荒谬性的揭示,它促使人们重新思考关于人类知识的一切根本性的概念。

对于后现代主义文学使用大量互文性游戏的现象,文学理论家和批评家爱泼斯坦持有否定看法,他认为后现代主义的游戏源于作为一种文化现象的后现代主义自身的危机:"后现代主义看不见任何从语言牢笼中逃脱出来的出路,就只有加强在这个牢笼中游戏的快感","艺术变成了对引文的游戏,对其他题材的公开模仿、借用和变体的游戏"②。我们认为,佩列文游戏性地引用他人文本,一方面印证了"后现代主义文本是由各种文化符号构成的超级文本"之特征,另一方面,也传达了作家对现实持有的游戏立场和态度,是作者颠覆和解构现实的重要手段之一。

第二节　虚　幻　建　构

一、梦

梦对人类认识世界的奥秘和探究事物的本质具有积极作用。尼采曾说:"壮丽的神的形象首先是在梦中向人类的心灵显现;伟大的雕刻家是在梦中看见超人灵物优美的四肢结构。如果要探究诗歌创作的秘密,希腊诗人同样会提醒人们注意梦。"③生活中,人们一方面

---

① Эпштейн М. Н. Истоки и смысл русского постмодернизма // Звезда. 1996. No8. C. 172.

② Эпштейн М. Н. Истоки и смысл русского постмодернизма // Звезда. 1996. No8. C. 166-188.

③ 〔德〕尼采著:《悲剧的诞生》,周国平译,广西师范大学出版社2001年版,第3页。

根据梦的景象来解释生活,另一方面又在梦中演习生活。

梦自古以来就是文学创作的一大话题,因此梦并不是后现代主义文学的专利。经典文学也谈梦,但梦在经典文学中只是一个微不足道的部分,梦被实用化了,也就是说,梦必须服务于作品的主题和情节,无利可图的梦是不会被采纳的。在现代主义文学和后现代主义文学中,作家们对梦的理解和阐释越来越深刻、丰富,梦成了拓展时空的手段,成了通向神秘王国的幽径,甚至成了小说的一切。这主要归功于大批哲学家和心理学家们,他们对梦的相当系统化、理性化的阐释给了作家们指点与启发。卡尔·荣格在其《探索无意识》一书中,将梦看成"无意识的一种特殊表现形式"。诺·弗莱在其《批评的解剖》一书中,在扩大的意义上使用这一术语。他先比较了神话、仪式和梦之间的关系:"神话不仅给仪式以意义,给梦以叙述,它是仪式和梦的同一,在这同一中,仪式被视为行动中的梦。"最后他断言:"梦是'意义'的原型方面。"①

后现代主义作家对梦的理解比较接近荣格和弗莱的理论,将梦看成富含深义的概念。而与古典文学作家不同的是,后现代主义文学作家还"发现了梦与小说的虚构性所具有的高度一致性、梦与存在的隐性结构的高度一致。他们把梦看成一切,而不再是小说描写过程中的一个实用性的片断。梦既成了他们的创作动机,又成了他们的创作形式与内容"②。

长篇小说《恰巴耶夫与普斯托塔》若没有梦,就不会有小说中色彩斑斓的世界。正是彼得一个接一个的梦,套成了整部小说。"在佩列文的作品中,梦境不是简单地起烘托和渲染作用的。作者的诗学建立在梦的基础上。"③

梦幻是《恰巴耶夫与普斯托塔》建构虚幻图景的主要方式,正是彼得一个接一个的梦使他来回穿梭于两大时空。不过,也正是一个

---

① 转引自王先霈、王又平主编:《文学理论批评术语汇释》,高等教育出版社 2006 年版,第 578 页。

② 曹文轩:《小说门》,作家出版社 2002 年版,第 112 页。

③ 郑体武:《走进佩列文的迷宫——〈夏伯阳与虚空〉初探》,载《俄罗斯文艺》2004 年第 2 期,第 20 页。

接一个的梦,使得评论界对哪一个时空为现实、哪一个时空为虚幻存在争议。有人认为,90 年代是现实,而 1919 年是疯子彼得的幻想[①]。也有人认为,1919 年是真实,而 90 年代中期是梦境[②]。小说的主人公彼得倾向于将 1919 年当作真实,而把 90 年代初当作梦呓。也许,这只是作者的一个故意安排,因为毕竟彼得在小说中的一个身份就是精神病人,作者故意让彼得产生这样的错误观念。另外,由于小说一开始就以现实主义的笔调描写 20 世纪初发生在彼得身上的事件,这样给读者造成的印象是:1919 年是现实,90 年代是彼得的梦幻。

如果整部小说从头到尾描写彼得的一个梦,就不会存在梦境与现实之争。但小说中几乎每一章的开端和结尾都有梦境向现实或一个梦境向另外一个梦境的转换,因此出现了真假难辨的情况。而且,这些转换都不是突兀发生的,它们或者是情节自然发展使然,或者通过重复、回环、通感等手法巧妙衔接而成。请看图 4-1 表示的章节衔接示意图。

从图 4-1 可以清楚地看到,小说是如何将章与章连接起来,并实现梦境向现实或向另一梦境过渡。总体上可以说,除了第六章和第八章,其他章节都是以彼得梦醒为开始,以彼得入梦为结束。所以说,《恰巴耶夫与普斯托塔》就是梦构成的一部小说。哪里是梦的起点,哪里是结束,我们无法得知。孰是现实,孰是梦幻,更无法得知。佩列文就这样以梦为起点,梦为终点,梦为内容,梦为形式编制了一幅幅神秘的虚幻图景。

作家以重复、回环等手法,实现了现实与梦幻、上章与下章之间的过渡和转换,但这种转换并不是静止的,而是不停向前发展的。其结果是,小说最后实现了所有现实和所有梦幻的交融,而且彼得也终于明白了:无论哪一个时空都不存在现实。于是,他从精神病院出院。来到大街上,彼得看到的街景与他在第一章中刚从彼得堡逃到莫斯科时看见的街景完全一样:"特维尔街心花园几乎没有什么变化,跟我两年前最后一次见到它时一样,依然是二月,满地的积雪,以奇怪的方式潜入白昼的光亮的雾霭。长凳上依旧坐着纹丝不动的老

① Быков Д. Побег в Монголию // Литературная газета. 1996. №29
② 〔俄〕罗·阿尔比特曼,《书评报》1996 年第 28 期。

第一章

开始（清醒）	结束（入梦）
被锁在莫斯科大街上的所见、所闻、所感和一天的经历。	晚上又累又怕，陷入梦乡、入梦，睡前看见窗户。

视觉上的重复（窗户）

第二章

开始（清醒）	结束（入梦）
被绑到病院，清醒后发现窗户。	被注射安定剂后沉入梦境，恍惚中收听收音机传来古怪的音乐声。

听觉上的重复（音乐声）

第三章

开始（清醒）	结束（入梦）
被恰巴耶夫弹奏的音乐声惊醒。	在午间中昏昏欲睡，恍惚听见恰巴耶夫喊"别睡了"。

听觉上的重复声"别睡了"
重复 亚里士多

第四章

开始（清醒）	结束（入梦）
被病友沃洛金的一声"别睡了"唤醒。	被病友亚利里士多德大叫"关节疼地大叫"。

第五章

开始（清醒）	结束（入梦）
从一个关于亚里士多德的梦境中醒来。	在恰巴耶夫的建议下躺在床上休息，梦见谢尔久夫兆接受颈箍式治疗时疼痛得大叫"关节发动机！"

听觉上的重复"迪纳摩"

第六章

开始（清醒）	结束（入梦）
梦见谢尔久夫兆乘坐地铁到"迪纳摩"站。	朦胧中听见医生询问东大克的病情。

听觉上的重复"迪纳马"

第七章

开始（清醒）	结束（入梦）
被粗鲁的晚归声"迪纳马"惊醒，发现又处于二战争年代。	躺在床上想自己与荣格尔恩在阴暗地府中见到的影子，进入大梦乡。

重复 "影子"一词

第八章

开始（清醒）	结束（入梦）
梦见医生铁木尔向正在接受颈箍式治疗的沃洛金询问黑影的事。	沃洛金和朋友容里克、科利扬谈论关于"第四人"的话题。

重复 "第四人"同梦

第九章

开始（清醒）	结束（入梦）
正在梦中纠结什么是"第四人"时，被恰巴耶夫唤醒。	被捆绑着接受最后一次治疗，朦胧中听见医生说对治疗满意各。

承接精神病院里的人和事

第十章

开始（清醒）	结束（入梦）
从精神病院出院。	同恰巴耶夫去内蒙古。

图 4-1 《恰巴耶夫与普斯托塔》章节衔接示意图

注："迪纳摩"（Динамо）一词在小说中包含三重文字游戏：其一，它在小说中表示"迪纳摩"地铁站；其二，它的首字母小写表示"发动机"（динамо）；其三，它的同音词"迪纳马"（Динама）是一匹马的称谓。佩列文利用这个同音同义的发音制造文字游戏，从而将第五章和第六章、第六章和第七章联系起来。

太婆们。"①也就是说，小说的结尾重复了小说的开头。这样，整部小说在结构上形成了回环结构，仿佛是一个封闭的、滚动的大球。它再次明确了作者的一个理念：现实即虚幻，一切皆为空。

二、幻觉

幻觉（иллюзия）与人的心理恰恰相反，它来自人类心灵最深处的集体无意识。关于幻觉的艺术，卡尔·荣格在《分析心理学与诗的艺术》一书中说："这是一种人所不能理解的原始经验，人的理解力有可能屈从于它。这种经验的价值和力量来自深重的罪恶，来自无底的深渊，是外来的、冷漠的、多方面的、有魅力的和怪诞的。"②但丁的作品，《浮士德》第二部，尼采对酒神的赞颂，瓦格纳的《尼伯龙根的指环》等作品，都运用了幻觉的手法。幻觉常常让读者感到奇妙、混沌和迷惑，因而特别容易制造虚幻感。

如果说《恰巴耶夫与普斯托塔》中的虚幻图景主要通过彼得的梦来建构，则《"百事"一代》中的虚幻图景主要由塔塔尔斯基吸食毒品后产生的幻觉来营造。小说中的塔塔尔斯基通过三次吸毒产生的幻觉，实现了由现实世界向虚幻世界的跨越和转换。

塔塔尔斯基首次吸毒是在朋友吉列耶夫家。这次吸毒是偶然的、非主动的。毒品就是吉列耶夫邀请他喝的蛤蟆菇茶。塔塔尔斯基喝了蛤蟆菇茶后，语言变得支离破碎，心里产生了异样感觉。在幻觉中，他攀登到建筑物顶层房间里，见到了伊什塔尔女神照片。就像亚述国王得到女神的庇护在战争中大获全胜一样，塔塔尔斯基受她的启发而写出广告词，获得了踏入商界后的首次成功。

塔塔尔斯基的第二次幻觉是吃了名叫"巴比伦邮票"的毒品后产生的。这次吸毒是他的主动行为，是他想再次体验第一次幻觉之旅的内心愿望所趋。食用毒品后，他果然产生了幻觉并来到了高大建

---

① Пелевин В. О. Чапаев и Пустота. М. : Изд-во Вагриус, 2004. C. 400.

② 转引自王先霈、王又平主编：《文学理论批评术语汇释》，高等教育出版社2006年版，第586页。

筑物前,与看门狗西鲁福进行了一番关于广告、电视与消费实质的对话。这次幻觉让塔塔尔斯基在广告界又迈出了成功的一大步。

塔塔尔斯基的第三次幻觉与第一次幻觉一样也是吸食蛤蟆菇毒品后产生的,但不同于第一次的是,这次是他主动向好友吉列耶夫索要的。借着幻觉,他再次爬到了塔的顶部房间,见到了第一次登塔时见到的女人照片。这次房间里还堆放着一些酒瓶,他喝下剩余的伏特加。酒精的作用加剧了他似梦非梦的感觉,他隐隐约约感到自己被蒙着眼睛带到塔底一百多米深的房间里,与女神伊什塔尔举行了结婚仪式,成了女神的人间丈夫。小说就这样通过塔塔尔斯基三次幻觉登塔行为,实现了神话时空与现实时空的交汇与融合。

三、变形

变形(метаморфоз 或 превращение)是佩列文采用的另外一种建构虚幻图景的手法。据俄罗斯学者涅珐金娜的观点,“变形手法——将人变成动物、猛兽、妖怪等,如同文学创作中使用神话、童话、幻想和幻觉一样,都属于假定性形式和手法”[①]。变形手法也并非后现代主义文学的专利。实际上,古今中外文学创作中都常用这种手法,尤其在童话、神话和妖魔鬼怪等小说中多有运用。我国古代四大名著之一《西游记》,就有孙悟空、猪八戒、沙僧、白骨精等各种人物的变形。《聊斋志异》则有人鬼变形。西方现代主义文学先驱卡夫卡的小说《变形记》,虚构了一个人变甲虫的神话,成为 20 世纪最伟大的小说作品之一。但是,卡夫卡等现代派作家使用的变形手法,与过去的神话、童话和魔幻小说中使用的变形手法已经有了很大的区别。在神话、童话和魔幻小说中,变形后的形象不仅具有该形象特定的外貌特征,而且具有该形象特有的思想、情感、性格和生活形态,有着明显的比喻性。比如,猪八戒变形成高老庄未来的女婿后,不仅获得了英俊潇洒的外表,而且原来懒惰、好色和贪婪的性格也消失了,取而

---

① Нефагина Г. Л. Русская проза второй половины 80-х—начала 90-х годов XX века. Минск, 1997. С.50.

代之的是勤劳、善良和本分等优点。另外,这种变形经常具有神奇的魔力,猪八戒本身就是一个具有神奇魔力的人物形象。现代主义文学中的变形没有这种比喻性,却更多地含有象征性,用来暗指人在现代社会中发生的异化现象。比如卡夫卡的《变形记》中,推销员格里高尔·萨姆沙一夜醒来后发现自己变成了一只甲虫。变成甲虫后的格里高尔虽然拥有甲虫的体态和外表,但内心却与以前完全一样。因此,在这种无法调和的思想与外表的矛盾中,格里高尔要痛苦地忍受一切不公。他不仅丢掉了工作的饭碗,还要面对家人的冷漠和厌恶。由此可见,卡夫卡通过变形,象征在由金钱和欲望构成的资本主义社会里,人性发生了异化,本应该给予同情和关心的命运,却遭遇了嘲笑和打击。

佩列文在后现代主义小说《昆虫的生活》中使用的变形,既不同于神话、童话和魔幻小说中的变形,也不同于现代主义文学中的变形,这种变形有着自己的特点。首先,昆虫从头到尾始终是昆虫的体征和外形。虽然它们的体积和力量时而变大、时而变小,但始终没有褪掉昆虫的外衣和面具。其次,佩列文笔下的昆虫从生命开始的那一刻,就被赋予了人的感情和心理。所以说,它们自始至终都是昆虫的外形与人的思想的结合体。它们一生的活动,与其说是昆虫的生活,不如说是人的行为。最后,佩列文利用变形,并不像神话、童话中运用变形来展示某一角色的神奇魔力,也不像卡夫卡那样是为了象征人性在资本主义社会中的异化,而只是借用昆虫的面具写人的生活,达到营造虚幻现实的目的。

小说中的人虫变形首先通过叙事阴谋来实现。所谓的叙事阴谋,是指文本最初给读者造成一种错觉,然后到关键时刻或最后展示出真面目。比如小说第二章的开始,展现在读者面前的是沿着海岸一边散步一边聊着人生道理的父与子,丝毫不像是两只昆虫。到了小说的中间,读者更感觉到主人公是普普通通的人,因为父亲对儿子说:"度过人的一生可不像走过田野那么简单。"①父亲还告诫儿子,长大成人后就应该有自我,应该学会控制世界。这些都是人的思想

---

① Пелевин В. О. Жизнь насекомых. М.: Изд-во Вагриус, 2004. С.33.

和情感,因而给读者造成的感觉始终是人与人之间的谈话。但在小说的一些细节处偶尔闪现出让读者迷惑不解的一面,这就是小说叙事中使用的动词完全不像表达人的行为动词,比如本应该用"走"(идти)的地方用了"爬行"(ползти):"小男孩隐约觉得,他和父亲在爬行……不清楚往哪里爬,但父亲假装知道路。"①还有一点令人疑惑的是,为什么父子二人边走边捡屎粪呢? 这个谜一直到小说情节发展到一定阶段时,作家才给了谜底,交代了主人公的真实身份:"一个长着小眼睛、硕大颌、带刺的黑脑袋的家伙正从球的底部望着它。它没有脖子,脑袋直接长到坚硬的黑铠甲上,黑爪子在铠甲的两边晃动着,上面长满了锯齿。"②读到这里,读者就已经明白了,先前阅读过程中形成的印象是错误的,主人公并不是两个人,而是长着硬壳的昆虫。然后再根据它们积攒屎粪这一行为,就会恍然大悟,原来是一老一少的屎壳郎。佩列文这种欺骗读者阅读预期的叙事阴谋常常制造出迷宫小说。

虫变人在小说中通常发生在刹那间,一般是作家在描写某一个具体细节时"泄露"出来。比如,娜塔莎本是一只年轻的苍蝇,但它在餐厅遇见山姆后,外表和行为举止处处突然显示出人的特征:"富有弹性的绿色皮肤",长满"黑发"的爪子,微笑着坐在桌旁,露出"整齐洁白的牙齿",一边和山姆聊天,一边"慢啜"着杯中的香槟,甚至从包里掏出一套化妆品,涂染"指甲"。同样,反过程——人变虫,也是如此。比如,当山姆被阿尔图尔和阿诺尔德从压着的人背下推出的时候,山姆突然间从精明的美国商人身份变成了蚊子,它"翅膀拍打着嘴脸,飞上空中,灵巧地飞过窗格子和窗纱之间的缝隙,冲向窗口"③。其中的几个关键词"拍打"(хлепнуть),"嘴脸"(рыло),"飞上"(взмыть),"飞过"(проскочить),"冲向"(понестись),都明显地体现出昆虫的特征。

大小变形是另外一种形式的变形,它同样赋予作品虚幻性。比

① Пелевин В. О. Жизнь насекомых. М. : Изд-во Вагриус, 2004. С. 32.

② Там же, С. 39-40.

③ Там же, С. 21.

如,当娜塔莎与山姆在餐厅相遇时,它的体积很小,符合苍蝇的真实体积。

> 山姆漫不经心地低下头看了看自己的盘子……它发现在土豆泥和汤汁的边上有一只小苍蝇,刚开始它还以为是茴香碎末呢。它慢慢地将手伸向它——苍蝇颤抖了一下,但并没有飞走——山姆小心翼翼地用两个手指将它移到空椅子上。①

但转眼间,小小的苍蝇变形成一个身材高挑、举止优雅、羞答答娇滴滴的妙龄少女,用生涩的英语勾引山姆。

最后,还有一种形式的变形即体积重量的变形。当蚊子阿尔契巴尔特飞到娜塔莎的脚下吸血时,被娜塔莎一个巴掌拍死。这里的娜塔莎由原来轻盈灵巧的小苍蝇,变成了"从天上掉下来的极其沉重的东西"②。老屎壳郎也遭遇了同样的下场。它和儿子在路上行走时,被娜塔莎沉重的脚步踩死:"前面传来了巨大的咯噔咯噔声,这声音如此响亮,以至于脚下的钢筋混凝土都微微颤动了。接下来的咯噔声更近了,屎壳郎看见一双尖跟红色高跟鞋,鞋跟一下子扎进钢筋混凝土几米深。"③显然,这里的娜塔莎变成了踩着细高跟鞋的重量级人物,它一下脚就将老屎壳郎踩进几米深的钢筋混凝土中。

四、想象

《奥蒙·拉》中没有出现像《恰巴耶夫与普斯托塔》那样的梦境,也没有出现像《"百事"一代》那样的幻觉,更没有像《昆虫的生活》那样的变形,这部小说的虚幻图景主要依靠想象构建起来。

"想象"(фэнтэзэ)与另一种文学手法"幻想"(фантастика)是两个完全不同但又容易混淆的概念。幻想"描写的是还未被认知,但按照事物的逻辑是可能的,且好像与现实平行存在或是现实在未来的延续的东西",而想象是"一种摆脱不掉的思想,它在人不眠时被压

---

① Пелевин В. О. Жизнь насекомых. М. : Изд-во Вагриус, 2004. С. 91-92.

② Там же, С. 164.

③ Там же, С. 47.

制,而在人做梦时出现"①。简而言之,幻想是根据科学经验推理出来的、可以实现的东西,而想象则是毫无科学依据、永远不会实现的东西。

《奥蒙·拉》中的宇航飞行,既是作家的虚构,也是苏维埃官方的臆想,因为这次飞行根本毫无科学根据,而是为官方意识形态建设服务的工具。众所周知,任何国家都肩负有意识形态建设任务,所以国家对于历史现实事件的解释总是与现实有着一定的差距,国家对历史现实的发展也有一定的干预。但相对而言,越是民主的国家,国家意识形态对历史事件的解释越真实,对历史现实的干预也越弱。苏联在短短的半个多世纪里,创造了近乎神话的官方意识形态和历史。在官方意识的控制下,国内战争年代出现了无数个恰巴耶夫式的红军将领神话,社会主义建设时期出现了无数个保尔·柯察金式的钢铁英雄神话,第二次世界大战期间又出现了以斯大林为首的战争神话和成就神话。针对这种现象,俄罗斯历史学家阿法纳西耶夫曾将苏维埃74年的历史比喻为"一场持久的神话般的梦"②。但我们知道,任何政治神话和国家神话都是"想象和意志的果实"③,任何政治和国家神话都有确定的社会和政治内涵。文学、电影、舞台艺术等影响大众意识的手段成为表现这种神话的重要载体,于是就出现了官方刻意制造出来的典型英雄和事件。

揭露苏维埃官方各种神话的文学作品很多,苏联时期大部分地下文学和海外文学作品都属于这一类。但由于严格的书报检查制度,这些作品都被禁止出版。从20世纪80年代中期开始,随着这些作品的回归,这一主题越来越被当代作家所关注。

佩列文的创作也如此。《奥蒙·拉》中的宇宙空间和飞行就是苏

---

① Нефагина Г. Л. Русская проза второй половины 80-х-начала 90-х годов XX века: Учебное пособие для студентов филологических факультетов вузов. Минск. 1997. С. 194.

② 周宪、罗务恒、戴耕编:《当代西方艺术文化学》,北京大学出版社1988年版,第291页。

③ Цыганов А. Мифология и роман Пелевина Чапаев и Пустота. < http://pelevin. nov. ru/stati/o-myths/1. html >

维埃国家意识的想象之物。官方将这一臆想出来的结果强加给奥蒙等飞行员,让他们成为他们想象的牺牲品。

小说中,苏联为了在东西方冷战中获胜,决定在第一次成功的宇航飞行的基础上再伪造一次宇航飞行。这个伪造的飞行计划在小说第六章开始揭开序幕。几年前,苏联载人飞船已经登上了月球,在那里开辟了长达50公里左右的"列宁峡谷",并取回了泥土样品。但没过几年,美国也向月球成功派送了自己的宇航员,这使苏联大为惶恐。为了展示自己的国家实力比西方国家强,苏联决定再派出一些飞船沿列宁峡谷飞行,并沿路插上写着"和平"、"列宁"、"苏维埃社会主义共和国联盟"之类字样的旗帜。然而,受限于国家实力和经费,苏联当时无法再发射载人飞船,但"意识形态的斗争是一分钟也不能停止的领域"①,苏联官方就设计了一场虚假的登月计划。按照这个计划,官方决定将地下废弃的地铁作为宇宙空间,将废弃的列车改造成飞船,然后欺骗所有学员,让他们像驾驶飞船那样驾驶列车在地铁线路上来回运行。与此同时,官方用电视机拍摄下这场"飞行",将虚拟的事实展示给外界看。为了密不透风地完成计划,官方在飞行学校里挑选了一批愿意为苏联宇航事业牺牲的飞行员,并编造了一个谎言,道出国家的"苦衷":由于经费紧张,国家发往月球的飞船不可往返,因此他们在完成任务后只能选择自杀。对于这种毫无人性的方案,官方做了冠冕堂皇的解释:"我们用欺骗帮助真理","人类的命运中本来就有很多说不清楚的、看似毫无意义的东西和很多痛苦"②。

官方想象的"飞行"最终在欺骗中实现了。在"飞行"前一天,飞行员的饭食中被投放了安眠药。等学员醒来时,他们看到的是一片黑暗,因为他们已经被官方放进位于地下的列车中了。苏维埃官方就这样想象了一个宇宙空间,这个空间如此成功,以至于醒来后的奥蒙的确有进入太空的感觉:"火箭已经远离地球快到月球了,所以从这里已经可以看见半个地球了。"

---

① Пелевин В. О. Жизнь насекомых. М. : Изд-во Вагриус, 2004. С. 65.

② Там же.

　　整部小说中佩列文一直利用丰富的想象欺骗着读者，直到最后一刻读者才知道，奥蒙的所谓"飞行"其实只是一个骗局。佩列文的想象之所以获得成功，因为整部小说中佩列文"将社会主义现实主义方法作为强有力的神话根源"①。他剔除了社会主义其他现实事件，只留下苏维埃国家意识形态图景，让意识形态营造出虚假现实，从而构成真正的虚幻世界。

第三节　建构的合成

一、多时空交织

　　时空是构筑小说的一个重要因素。"时空本身的特点以及不同的组合方式不仅同样是构成一部作品、一种体裁样式的基本因素，它的更新和变化同样会对体裁的整体面貌产生影响。"②早在古希腊时期，亚里士多德就建立了最古老的以自然时间为顺序的叙事学原则，"开头、中间、结尾，叙事过程的三阶段，分别对应于自然时间的过去、现在、未来。这三个环节有着自己固有的位置，构成一个有生命的整体"③。20世纪，俄罗斯学者巴赫金也论证了时空体在文学中的重大意义，他认为，"在文学中，时空体里的主导因素是时间"④。但从20世纪的现代主义小说开始，时空方面出现了鲜明的反传统倾向，即时间变得淡化，只留下凸显的空间。

　　针对现代主义小说新的时空，1945年美国著名文学评论家约瑟夫·弗兰克（Josef Frank）提出了小说空间形式的理论。他认为，所谓

　　① Дмитриев А. В. Неомифологиз в структуре романов В. Пелевина. Волгоград. 2002. С.30.

　　② 潘月琴：《巴赫金时空体理论初探》，载《俄罗斯文艺》2005年第3期，第63页。

　　③ 史成芳：《诗学中的时间概念》，湖南教育出版社2000年版，第60页。

　　④ 〔俄〕巴赫金：《巴赫金全集》（第三卷），白春仁、晓河译，河北教育出版社1998年版，第275页。

"空间形式"就是"与造型艺术里所出现的发展相对应的……文学补充物。两者都试图克服包含在其结构中的时间因素"①。弗兰克的空间形式理论包含两个层面。从创作的主体角度来看,空间形式作品的创作者表现出了对时间和顺序的摒弃、对空间和结构的偏爱,他们在同一时间里展开叙述不同层次上、不同空间里的行动和情节,同时切断了这些行动和情节,取消了时间顺序,中止了叙述的时间流动,即"并置"概念。从接受主体的角度来看,为了理解空间形式,读者必须把一部小说当作一个整体来接受和认知。空间形式的小说是由许多分散的而又相互关联的单位所构成的一个艺术整体。每一个单位的意义并不仅仅在于它自身,也在于它与其他单位的联系,因此,读者必须在与整体的联系中去理解每一个单位。为了达到这个目的,读者必须运用"反应参照"的方法,即"把事实和推想拼合在一起的尝试"(米切尔森语)。实现反应参照的前提是"反复阅读",又称"重复阅读"。也就是说,读者必须在重复阅读中才能把各个独立于时间顺序之外而又彼此关联的各个参照的片段在空间连接起来,并以此重构小说的背景②。

我们发现,尽管弗兰克的空间形式理论是针对现代主义小说提出的,但这一理论同样适用于解读后现代主义小说的空间结构。这是因为,后现代主义文学本身孕育于现代主义文学,它在时空方面继承了现代主义的一些反传统倾向。后现代主义小说如同现代主义小说一样,时间顺序让位于空间形式,历时性为共时性替代。作家在叙事中摆脱了时间的束缚,在小说中构建起了新的时空体系,并经常利用时空交织、章节交替、多重故事等手法获得独特的空间形式。

佩列文是小说时空方面最典型、最勇敢的文学实验者之一,他的创作的后现代性在很大程度上体现于其反传统的独特视角和对时空的处理上。《奥蒙·拉》、《昆虫的生活》、《恰巴耶夫与普斯托塔》和

---

① 〔美〕约瑟夫·弗兰克等著:《现代小说中的空间形式》,秦林芳编译,北京大学出版社1991年版,译序Ⅱ。

② 同上书,译序Ⅱ-Ⅳ。

《"百事"一代》四部小说的时空,都无一例外地表现出反传统形式。从大处着眼,四部小说的时空都可以划分为现实和虚幻两大类;但从细处看,四部小说中的时空和情节结构都比较复杂,不再是两个时空,而出现多个时空,甚至"长篇小说内部出现了自成结构的多部中篇和短篇小说"①。

　　《恰巴耶夫与普斯托塔》的时空在佩列文的创作中最典型、最复杂。从总体上看,小说包括 20 世纪初和 20 世纪末两大时空。第一个时空的具体时间是十月革命之后到国内战争期间,地点由莫斯科大街延伸到国内战争战场,从乌拉尔河通往佛教之地内蒙古。这个时空的主要人物有彼得、恰巴耶夫、安娜、科托夫斯基、富尔曼诺夫及纺织工人等。第二个时空的具体时间是 20 世纪 90 年代,地点是莫斯科郊区疯人院。主要人物是彼得、马利亚、谢尔久克、沃洛金四位精神病人及医生铁木尔·铁木罗维奇等。

　　但实际上,这部小说的时空远远不止两个。因为在 20 世纪末的时空中,患有精神分裂症的彼得经常产生梦幻,于是出现了由马利亚和他的美国男友施瓦辛格之间的爱情故事构成的碎片时空一,由谢尔久克与日本商人川端的商业故事构成的碎片时空二,由俄罗斯新贵沃洛金与其朋友舒里克、科利扬之间的哲理对话构成的碎片时空三。这些碎片时空主要交织在小说第二大时空中,从而使得小说时空纷繁杂芜。我们可以用图 4-2 表示这部小说的时空结构。

　　但小说的时空绝不止于此。上述三个碎片时空中的主人公在其精神病发作的时候,又会诞生出无数更小的时空。比如,病人马利亚的意识中曾出现过一个"城市"空间。

> 　　当他们置身于一个院子里时,马利亚觉得,他们仿佛到了另外一个城市。在这里,早晨的宁静没有受到任何搅扰,周围没有一丝烟雾,很难相信,附近会有一些焦躁不安的人端着冲锋枪来回转悠。②

---

① Пальчик Ю. В. Взаимодействие эпических жанров в прозе Виктора Пелевина. Самара, 2003. C. 111.

② Пелевин В. О. Чапаев и Пустота. М. : Изд-во Вагриус, 2004. C. 71.

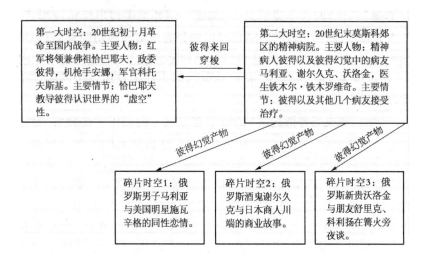

图4-2 《恰巴耶夫与普斯托塔》的时空图

如此这般,小说的时空从内部拓展得越来越宽,就像一个入口窄小而里面又深又宽的洞,很难一眼看清里面真正的内容。

不管时空多么破碎,它们都具有完整独立的故事情节和内容,在小说中被作家用斜体字标示出来。所以,虽然小说的情节分支繁多,时空环环相套,但终究可以按照主要的两大时空而梳理出两条情节线,它们因为主人公彼得串联起来。在小说的最后一章(第十章)里,两大时空完全交汇在一起,两个时空的人物都出场,作家以此种方式使虚幻与现实两大图景交织融汇。

佩列文在《恰巴耶夫与普斯托塔》中使用的时空结构,使一些研究者联想到布尔加科夫的《大师与玛格丽特》。比如,俄罗斯研究者科热夫尼科娃(М. Кожевникова)指出:"佩列文的作品属于布尔加科夫的《大师与玛格丽特》那种体裁——讽刺诗学体裁,甚至也可以说是神话讽刺寓言故事体裁。"①科热夫尼科娃主要指的是,小说中精神病院里的治疗以及病人们相互讲故事的主题和情节与《大师》极其相似。另外一位俄罗斯研究者波格丹诺娃从现代、历史和永恒三

① Кожевникова М. Буддизм в зеркале современной культуры: освоение или присвоение? < http://pelevin.nov.ru/stati/o-buddh/1.html >

个层面将《大师与玛格丽特》与《恰巴耶夫与普斯托塔》的结构进行了比较。根据她的分析,现代层面分别指两部小说中的30年代和90年代,对应的主要人物是"无家汉"诗人伊万和彼得。历史层面中对应的主要人物分别为魔鬼沃兰德和恰巴耶夫。永恒层面中对应的主要人物是耶舒阿和荣格尔恩男爵[①]。波格丹诺娃的分析有一定道理,更进一步阐释了《恰巴耶夫与普斯托塔》的结构特点。

四部小说中,《昆虫的生活》的时空的复杂性仅次于《恰巴耶夫与普斯托塔》。一方面,这部小说由六大空间构成,所以比其他小说复杂。另一方面,由于这些空间基本上是并置关系,所以相对于《恰巴耶夫与普斯托塔》环环相套的时空又比较简单。还有一点不同的是,这部小说完全没有出现时间。除了小说的开头交代了故事发生的时间是在夏天外,小说中的其他章节中都没有任何时间概念,所以这部小说完全可以看成空间形式小说。

小说共由十五章构成。第一个空间由第一、第五、第八、第十章构成,主要以美国蚊子山姆在俄罗斯的活动为线索,讲述了它与俄罗斯蚊子阿尔图尔、阿诺尔德合作提取血液样品以及与苍蝇娜塔莎的恋爱。第二章单独为一个空间,主人公是屎壳郎父子俩,它们沿路积攒屎粪,老屎壳郎向儿子灌输不断积累财富的人生道理。第三个空间由第三、第六和第十三章构成,是关于蚂蚁玛丽娜一家人的故事:玛丽娜婚前独自辛劳,认识尼古拉后恋爱结婚,尼古拉意外身亡后独自生养女儿娜塔莎,女儿成年后偷偷地由蚂蚁变成苍蝇,并准备抛弃母亲与富有的美国蚊子山姆私奔。第四个空间由第四、第七、第十一和第十四章构成,主要讲述飞蛾米佳和吉玛的人生哲学。它们由最初向往光明但不敢行动,到后来相互开导和鼓励,终于冒着生命危险成功地实现了"飞蛾扑火"。第九章单独为一个空间,主人公是马克西姆和尼基塔两只大麻臭虫。它们一边吸食鸦片,一边谈论后现代艺术和哲学,最后遭遇警察而丧生。第十二章也独立为一个空间,主要叙述蝉儿谢廖扎忙碌而枯燥的一生。第十五章为结尾章节,所有

---

① Богданова О. В. Постмодернизм в контексте современной русской литературы. СПб. :, 2004. С.351.

的昆虫都直接或间接地出场,汇合于临死的娜塔莎面前。我们可以用表4-3表示小说的空间结构。

六大空间	章　节	主人公(昆虫)
空间一	第一,第五,第八,第十章	美国蚊子山姆,俄国蚊子阿尔图尔和阿诺尔德,苍蝇娜塔莎
空间二	第二章	屎壳郎父子
空间三	第三,第六,第十三章	蚂蚁玛丽娜,丈夫尼古拉,女儿娜塔莎
空间四	第四,第七,第十一,第十四章	飞蛾米佳和吉玛
空间五	第九章	大麻臭虫马克西姆和尼基塔
空间六	第十二章	蝉儿谢廖扎

表4-3　《昆虫的生活》的空间图

上表是我们经过反复阅读即"反应参照"后,恢复、整合、归纳、猜想而得出的连贯情节和时空图。六个空间中分别叙述了六个故事,而且六个故事之间几乎不存在因果关系和逻辑联系。六个空间的排列也没有先后顺序,因为六个故事在小说中无明确的发生时间,只有比较确定的行为场所。所以可以说,小说中的六大空间是并置的,是同时存在的。也就是说,小说的叙事时间被取消或至少被严重淡化了,真正的空间形式出现了。这种取消了时间顺序的空间结构的小说可以用戈特弗里德·本在谈到他的《表象型小说》(1949)时使用的一个比喻:"这部小说……是像一个桔子一样来建构的。一个桔子由数目众多的瓣、水果的单个的断片、薄片诸如此类的东西组成,它们都相互紧挨着,具有同等的价值。"①

同《恰巴耶夫与普斯托塔》和《昆虫的生活》相比,《"百事"一代》的时空比较简单清晰。小说主要由三个时空构成:其一是塔塔尔斯基在当代俄罗斯社会中的现实生活时空;其二是由巴别塔和伊什塔尔女神构成的虚幻时空;其三是广告及电视构成的虚拟时空。

———————————

① 〔美〕约瑟夫·弗兰克等著:《现代小说中的空间形式》,秦林芳编译,北京大学出版社1991年版,第150页。

　　第一个时空中的故事发生在 20 世纪 90 年代的当代俄罗斯,主要写主人公塔塔尔斯基如何由一个文学青年转变成电视广告业界巨头。这个时空看似比较真实,但如同佩列文多数小说中的现实都具有虚幻特征一样,这里的现实时空由于是众多人意识的产物,所以其实并非真实。

　　第二个时空与 5000 年前的神话和历史有关。作家将巴别塔和女神伊什塔尔的神话进行了现代演绎,把塔塔尔斯基三次攀登巴别塔并逐渐成为女神人间丈夫的整个过程隐喻成他在广告界的钻营和攀爬之旅。

　　第三个时空是塔塔尔斯基制作的广告词及电视短片所展示的虚拟世界。这里的一切都是通过现代信息手段和大众媒体介质模拟制作出来的,然后被一些商人、政治家所利用,从而成为操纵大众意识的工具,导致了现代人的集体无意识。

　　四部小说中时空最清晰的是《奥蒙·拉》。小说中多种多样的社会主义现实主义文学材料使读者很快就明白,这是发生在苏维埃时空中的事情。然而,由于小说并没有讲述发生了什么、主人公在做什么,而是讲述主人公的思考,所以时空并不像现实主义文学那样一目了然。尤其是,当小说融入了奥蒙各种各样的回忆、插叙、倒叙片断后,小说的空间急剧膨胀起来,从而加大了阅读的难度。

二、碎片化叙述

　　碎片化叙述其实也是现代主义文学作品的一个特征,但“现代派大师们仍执著于深度情节,总想赋予混乱的现代生活以一种秩序,面对分崩离析的现代世界不放弃整合的良苦用心”①。而后现代主义作家面对混乱的现代社会完全放弃了整合的欲望,写作走向平面化。叙述抛弃了时间的连续性,转向空间并置。历时性为共时性替代,时间原则让位于空间原则。因此,后现代主义文学中的“拼贴”、“剪贴画”代替了现代主义文学中的“蒙太奇”。

---

　　① 唐建清:《国外后现代文学》,江苏美术出版社 2003 年版,第 131 页。

《恰巴耶夫与普斯托塔》的碎片化叙述首先表现在奇、偶章节的交替上。小说总共十章。第一章以20世纪初的时空为背景展开,写彼得与埃尔年相遇,并在随后的搏斗中将埃尔年杀死。第二章转入20世纪末莫斯科郊区精神病院,写彼得正在接受医生治疗的情况。第三章又拾起第一章的话题,写彼得冒充死者埃尔年的身份混迹于红军将士内部,认识了恰巴耶夫并成为他的政委,认识了他圈子里的安娜、科托夫斯基、富尔曼诺夫等人,并与他在战场上出生入死。第四章接续第二章,写彼得在精神病院与沃洛金、谢尔久克、马利亚几位病人相识,并与他们聊天。第五章又回到第三章,写彼得在战役中受伤,两个月清醒后向照顾他的安娜表白了爱情,然后为了争夺安娜的爱情而与情敌科托夫斯基明争暗斗。第六章回到精神病院,写犯病后的彼得的意识中出现了关于谢尔久克和日本商人川端之间的商业故事。第七章接着第五章,写恰巴耶夫请求好友荣格尔恩带领彼得去阴间领地瓦尔拉宫游走,以让彼得明白现实的真谛。第八章接着写精神病院中的彼得,他第二次犯病后意识中出现了沃洛金和他的朋友舒里克、科利扬在森林中吸食毒品的场景及谈话。第九章连接第七章,写富尔曼诺夫带领造反的纺织工人追击恰巴耶夫、安娜和彼得至乌拉尔河河畔,前两者跳入河里获得永生。第十章是大结局,彼得出院,与前来接他的恰巴耶夫一起去了内蒙古。

小说叙述如此循环反复,最终形成了一个效果:奇数章节(第一、第三、第五、第七、第九章)叙述发生在20世纪初的事件,偶数章节(第二、第四、第六、第八、第十章)讲述20世纪末的故事,而且奇偶章节有规律地互相交替,形成一个左右往返的摆动。但这种摆动并不是完全按照旧的路线重复,每一次摆动都增加了新的内容和情节,使得两大时空里的人物和事件有了一些关联。到了第九章,两大时空开始交织,两大时空里的人物也有了交流。而在小说的最后一章(第十章)里,两个时空里的人物混杂,最后都在无法辨认的情况下化作虚空的洪流。

尽管小说的结尾处,彼得终于明白,无论是20世纪初的"现实"还是20世纪末的"现实",都是虚空,都并非真实存在。但考虑到世纪初向世纪末的时空转换主要以彼得的梦开始,所以可以假定世纪初的一切为现实,世纪末的一切为梦幻,这样就可以将小说的叙述结构按照虚与实的内容划分出两条清晰的线索,如图4-4。

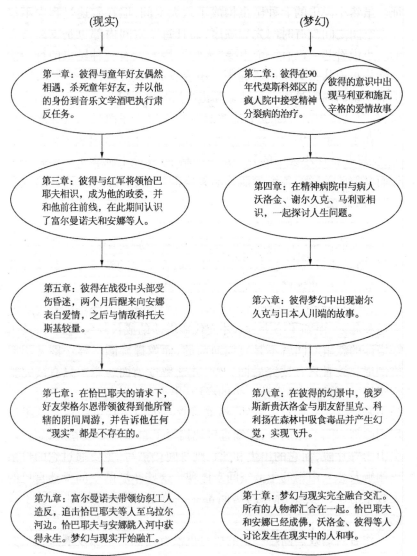

图4-4 《恰巴耶夫与普斯托塔》的叙述图

《昆虫的生活》的叙述也采用了章节交替法，但不像《恰巴耶夫与普斯托塔》中奇偶章节的交替形式，而呈现出不对称、不均匀的特征。虽然小说中的七种昆虫构成了六大空间，但在叙述过程中不仅六大空间之间没有时间先后顺序，而且每个空间内部也是支离破碎的。小说看起来没有一个主要"人物"，因为没有一种昆虫的行为活动能将小说从头到尾串联起来。小说看起来也没有主要情节，因为整部小说的内容是由七种昆虫五花八门的生活碎片拼凑而成的大杂烩，甚至这些生活片断也不是按照时间先后顺序而是杂乱无序地被安排在不同章节中的。读者只有依靠自己的生活常识和逻辑推理能力，反思并记住小说中的各个意象和暗示，才能把独立于时间顺序之外而又彼此关联的各个参照片断在空间中熔接起来，从而还给内容以"本来面貌"。

在对七种昆虫的叙述中苍蝇娜塔莎最为复杂，因为娜塔莎的一生不像大麻臭虫、屎壳郎、蝉儿等昆虫那样分别集中在一个完整的章节里，而是通过倒叙、插叙的手法被分散在不同的章节中。且这种分散置放不是按照娜塔莎自然成长过程为顺序，而是完全打破了时间顺序，甚至进行了顺序颠倒。比如，第五章讲述苍蝇娜塔莎和山姆的邂逅和恋爱，但到了第十三章才交代娜塔莎的成长经历。这样，关于娜塔莎的叙事时间就不是直线向前的，而像螺旋圈一样一圈一圈回旋倒退。读者只有读完后面一章，才能解读前面一章。只有读完整部小说，才能理顺娜塔莎一生的经历：出生——从蚂蚁变成苍蝇——与山姆恋爱——死亡。另外，作家对它一生的描写更多地将笔墨运用到内部空间的拓展上，详细直接地描写了它如何变成苍蝇、如何勾引山姆等片段，而它的出生和死亡则是间接描写，主要通过它的母亲玛丽娜及恋人山姆的生活空间来体现。这些拓展的空间像迷宫里的无数个房子，"其中所有的房间都是一样的，所有的墙都是镜子式的"①。

作者对蚂蚁玛丽娜一生的描写也没有按照其生命发展过程从头

---

① Пальчик Ю. В. Взаимодействие эпических жанров в прозе Виктора Пелевина, Самара, 2003. С. 141.

到尾叙事,而是将其生活片段零散地、混乱无序地穿插在第三、第六和第十三章中。读者阅读完所有以上章节后通过反思、推理甚至重新阅读,才能整合、恢复出关于玛丽娜的生活线索:婚前独自默默无闻地劳动和生活——与尼古拉相遇并结婚——尼古拉死后自己生养女儿——悲伤面对女儿离家出走的事实。

《"百事"一代》和《奥蒙·拉》由于有比较连贯的情节,因此叙述相对其他两部小说较为简单。这两部小说中都没有出现章节交替法,虚幻图景自然地插入现实图景的发展过程当中。比如第四章中,塔塔尔斯基产生了第一次幻觉,等他清醒过来之后,又继续自己的广告事业。随着自己在广告界的逐渐成功,塔塔尔斯基爱上了吸毒,所以才会有第二次主动吸毒后产生的幻觉片断。从幻觉中清醒过来后,塔塔尔斯基又继续自己的现实生活和事业。最后一次吸毒产生幻觉片断出现在第十四章,这次吸毒让他与女神进行最后一次接触,从而为小说的第十五章女神选定丈夫奠定基础。这部小说中的碎片化叙述还主要体现于广告词和电视短片中。这些广告和电视片断也被自然插入塔塔尔斯基的现实活动中。

《奥蒙·拉》中的碎片化叙述主要体现在插入的奥蒙的回忆片断。比如在第四章中,奥蒙由飞行学校"粉嫩的搪瓷脸盆"回忆起童年对这种颜色的喜欢。第五章末尾处,由飞行培训地拱门上的"儿童世界"四个字回忆起儿童时代的理想。第九章中,由一系列可笑的飞行器械和飞行方式回忆起童年时代选择名字的经历。第十四章中,独自进行"太空飞行"的奥蒙想起了童年的理想等。这一系列的回忆插入奥蒙"飞行"的过程中,反衬出"飞行"的可笑和不真实。

小说叙述的片断化使得作品中的时间不再成为作家强调的重点。小说情节关注的不再是"什么时候",而是"在什么地方"和"是什么"。佩列文用无数的空间组成了他的小说。小说中的各个空间因独立于叙述时间顺序之外而呈现出并置的形状,小说中的各个叙述片段也因独立于叙述时间顺序之外而丧失了因果性、逻辑性和连贯性,从而给读者的阅读和理解造成了困难。但是,片断化叙述也成就了小说的开放性。读者可以在叙述中断、矛盾、空白处任意驰骋想象的空间,将各个碎片连接起来,形成对文本的自我解释。而空间化技巧也将小说从时间的延续性的牢笼中解放出来,呈现给读者以建筑体式的立体世界,其美学意义在其形式技巧中显而易见,而这也正是反对成规、打破规则的后现代主义文学乐意继承现代主义文学反传统的创作手法的重要原因之一。

结　　语

　　维克多·佩列文以其现实与虚幻杂糅的后现代主义小说创造了一个当代俄罗斯文学神话,成为后苏联时代的一个文化符号,塑造了精英文化与大众文化共谋文学盛景的典范。

　　细读和研究佩列文作品之后,才能真正体会到佩列文创作的魅力。他的创作内容有着对俄罗斯社会历史、现状与未来的深刻思考,而不是作家编造的无聊游戏。他的创作语言丰富多彩,其中既有规范优美的标准词语,也涌现出俚语、黑话、行话、骂人话等"边缘"语言,这些语言的破规使用恰恰反映了20世纪末俄罗斯文学创作语言发生的新变化,所以指责佩列文的语言贫乏是没有道理的。他的创作文化语义深厚,对俄罗斯和世界古往今来的经典作品信手拈来,充分说明了作家深厚的文学功底和广泛的学识,所以他不是"笨蛋",更不是"蠢货"。他的主人公幽默健谈,所以相信佩列文本人一定不乏机智风趣。

　　通过对佩列文四部长篇小说——《奥蒙·拉》、《昆虫的生活》、《"百事"一代》和《恰巴耶夫与普斯托塔》从内容到形式的分析研究,可以感受到这位当代作家与众不同的创作特征。佩列文的创作展现出现实与虚幻交织、梦幻与真实融汇的亦真亦幻、色彩斑斓的艺术世界。在这个艺术世界中,广阔的俄罗斯社会历史文化现实浸透了古往今来的东西方哲学、宗教、神话等人类知识文明,而宗教神话中包含对众多社会现实问题的隐喻。正是虚实结合的创作手法,使得批评界对佩列文的创作充满了争论和分歧。有人看见了他创作中的现实层面,说他是现实主义作家。有人看见了他创作中的虚幻层面,说他是幻想小说家。实际上,现实与虚幻在佩列文的创作中并非截然对立,而是既对立又统一的。一方面,现实与虚幻始终处于斗争状态。在小说情节的发展过程中,时而现实占据主导地位,时而虚幻"遮掩"了现实,且斗争的结局总是虚幻吞没现实、一切现实走向虚空。另一方面,现实与虚幻交织共存,虚幻中折射出现实,现实需要虚幻来解构。一句话,佩列文创作中的现实与虚幻总存在一个交汇点,这是佩列文后现代主义小说创作的典型特征。

佩列文将现实图景与虚幻图景融会,显然有着自己的创作目的。他首先展示的是,现实如何诞生于个人、集体、官方的意识中,然后将现实引向神秘和虚幻,通过虚幻消解现实,从而达到解构一切现实之目的。从佩列文对现实的怀疑、否定到解构,以及他对虚空的偏爱,可以看出,佩列文的世界观中不存在任何现实,所有"现实"都是意识的产物,都是幻影,整个世界都是虚空。

通过研究不难发现,后现代主义文学不只是大闹剧、大游戏。任何优秀的文学作品都包含作家的创作目的,后现代主义文学作品也不例外。只是,后现代主义作家不屑于直接陈说自己的观点和态度,不愿意把自己的主观意愿强加给读者,而更倾向于展现事实,让读者自己去补充、阐释和想象,从而与作者共同"创作"。但是,犹如迷宫般的后现代主义文学文本,由于时空交错相织、叙事凌乱碎散、语言夸张怪异、文化语义深广、隐喻暗示不断,所以阅读不再是一种消遣和享受,而成为严肃的甚至痛苦的仪式。要想真正理解后现代主义文学文本,没有内容阐释徒有形式分析是可笑的,因为那样只会把后现代主义文学作品当成形式主义游戏。但只追寻作品的内涵而忽略整合形式,恐怕最终要迷失在作家故意制造的迷宫中。所以,阅读和解读后现代主义文学作品,需要具有后现代主义作家那样的智慧,在严肃中享受超然的优越感,在紧迫中保持适度的松弛感,于长篇累牍的互文材料中抓住一个词、一个句子,于整部小说中寻找主线。希望本研究的发现和体会对今后的后现代主义文学阅读者和研究者产生启迪作用,为他们的阅读和解读提供一大突破口。

佩列文在创作中善于将俄罗斯历史文化与当代俄罗斯社会现实紧密结合,既显示出一个当代作家对祖国历史文化重新审视和深刻思考的姿态,又满含对祖国当下现实的关照和未来的探索。他的创作积极利用大众文化元素,将电脑、电视、广告等信息时代的产物与古老的神话、神秘的宗教、深奥的哲学等人类智慧结晶交织杂糅，从而显示出一个当代作家的世界视野。他的创作刻意打破传统文学创作中的语言禁忌，从而栩栩如生地再现了各阶层人的生活话语，客观反映了语言在新时代的变化和发展。佩列文的这些创作特点值得中国当代作家思考和借鉴。

佩列文在创作中表现出的怀疑精神和开放思维，对我们的世界观有重要的启迪作用，让我们学会客观地评价发生在任何国度、任何时期的历史文化现象和事件。也就是说，不迷信"公理"，不轻信一家之言，而是抱着一定的怀疑态度，以宽容开放的心胸对待已有的看法，同时形成自己独特的观点。这就是后现代主义文学提供给我们的最大精神财富。

我们从现实与虚幻的角度研究佩列文的创作，这在国内外都尚无先例。另外，我们还将佩列文创作置放于20世纪末俄罗斯社会文化背景下以及后现代主义文学语境中研究，既能从宏观上对解体后的俄罗斯当代文学有总体上的把握，也能以佩列文具体文本为例证对俄罗斯后现代主义文学的特征进行微观探索。但是，任何研究都不是"封闭的"、"完成的"，我们的研究亦如此。希望我们的研究能起到抛砖引玉的作用，对今后的俄罗斯后现代主义文学研究者有一定的启迪作用，并以本书所做的研究为基础进行进一步的探索。比如，将佩列文与同时代的优秀后现代主义作家进行比较研究，揭示他们所展现的艺术图景之异同，找出他们独具特色的创作手法，或者在更广范围和更高层面上总结出整个俄罗斯后现代主义文学思潮的创作特色以及后现代作家对人生、社会的看法等。

参 考 文 献

一、作家作品

1. Пелевин В. О. Все рассказы. М. : Изд-во Эксмо, 2005. 343с.

2. Пелевин В. О. Все повести и эссе. М. : Изд-во Эксмо, 2005. 416с.

3. Пелевин В. О. Generation " П ". М. : Изд-во Вагриус, 2004. 366с.

4. Пелевин В. О. Жизнь насекомых. М. : Изд-во Вагриус, 2004. 303с.

5. Пелевин В. О. Омон Ра, Жёлтая стрела. М. : Изд-во Вагриус, 2004. 319с.

6. Пелевин В. О. Священная книга оборотня. М. : Изд-во Эксмо, 2004. 384 с.

7. Пелевин В. О. Чапаев и Пустота. М. : Изд-во Вагриус, 2004. 415с.

8. Пелевин В. О. Шлем ужаса: Креатифф о Тесее и Минотавре. М. : Открытый Мир, 2005. 224с.

二、俄文专著、博士论文及工具书

9. Азеева И. В. Игровой дискурс русской культуры конца XX века: Саша Соколов, Виктор Пелевин. Ярославль, 1999.

10. Айзенберг М. Взгляд на свободного художника. М. : Гендальф, 1997.

11. Алтухова О. Н. Ономастический контекст в постмодернистской литературе: на материале произведений В. Пелевина. Волгоград, 2004.

12. Бобринская Е. А. Концептуализм. М. , 1994.

13. Богданова О. В. Постмодернизм в контексте современной русской литературы. СПб. , 2004.

14. Воробьева Е. П. Рефлексия в русской постмодернистской прозе: А. Битов, Саша Соколов, В Пелевин. Барнаул, 2004.

15. Гавенко А. С. Вторичный текст как компонент художественного текста: на материале романа В Пелевина "Generation 'П'". Барнаул, 2002.

16. Геннис А. Иван Петрович умер: Статьи и расследования. Издательство: Новое литературное обозрение, 2000 г.

17. Громов Е. Постмодернизм: теория и практика. М. , 2002.

18. Дмитриев А. В. Неомифологизм в структуре романов В. Пелевина. Волгоград, 2002.

19. Ерофеев В. Русские цветы зла: Антология. М. : ПОДКОВА, 1998.

20. Жаринова О. В. Поэтико-философский аспект произведений Виктора Пелевина "Омон Ра" и "Generation 'П'". Тамбов, 2004.

21. Ильин И. П. Постструктурализм. Деконструктивизм. Постмодернизм. М. , 1996.

22. Коваленко А. Г. Литература и постмодернизм : Учеб. пособие. М. : Изд-во РУДН, 2004.

23. Кондаков И. В. Культурология: история культуры России. М. : ИКФ Омега-Л, Высш. шк. , 2003.

24. Культурология XX века: Словарь / Гл. ред. А. Я. Левит. СПб. : Университетская книга, 1997.

25. Курицын В. Русский литературный постмодернизм. М. : ОГИ, 2000.

26. Лейдерман Н. Л. , Липовецкий М. Н. Современная русская литература. Кн. 2. М. , 2003.

27. Липовецкий М. Н. . Русский постмодернизм. Очерки исторической поэтики. Екатеринбург: Изд-во Уральского гос. пед. университета. 1998.

28. Литературная энциклопедия терминов и понятий ∕Под ред. А. Н. Николюкина. М. , 2003.

29. Лотман Ю. Семиосфера. СПб. : Искусство, 2000.

30. Маньковская Н. Эстетика постмодернизма. СПб. : Изд-во Алетейя, 2000.

31. Марков В. Мифология и современность. СПб. , 1998.

32. Маркова Т. Н. Формотворческие тенденции в прозе конца ХХ века: В. Маканин, Л. Петрушевская, В. Пелевин. Екатеринбург, 2003.

33. Монастырский А. Словарь терминов московской концептуальной школы. М. , 1999.

34. Немзер А. Замечательное десятилетие русской литературы. М. : Захаров. 2003.

35. Немзер А. Литературное сегодня. О русской прозе. 90-е. М. : Новое литературное обозрение, 1998.

36. Нефагина Г. Л. Русская проза второй половины 80-х —начала 90-х годов ХХ века. Минск, 1997.

37. Пальчик Ю. В. Взаимодействие эпических жанров в прозе Виктора Пелевина. Самара, 2003.

38. Поляков Л. ПутьРоссии в современность, Модернизация как деархаизация. М. :ИФРАН, 1998.

39. Репина М. В. Творчество В. Пелевина 90-х годов ХХ века в контексте русского литературного постмодернизма . М. , 2004.

40. РоланБ. Избранные работы. Семиотика. Поэтика. М. , 1989.

41. Русские писатели 20 века. Биографический словарь. Большая энциклопедия; Рандеву-АМ. М. , 2000.

42. Скоропанова И. С. Русская постмодернистская литература: Учеб. пособие. 5-е изд. М. : Флинта : Наука, 2004.

43. Стеблин-Каменский М. И. Миф. Л. ,1976.

44. Суродина Н. Р. Поэтические игры с пустотой московского концептуализма (эксперименты Д. А. Пригова). СПб. , 2002.

45. Сушилина И. К. Современный литературный процесс в России. М. , 2001.

46. Теория литературы. Том Ⅳ. Литературный процесс. М. , 2001.

47. Тимина С. И. Современная русская литература (1990-е. гг. — начало XXI в.). СПб. : Филологический факультет СПбГУ; М. : Издательский центр 《Академия》, 2010.

48. Чупринин С. И. Русская литература сегодня. Путеводитель. М. , 2003.

49. Шульга К. В. Поэтико-философские аспекты воплощения "виртуальной реальности" в романе "Generation 'П'" Виктора Пелевина. Тамбов, 2005.

50. Эпштейн М. Вера и образ. Религиозное бессознательное в русской культуре XX века. Tenafly, 1994.

51. Эпштейн М. Постмодерн в русской литературе: Учеб. пособие для вузов. М. : Высш. шк. , 2005.

52. Эпштейн М. Постмодернизм в России: Литература и теория. М. , 2000.

53. Ярошенко Л. В. Неомифологизм в литературе XX в. Уч-изд, 2002.

三、俄文学术文章

54. Айзенберг М. Возможность высказывания // Знамя. 1994. №6.

55. Александров Н. Новая эклектика // Литературное обозрение.

1997. № 3.

56. Андреев Л. Художественный синтез и постмодернизм // Вопросы литературы. 2001. №1.

57. Антоненко С. Поколение, застигнутое сумерками // Новый мир. 1999. №4.

58. Арбитман Р. Предводитель серебристых шариков: О творчестве В. Пелевина // Литературная газета. 1993. 14 июля.

59. Арбитман Р. Рецензия на роман "Чапаев и Пустота" // Урал. 1996. № 5-6.

60. Архангельский А. До шестнадцати и старше // Известия. 1999. 24 марта.

61. Архангельский А. Обстоятельства места и времени // Дружба народов. 1997. №5.

62. Бавильский Д. Все мы немного…: о романе Виктора Пелевина "Жизнь насекомых"// Знамя. 1993. №4.

63. Бавильский Д. Сон во сне. Толстые романы в "толстых" журналах // Октябрь. 1996. № 12.

64. Бавильский Д. Школа нового романа // Независимая газета. 1996. 7 сентября.

65. Басинский П. Из жизни отечественных кактусов // Литературная газета. 1996. 29 мая.

66. Басинский П. Неманифест // Октябрь. 1998. №3.

67. Басинский П. Новейшие беллетристы // Литературная газета. 1997. 4 июня.

68. Басинский П. Почем нынче Шишкин // Новый мир. 1995. №11.

69. Басинский П. Синдром Пелевина //Литературная газета. 1999. № 45.

70. Баткин Л. О постмодернизме и "постмодернизме" // Октябрь. 1996. №8.

71. Берг М. О литературной борьбе // Октябрь. 1993. № 2.

72. Быков Д. Побег в Монголию // Литературная газета. 1996. №29.

73. Воздвиженский В. Путь к казарму, или Еше раз о наследстве // Октябрь. 1989. №5.

74. Вяльцев А. Заратустры и Мессершмидты // Независимая газета. 1993. 31 июля.

75. Генис А. Беседа десятая: Поле чудес. Виктор Пелевин // Звезда. 1997. № 12.

76. Генис А. Виктор Пелевин: границы и метаморфозы // Знамя. 1995. № 12.

77. Генис А. Молоко, конечно, скисло, но... (О современной словесности) // Литературная газета. 1998. №23. 10 июня.

78. Дарк О. Мир может быть любой // Дружба народов. 1990. №6.

79. Дарк О. Поколение земноводных: Русская проза конца века // Независимая газета. 1999. 10 июня.

80. Дмитриев Б. Пузыри земли. // Культура. 1999. №12. 1-7 апреля.

81. Добренко В. Фунтаментальный лексиком // Новый мир. 1990. №2.

82. Дьякова К. Слушайте музыку эволюции // Новый мир. 2008. №8.

83. Ермолин Е. Примадонны постмодерна, или Эстетика огородного контекста // Континент. 1995. №84.

84. Ерофеев В. Похороны советской литературы //Литературная газета. 1990. 4 июля.

85. Закуренко А. Искомая пустота // Литературное обозрение. 1998. №3.

86. Затонский Д. Постмодернизм в историческом интерьере // Вопросы литературы. 1996. №3.

87. Золотоносов М. Вяленький цветочек // Московские новости. 2004. 12 ноября. № 43.

88. Зотов И. Сорок лет пустоты // Независимая газета. 1998. 15 января.

89. Иванова Н. Сомнительное удовольствие // Знамя. 2004. №1.

90. Иванова Н. Ускользающая современность. Русская литература XX-XXI веков: от "внекомплектной" к постсоветской, а теперь и всемирной // Вопросы литературы. 2007. №3.

91. Казин А. Искусство и истины // Новый мир. 1989. №12.

92. Камянов В. Космос на задворках // Новый мир. 1994. №3.

93. Касаткина Татьяна. На грани двух миров // Новый мир. 1997. №4.

94. Кедров К. В литературе наступило время пересмешников // Известия. 1998. №8. 17 января.

95. Кедров К. Ностальгия по ненастоящему // Русский курьер. 2004. № 232. 16 ноября.

96. Корнев С. Столкновение пустот: может ли постмодернизм быть русским и классическим? // Новое литературное обозрение. 1997. № 28.

97. Костанян А. Литературная премия как факт литературной жизни // Вопросы литературы. 2006. №1.

98. Костырко С. Чистое поле литературы // Новый мир. 1992. №12.

99. Кошель М., Кукулин И. Все ерунда, кроме //Новое литературное обозрение. 2003. № 64.

100. 《Круглый стол》: Литература последнего десятилетия: тенденции и перспективы // Вопросы литературы. 1998. №2.

101. Кузнецов С. Василий Иванович Чапаев на пути воина // Коммерсантъ-Daily. 1996. 27 июня.

102. Кузнецов С. Самый модный писатель // Огонек. 1996. №35.

103. Кулаков В. Лианозовская школа: (История одной поэтической группы) // Вопросы литературы. 1991. №3.

104. Курбатов В. Конференц-зал 《Современная литература: Ноев ковчег?》 //Знамя. 1999. №1.

105. Курицын В. Великие мифы и скромные деконструкции // Октябрь. 1996. №8.

106. Курицын В. Постмодернизм: новая первобытная культура // Новый мир. 1992. №2.

107. Курицын В. Русский симлякр: К вопросу о транссексуальности // Литературная газета. 1994. 16 марта. № 11.

108. Курицын В. Текст пулемета // Независимая газета. 1996. 20 июня.

109. Кучерская М. С волками выть… // Российская газета. 2004. № 252. 15 ноября.

110. Латынина А. Сумерки культуры // Литературная газета. 21 ноября 2001 г.

111. Лейдерман Н. Л. , Липовецкий М. Н. Между хаосом и космосом. Рассказ в контексте времени // Новый мир. 1991. №7.

112. Липовецкий М. Н. Изживание смерти. Специфика русского постмодернизма // Знамя. 1995. №8.

113. Липовецкий М. Н. Паралогия русского постмодернизма// Новое литературное обозрение. 1998. №30.

114. Липовецкий М. Н. Совок-блюз: Шестидесятники сегодня // Знамя. 1991. №9.

115. Ломинадзе С. Критики о критике // Вопросы литературы. 1996. №6.

116. Лютый В. Козье копытце (Еще раз о постмодернизме) // Наш современник. 2001. №1.

117. Маркштейн Э. Три словечка в постмодернистском контексте

// Вопросы литературы. 1996. №2.

118. Мелихов А. Виктор Пелевин. Омон Ра. // Нева. 1993. №5/6.

119. Мицуеси Нумано. ТЮКАН СУСЭЦУ. Пелевин, Акунин и Мураками успешно заполняют "лакуну" между серьезной и массовой литературой // Независимая газета. 1 декабря 2000г.

120. Наринская А. Миром правит явная ложь // Эксперт. 1999. №11.

121. Некрасов С. Героем становится любой // Независимая газета. 1992. 2 июля.

122. Немзер А. Скучная скука // Время новостей. 2004. № 208. 15 ноября.

123. Новиков В. Все может случиться // Общая газета. 1996. №49.

124. Новиков Вл. Ноблесс оближ: О нашем речевом поведении // Новый мир. 1998. № 1.

125. Новикова Л. Вдали от комплексных идей живешь как Рэмбо-day by day. Виктор Пелевин о себе и своей новой книге // Коммерсантъ-Daily. 02 сент. 2003. №157(2760).

126. Новикова Л. Книги за неделю // Коммерсантъ-Daily. 2004. № 211. 11 ноября.

127. Носов С. И. Вселенная безыдейности // Новый мир. 1992. №7.

128. Пелевин В. Было ясно, что затаившиеся в СМИ извращенцы не простят мне "ДПП". Интервью Н. Кочетковой // Известия. 2004. 10 июня.

129. Пелевин В. ...Несколько раз мне мерещилось, будто я стучу по клавишам лисьими лапами: Интервью Н. Кочетковой // Известия. 2004. № 213. 16 ноября.

130. Перевозов Д. Зарытый талант // Подъём. 2001. №1.

131. Пирогов Л. Скажи 《проект!》 Новый сладостный стиль спасения литературы // Литературная газета. 2000. 16-20 февраля.

132. Пирогов Л. Хождение в народ // Литературная газета. 2000. 14 июня.

133. Пророков М. Как живой с живыми говоря // Эксперт. 1998. №15.

134. Пустовая В. Диптих // Континент. 2005. №125.

135. Пустовая В. Пораженцы и преображены // Октябрь. 2005. №5.

135. Решетников К. Как поймать лису за хвост // Газета. 2004. № 211. 12 ноября.

136. Роднянская И. Гамбургский ежик в тумане // Новый мир. 2001. №3.

137. Роднянская И. Гипсовый ветер // Новый мир. 1993. № 12.

138. Роднянская И. … и к ней безумная любовь… // Новый мир. 1996. № 9.

139. Роднянская И. Этот мир придуман не нами // Новый мир. 1999 . №8.

140. Рубинштейн Л. Вместо предисловия // Дружба народов. 1997. №6.

141. Рубинштейн Л. Для меня любой текст способен в какой-то момент стать поэзией: интервью Татьяны Восковской // Русский журнал. 1998. 21 апреля.

142. Рыклин М. Просветление препарата // Искусство кино. 1998. № 5.

143. Сидельников В. М. Писатель и народная поэзия/Чапаев в устной поэзии и творчестве Фурманова // Современник. М. , 1974.

144. Славникова О. Искусство не принадлежит народу // Новый мир. 2000. №3.

145. Славникова О. Партия любителей П // Октябрь. 2000. №9.

146. Сны о СМОГе // Новое литературное обозрение. 1996. №20.

147. Солодов Ю. Невольник речи // Кузнецкий край. 1999. 26 окт. № 121.

148. Соломина А. Свобода: надтекст вместо подтекста // Литературное обозрение. 1998. №3.

149. Степанян К. Постмодернизм — боль и забота наша // Вопросы литературы. 1998. №5.

150. Степанян К. Реализм как спасение от снов // Знамя. 1996. №11.

158. Филиппов Л. Horror Vaculi: О маленьких хитростях дурацкого дела // Знамя. 1998. №10.

151. Филиппов Л. Полеты с Затворником // Звезда. 1999. №5.

152. Хренов Н. А. Художественный опыт XX века в контексте смены культурных циклов // Общественные науки и современность. 1999. №2.

153. Цветков А. Судьба барабанщика // Иностранная литература. 1997. №9.

154. Чередниченко С. Постмодернист с человеческим лицом // Вопросы литературы. 2010. №5.

155. Чижова Е. Новая агрессивная идеология // Вопросы литературы. 2003. Янв. -Февр. С. 90.

156. Шайтанов И. Проект Pelevin // Вопросы литературы. 2003. №4.

157. Шургин Б. Виктор Пелевин. Generation ' П ' // Семья и школа. 1999. №7/8.

158. Щербинина Ю. Who is mr. Пелевин? // Континент . 2010. №143.

159. Эпштейн М. Истоки и смысл русского постмодернизма // Звезда. 1996. №8.

160. Эпштейн М. Прото-, или Конец постмодернизма // Знамя.

1996. №3.

161. Яркевич И. Литература, эстетика, свобода и другие （инвещи） // Вестник новой литературы. 1993. №5.

162. Яркевич И. Современная проза глазами самогу // Вопросы литературы. 1996. №1.

四、俄文网络资料

163. Азадовский К. Виктор Пелевин, http://www. russ. ru/culture/ 99-05-07/aza dovsk. htm.

164. Виртуальная конференция с Виктором Пелевиным, http:// pelevin. nov. ru/interview/.

165. Генис А. Феномен Пелевина, http://pelevin. nov. ru/stati/ o-gen1/1. html.

166. Губанов В. Анализ романа Виктора Пелевина 《Омон Ра》, http://pelevin. nov. ru/stati/o-guba/1. html.

167. Долин А. Виктор Пелевин: новый роман, http://pelevin. nov. ru/stati/o-dolin/1. html.

168. Интервью. История России—это просто история моды, http://pelevin. nov. ru/interview/o-komrs/1. html.

169. Кожевникова М. Буддизм в зеркале современной культуры: освоение или присвоение? http://pelevin. nov. ru/stati/o-buddh/1. html.

170. Корнев С. Блюстители дихотомий. Кто и почему не любит у нас Пелевина, http://pelevin. nov. ru/stati/o-krn1/1. html.

171. Кочеткова Н. Писатель Виктор Пелевин: "Вампир в России больше чем вампир", http://www. izvestia. ru/reading/article3098114/.

172. Кропывьянский Л. Интервью с Виктором Пелевиным, http://pelevin. nov. ru/interview/o-bomb/1. html.

173. Минкевич А. Поколение Пелевина, http://pelevin. nov. ru/

stati/o-mink/1. html.

174. Обыденкин А. Три жизни Пелевина в ожидании четвертой, http://pelevin. nov. ru/stati/o-tri/1. html.

175. Пригодич В. Кто такой Пелевин? http://pelevin. nov. ru/stati/o-prgd2/1. html.

176. Словарь культуры XX века/под редакцией В. Руднева, http://lib. com. ru/Moshkov1/CULTURE/RUDNEW/slowar. html.

177. Словарь литературоведческих терминов/под редакцией С. П. Белокуровой, http://gramma. ru.

178. Тойшин Д. Интервью со звездой, http://pelevin. nov. ru/interview/o-toish/1. html.

179. Ульянов С. Пелевин и Пустота, http://pelevin. nov. ru/stati/o-ulan/1. html.

180. Умбрашко Д. Пелевин и Достоевский на уроке литературы , http://www. pelevin. info/pelevin_136_0. html.

181. Фьори Ч. Я. Путин и секс: Пелевин обнажает Россию, http://pelevin. nov. ru/stati/o-fior/1. html.

182. Харламов И. После Пелевина: Опыт критического анализа непрочитанной книги, http://pelevin. nov. ru/stati/o-harl/1. html.

183. Цыганов А. Мифология и роман Пелевина 《Чапаев и Пустота》, http://pelevin. nov. ru/stati/o-myths/1. html.

五、中文专著、博士论文及译著

184. 〔俄〕符·维·阿格诺索夫主编:《20 世纪俄罗斯文学》,凌建侯等译,中国人民大学出版社 2001 年版。

185. 〔英〕凯伦·阿姆斯特朗:《神话简史》,胡亚幽译,重庆出版社 2005 年版。

186. 安启念:《俄罗斯向何处去——苏联解体后的俄罗斯哲学》,中国人民大学出版社 2003 年版。

187. 〔俄〕巴赫金:《拉伯雷研究》,李兆林、夏忠宪等译,河北教育出版社 1998 年版。

188. 白茜:《文化文本的意义研究》,北京外国语大学博士论文,2003 年。

189. 〔法〕让·博德里亚尔:《完美的罪行》,王为民译,商务印书馆 2000 年版。

190. 曹文轩:《小说门》,作家出版社 2002 年版。

191. 〔英〕卡瑟琳·丹克斯:《转型中的俄罗斯政治与社会》,欧阳景根译,华夏出版社 2003 年版。

192. 〔美〕阿兰·邓迪斯编:《西方神话学读本》,朝戈金等译,广西师范大学出版社 2006 年版。

193. 佛光星云:《佛教义理》,上海辞书出版社 2008 年版。

194. 〔荷兰〕佛克马、伯顿斯编:《走向后现代主义》,北京大学出版社 1991 年版。

195. 〔俄〕富尔曼诺夫:《恰巴耶夫》,郑泽生译,外文出版社 1998 年版。

196. 〔加拿大〕诺·弗莱:《批评的剖析》,陈慧等译,百花文艺出版社 2006 年版。

197. 〔美〕约瑟夫·弗兰克等:《现代小说中的空间形式》,秦林芳编译,北京大学出版社 1991 年版。

198. 高宣扬:《后现代论》,中国人民大学出版社 2005 年版。

199. 〔美〕大卫·雷·格里芬:《后现代宗教》,孙慕天译,中国城市出版社 2003 年版。

200. 〔英〕E. 贡布里希:《艺术与人文科学》,范景中译,浙江出版社 1989 年版。

201. 胡经之、王岳川、李衍柱主编:《西方文艺理论名著教程·下》(第 2 版),北京大学出版社 2003 年版。

202. 〔俄〕亚历山大·季诺维也夫:《俄罗斯共产主义的悲剧》,侯爱君等译,新华出版社 2004 年版。

203. 〔德〕伽达默尔:《真理与方法》,王才勇译,辽宁人民出版社 1987 年版。

204. 蒋晓兰:《小说写作艺术与技巧》,贵州民族出版社 2003 年版。

205. 〔德〕恩斯特·卡西尔:《语言与神话》,于晓等译,三联书店 1988 年版。

206. 〔美〕阿瑟·科尔曼、莉比·科尔曼:《父亲:神话与角色的转变》,刘文成、王军译,东方出版社 1998 年版。

207. 〔英〕R. G. 科林伍德:《艺术原理》,王至元、陈华中译,中国社会科学出版社 1985 年版。

208. 〔美〕安德鲁·库钦斯:《俄罗斯在崛起吗?》,沈建译,新华出版社 2004 年版。

209. 〔美〕让-佛·利奥塔等:《后现代主义》,赵一凡等译,社会科学文献出版社 1999 年版。

210. 〔法〕让-弗朗索瓦·利奥塔:《后现代状况:关于知识的报告》,岛子译,湖南美术出版社 1996 年版。

211. 〔俄〕德·谢·利哈乔夫:《解读俄罗斯》,吴晓都等译,北京大学出版社 2003 年版。

212. 李建军:《小说修辞研究》,中国人民大学出版社 2003 年版。

213. 刘淑春等主编:《"十月"的选择——90 年代国外学者论十月革命》,中央编译出版社 1997 年版。

214. 刘祖熙:《改革和革命:俄国现代化研究(1861-1917)》,北京大学出版社 2000 年版。

215. 〔俄〕叶·莫·梅列金什基:《神话的诗学》,商务印书馆 1990 年版。

216. 〔俄〕安德兰尼克·米格拉尼扬:《俄罗斯现代化与公民社会》,徐葵等译,新华出版社 2003 年版。

217. 〔德〕尼采:《悲剧的诞生》,周国平译,广西师范大学出版社 2001 年版。

218. 〔俄〕佩列文:《"百事"一代》,刘文飞译,人民文学出版社 2001 年版。

219. 〔俄〕佩列文:《夏伯阳与虚空》,郑体武译,上海译文出版社 2004 年版。

220. 皮野:《旅行路上的身份迷失》,南京大学博士论文,2006 年。

221. 任光宣:《俄罗斯文化十五讲》,北京大学出版社 2007 年版。

222. 盛宁:《人文困惑与反思——西方后现代主义思潮批评》,三联书店 1999 年版。

223. 史成芳:《诗学中的时间概念》,湖南教育出版社 2000 年版。

224. 唐建清:《国外后现代文学》,江苏美术出版社 2003 年版。

225. 〔英〕约翰·B·汤普森:《意识形态与现代文化》,高銛等译,译林出版社 2005 年版。

226. 唐麒主编:《世界神话故事总集·亚洲、非洲卷》,时代文艺出版社 2004 年版。

227. 王瑾:《互文性》,广西师范大学出版社 2005 年版。

228. 王先霈、王又平主编:《文学理论批评术语汇释》,高等教育出版社 2006 年版。

229. 文庸、乐峰、王继武主编:《基督教词典》(修订版),商务印书馆 2005 年版。

230. 吴洪:《现代神话》,河北教育出版社 1989 年版。

231. 吴晓东:《从卡夫卡到昆德拉:20 世纪的小说和小说家》,三联书店 2003 年版。

232. 〔俄〕米·希什金:《爱神草》,吴嘉佑、吴泽霖译,人民文学出版社 2007 年版。

233. 姚卫群:《佛学概论》,宗教文化出版社 2002 年版。

234. 曾艳兵:《西方后现代主义文学研究》,中国社会科学出版社 2006 年版。

235. 张蕴岭主编:《伙伴还是对手》,社会科学文献出版社 2001 年版。

236. 郑体武主编:《俄罗斯文学史》(下册),上海外语教育出版社 2008 年版。

237. 郑永旺:《游戏·禅宗·后现代》,人民文学出版社 2006 年版。

238. 周宪、罗务恒、戴耕编:《当代西方艺术文化学》,北京大学出版社 1988 年版。

六、中文学术文章

239. 〔俄〕巴赫金:《史诗与长篇和小说》,载《世界文论》编辑委员会主编:《小说的艺术》,社会科学文献出版社 1995 年版。

240. 〔俄〕э·巴塔洛夫:《用什么来填充思想真空?》,载《自由思想》1996 年第 11 期。

241. 〔阿根廷〕博尔赫斯:《我这样写我的短篇小说》,载《世界文论》编辑委员会编:《小说的艺术》,社会科学文献出版社 1995 年版。

242. 〔芬兰〕劳里·杭柯:《神话界定问题》,载阿兰·邓迪斯编:《西方神话学读本》,朝戈金等译,广西师范大学出版社 2006 年版。

243. 李新梅:《俄罗斯后现代主义文学的诗学特征》,载《俄罗斯文艺》2008 年第 2 期。

244. 李新梅:《俄罗斯后现代主义文学中的一只奇葩——莫斯科观念主义》,载《西安外国语大学学报》2007 年第 2 期。

245. 李新梅:《俄罗斯后现代主义小说对苏维埃历史的书写》,载《当代外国文学》2010 年第 4 期。

246. 李新梅:《与"混乱"对话——俄罗斯后现代主义文学的一种艺术策略》,载《俄罗斯文艺》2009 年第 4 期。

247. 李英男:《转型时期的俄罗斯民族意识》,载冯绍雷、相蓝欣主编:《转型理论与俄罗斯政治改革》,上海人民出版社 2005 年版。

248. 李毓榛:《编写 20 世纪俄罗斯文学史的思考》,载《国外文学》2000 年第 1 期。

249. 刘法民:《怪诞的美学研究与兴起》,载《哲学动态》2006 年第 11 期。

250. 刘法民:《"怪诞"与"荒诞"》,载《外国文学研究》1999 年第 4 期。

251. 刘文飞:《俄罗斯文坛的佩列文现象》,载《人民日报》2006 年 6 月 5 日,第 7 版。

252. 刘文飞:《20 世纪俄罗斯文学的有机构成》,载《外国文学评论》2003 年第 3 期。

253. 刘亚丁:《"轰动性":俄罗斯文学的新标准——俄罗斯新潮文学》,载《俄罗斯文艺》2002 年第 3 期。

254. 〔俄〕B. 梅茹耶夫:《论民族思想》,载《哲学问题》1997 年第 12 期。

255. 潘月琴:《巴赫金时空体理论初探》,载《俄罗斯文艺》2005 年第 3 期。

256. 钱中文:《巴赫金研究的新成果——读程正民的〈巴赫金的文化诗学〉》,载《中华读书报》2002 年 7 月 17 日。

257. 任光宣:《俄罗斯当代文学概述(1985—1998)》,载李毓榛主编:《20 世纪俄罗斯文学史》,北京大学出版社 2000 年版。

258. 任光宣、刘涛:《20 世纪 90 年代俄罗斯文坛概观》,载《深圳大学学报》(人文社会科学版)第 19 卷第 2 期。

259. 任明丽:《俄罗斯,你在这洪流的何处》,载《外国文学》2006 年第 3 期。

260. 宋秀梅:《密切关注现实人生的后现代主义家——维克多·佩列文》,载金亚娜主编:《俄语语言文学研究·文学卷》,人民文学出版社 2002 年版。

261. 王纯菲:《从男人世界中"剥"出来的女人世界》,载《俄罗斯文艺》1997 年第 2 期。

262. 王宗琥:《俄罗斯的后现代主义文学》,载金亚娜主编:《俄语语言文学研究·文学卷》,人民文学出版社 2002 年版。

263. 〔英〕特里·伊格尔顿:《致中国读者》,载周宪、许钧主编:《后现代主义的幻想》,商务印书馆 2000 年版。

264. 张建华:《俄罗斯当代文学中的"红色情调"》,载张建华等译:《俄罗斯当代文学小说集·序二》,人民文学出版社 2006 年版。

265. 张建华:《关于文学文本与文学批评话语的思考》,载王立业主编:《洛特曼学术思想研究》,黑龙江人民出版社 2006 年版。

266. 郑体武:《走进佩列文的迷宫——〈夏伯阳与虚空〉初探》,载《俄罗斯文艺》2004 年第 2 期。

后　记

　　我研究俄罗斯后现代主义文学的时间并不长。第一次接触后现代主义文学作品和理论，大概是在六年前读博期间。说来也许是一种缘分，我阅读的第一部后现代主义文学作品就是佩列文的短篇小说《水晶世界》。那时我导师张建华正在编写《俄罗斯文学名著选读》，我担任了一部分校对工作。在校对的过程中，我阅读了这部小说。说实话，当时我并没有真正读懂这部小说，但又莫名其妙地喜欢上了它。这很像对某个人一见钟情的感觉，既兴奋激动，又说不清楚为什么。不久之后，在确定博士论文研究课题时，我对导师说："我准备研究俄罗斯后现代主义文学，研究佩列文。"

　　事实上，没过多久我就为自己的选题坐立不安了，因为阅读后现代主义文学作品本身就是一个痛苦的过程，而资料的短缺更让我如坐针毡。博士二年级的时候，我主动申请去俄罗斯访学一年，去那里搜集资料。在莫斯科，我不仅买下了佩列文已经出版的所有作品，而且搜集了很多研究他的创作及俄罗斯后现代主义文学的专著和文章。令我痛苦的是，尽管我几乎把佩列文的所有作品都读过了一遍，但仍旧无法理解他创作中的很多内容。

　　在痛苦中，我开始想办法。首先决定去听课。我把我所在的普希金俄语学院里所有文学教师的课听了一周后，决定跟随其中的一位教师巴维尔·斯皮瓦科夫斯基（Павел Спиваковский）。他是一个俄罗斯犹太人，知识渊博，但有点傲慢，觉得中国学生未必能读懂俄罗斯后现代主义文学作品，尤其是佩列文。但后来我与他的讨论改变了他的观点。他不仅将他很多俄罗斯后现代主义文学资料无私地拷贝给我，还让我去莫斯科大学语文系听他开设的当代俄罗斯文学作品研讨课。在他的课上，我慢慢进入了俄罗斯后现代主义文学的世界。另外,我在普希金俄语学院找到了一个"志同道合"的俄罗斯姑娘塔尼娅(Таня)作为自己的舍友。我们一起阅读佩列文,讨论佩列文。慢慢地,我们都陶醉于佩列文的文学世界。在此,我想对两位对我帮助最大的俄罗斯老师和朋友道一声真诚的感谢,没有他们的引导和帮助,我的研究难度可想而知。

在研究俄罗斯后现代主义文学的过程中,我有过欢喜,也有过犹豫。欢喜是因为这是我自觉自愿的选择,是我对比后的选择。这种喜欢是发自内心的真实情感。犹豫是因为,在研究的过程中,无论在俄罗斯还是中国,总会听到周围有批判佩列文、批判后现代主义文学的声音。客气的人说:"我不读佩列文。"不客气的人说:"后现代主义文学是胡说八道,根本不是文学。"

在别人的否定中,我开始怀疑自己的选择。因为我深知,对于一个学术生涯还未开始的学生来说,博士论文的研究极其关键。如果选题不好,意味着博士期间的辛苦将要白费,意味着以后一切都要重新开始。在这危急时刻,导师的肯定和鼓励让我坚持了自己的选择。我坚定地走了下来。

现在我已经参加工作,从最初那个缺乏独立思考能力的学生变成了学会思考的大学教师和科研工作者。我将自己四年前通过答辩的博士论文修改成本书稿。尽管我曾经为论文的写作付出了大量的心血和努力,但在过去的四年里,我始终觉得自己对俄罗斯后现代主义文学还缺乏全面和深刻的理解,所以坚持拓展和深化研究。好在博士毕业一年后,我有幸申请到教育部人文社科研究项目。这对我是莫大的鼓励和鞭策。两年多来,随着研究的深入,我对佩列文的创作有了更深的认识,对俄罗斯后现代主义文学也有了更全面和广阔的研究,所以今天才将博士论文修改成书,呈现在大家的面前。

尽管我比以前多了一些自信,但仍旧诚惶诚恐。毕竟学疏才浅,加上经验不足,也许无论怎么努力,其中少不了纰漏和错误,还请专家、同行不吝赐教。

在本书成稿之际,我首先要感谢我的博士生导师张建华教授。没有他的言传身教,就不会有我今天学术思想的独立。张老师是一位非常有个性的导师。他的个性不仅体现在他渊博高深的学术知识上，还体现在他独特的文学思维和写作风格上。正是从他身上，我懂得了思想对于学术研究者的重要意义。我还想感谢参加过我博士论文答辩的所有老师，他们是北京大学的李毓榛教授和任光宣教授，中国社会科学院的刘文飞研究员，北京外国语大学的王立业教授和潘月琴教授。他们在答辩会上提出的宝贵意见，对我修改论文具有莫大的启迪作用。

在修改论文的过程中，我有幸得到了国内同行宝贵的建议。他们是黑龙江大学的郑永旺教授，解放军外国语大学的王宗琥教授。他们都是我所研究领域内的国内知名专家，他们的建议对我启发很大。另外，我还得到了俄罗斯老师米哈伊尔·哈尔利茨基（Михаил Харлицкий）和弗拉吉连·布罗夫（Владилен Буров）教授的帮助。回国后，我经常托他们购买最新资料，他们都毫不推脱地帮助我，而且经常给我温馨的鼓励。在此，向他们表示深深的谢意。

特别幸运的是，博士毕业后我进入了复旦大学工作。在这里，我感受到了一流大学的魅力。这里不仅有自由、宽松的学术环境，还有一批批以身作则的科研工作者和教师。复旦大学科研处的几位老师，尤其是左昌柱老师，对所有致力于学术研究的教师给予了极大的支持和鼓励。没有他们默默的奉献，很难有我校繁荣的学术景象。复旦大学出版社每年提供的出版资助，对我校的科研工作者和教师不仅仅是一种经济资助，更是一种精神支持。在此深致谢忱！

最后，我还要感谢我的爱人和父母。长期以来，他们坚定地支持我的教学和科研工作，默默地为我奉献，给予我关爱、理解和安慰。正是他们不计一切的付出，才有了我今天第一部专著的书就。借此机会，我要真诚地道一声：谢谢。

李新梅

2010 年 11 月 8 日改定

于复旦大学国泰路宿舍

图书在版编目(CIP)数据

现实与虚幻:维克多·佩列文后现代主义小说的艺术图景/李新梅著.
—上海:复旦大学出版社,2012.3
ISBN 978-7-309-08629-4

Ⅰ.现…　Ⅱ.李…　Ⅲ.佩列文-长篇小说-小说研究　Ⅳ.I512.074

中国版本图书馆 CIP 数据核字(2011)第 250614 号

现实与虚幻:维克多·佩列文后现代主义小说的艺术图景
李新梅　著
责任编辑/余璐瑶　卢　茗

复旦大学出版社有限公司出版发行
上海市国权路 579 号　邮编:200433
网址:fupnet@fudanpress.com　http://www.fudanpress.com
门市零售:86-21-65642857　　团体订购:86-21-65118853
外埠邮购:86-21-65109143
江苏省句容市排印厂

开本 890×1240　1/32　印张 7.25　字数 192 千
2012 年 3 月第 1 版第 1 次印刷

ISBN 978-7-309-08629-4/I·658
定价:20.00 元